阳光与阴影的交织

郭宏安读加缪

郭宏安 著

ALBERT CAMUS

译林出版社

图书在版编目（CIP）数据

阳光与阴影的交织：郭宏安读加缪 / 郭宏安著 .—
南京：译林出版社，2021.5（2022.5 重印）
ISBN 978-7-5447-8441-2

I. ①阳… II. ①郭… III. ①加缪（Camus, Albert 1913–1960）— 文学研究 — 文集 IV. ① I565.065–53

中国版本图书馆 CIP 数据核字（2020）第 210725 号

阳光与阴影的交织：郭宏安读加缪 郭宏安 / 著

责任编辑 唐洋洋
装帧设计 山川制本 workshop
校 对 王 敏 戴小娥
责任印制 董 虎

出版发行 译林出版社
地 址 南京市湖南路 1 号 A 楼
邮 箱 yilin@yilin.com
网 址 www.yilin.com
市场热线 025-86633278
排 版 南京展望文化发展有限公司
印 刷 江苏凤凰新华印务集团有限公司
开 本 787 毫米 × 1092 毫米 1/32
印 张 10.875
插 页 4
版 次 2021 年 5 月第 1 版
印 次 2022 年 5 月第 4 次印刷
书 号 ISBN 978-7-5447-8441-2
定 价 68.00 元

郭宏安著作、译作目录

著作：

《重建阅读空间》（论文集），中国社会科学出版社，1989年。

《论〈恶之花〉》，漓江出版社，1992年；广西师范大学出版社，2002年；北京燕山出版社，2005年；中国书籍出版社，2006年；上海译文出版社，2014年；商务印书馆，2019年。

《同剖诗心》，中央编译出版社，1996年。

《二十世纪西方文论》（法国部分），中国社会科学出版社，1997年。

《雪落在莱蒙湖上》（随笔集），作家出版社，1998年。

《贝壳留住了大海的涛声》（随笔集），中国电影出版社，2000年。

《雪泥鸿爪》（论文集），湖北教育出版社，2002年。

《写作的幸福》（随笔集），东方出版社，2004年。

《波德莱尔诗论及其他》，同济大学出版社，2006年。

《塞纳河·莱蒙湖》（随笔集），三联书店，2007年。

《从蒙田到加缪》（论文集），三联书店，2007年。

《从阅读到批评》，商务印务馆，2007年。

《第十位缪斯》（论文集），中国社会科学出版社，2013年。

《完整的碎片》（随笔集），花城出版社，2015年。

《论波德莱尔》，上海译文出版社，2016年。

《斑驳的碎片》（随笔集），四川文艺出版社，2018年。

译作：

《病夫治国》，[法国]皮埃尔·阿考斯、[瑞士]皮埃尔·朗契尼克著，新华出版社，1981年；江苏人民出版社，2005年。

《大西岛》，[法国]彼埃尔·博努瓦著，新华出版社，1982年；广西师范大学出版社，2002年；华夏出版社，2008年。
《夜森林》，[法国]让-路易·居尔蒂斯著，湖北人民出版社，1984年；广西师范大学出版社，2002年。
《加缪中短篇小说集》，[法国]阿尔贝·加缪著，外国文学出版社，1985年。
《波德莱尔美学论文选》，[法国]夏尔·波德莱尔著，人民文学出版社，1987年，2008年；广西师范大学出版社，2002年。
《恶之花》(100首)，[法国]夏尔·波德莱尔著，漓江出版社，1992年；广西师范大学出版社，2002年；北京燕山出版社，2005年；中国书籍出版社，2006年；华夏出版社，2008年。
《批评意识》，[比利时]乔治·布莱著，百花洲文艺出版社，1993年；广西师范大学出版社，2002年。
《红与黑》，[法国]斯丹达尔著，译林出版社，1993年，2002年，2010年；广西师范大学出版社，2002年。
《局外人》，[法国]阿尔贝·加缪著，(台湾)林郁文化事业有限公司，1994年；译林出版社，1998年。
《墓中回忆录》(选)，[法国]勒内·德·夏多布里昂著，三联书店，1997年；广西师范大学出版社，2002年；(台湾)网路与书股份有限公司，2007年。
《海之美》(法国散文选)，广西师范大学出版社，2002年；华夏出版社，2008年。
《猛兽的习性》(法国短篇小说和戏剧选)，广西师范大学出版社，2002年。
《博纳福瓦诗选》(合译)，[法国]伊夫·博纳福瓦著，北岳文艺出版社，2002年。
《雅克和他的主人》，[法国]米兰·昆德拉著，上海译文出版社，

2003年。
《巴黎的忧郁》,［法国］夏尔·波德莱尔著，花城出版社，2004年；上海译文出版社，2009年，2011年。
《小王子》,［法国］圣–埃克絮佩里著，北京十月出版社，2006年。
《恶之花·巴黎的忧郁》,［法国］夏尔·波德莱尔著，上海人民出版社，2008年。
《反现代派》,［法国］安托瓦纳·贡巴尼翁著，三联书店，2009年。
《人造天堂》,［法国］夏尔·波德莱尔著，三联书店，2009年；上海译文出版社，2011年。
《恶之花》,［法国］夏尔·波德莱尔著，上海译文出版社，2009年。
《浪漫派的艺术》,［法国］夏尔·波德莱尔著，上海译文出版社，2009年。
《美学珍玩》,［法国］夏尔·波德莱尔著，上海译文出版社，2009年。
《局外人　西绪福斯神话》,［法国］阿尔贝·加缪著，译林出版社，2011年。
《堕落　流放与王国》,［法国］阿尔贝·加缪著，译林出版社，2011年。
《反与正　婚礼集　夏天集》,［法国］阿尔贝·加缪著，译林出版社，2011年。

目录

代序：说“批评之美”[1]

读一篇批评，我们可以有理智上的满足，也可以有情感上的升华。理智上的满足或可来自对原作的进一步认识，理解了原作深一层的蕴意，接受了原作的新的启迪；情感上的升华则可来自批评的自身，或态度，或条理，或语言，都使人有一种明晰、简洁的感觉。如果两者结合起来，我们可以说，这篇批评是美的。

关于批评可以是美的，有许多种表达，其中有一种，我认为最好。这是让·斯塔罗宾斯基的一段话："使得帕诺夫斯基的某些研究或者乔治·布莱的《圆的变化》——还有其他例子可以指出——如此之美的，是研究工作都是通过严肃和谦逊来完成的。（批评之）美来源于布置、勾画清楚的道路，次第展开的远景，论据的丰富与可靠，有时也来源于猜测的大胆，这一切都不排斥手法的轻盈，也不排斥某种个人的口吻，这种个人的口吻越是不寻求独特就越是动人。不应该事先想到这种‘文

1 本书收录了作者从20世纪80年代至今的批评文章，部分文字在不同时期的文章中有所重复，为保持文章原貌，编者没有进行删节。——编者注

学效果'：应该仿佛产生于偶然，而人们追求的仅仅是具有说服力的明晰……"

这是斯塔罗宾斯基在1984年的一次采访中表明的看法，他提到的乔治·布莱的《圆的变化》是其写于1961年的一本书，他在1979年为这本书写的一篇序言中恰恰提到了"与诗的成功相若"的"精神之美"。他指出："在这种情况下，诗的效果越是不经意追求，则越是动人。它来自所处理的问题的重要性、探索精神的活跃和经由世纪之底通向我们时代的道路的宽度。它来自写作中某种震颤的和快速的东西，连贯的、完全的明晰和一种使抽象思想活跃起来的想象力。它从所引用的材料的丰富和新颖上，从其内在的美上，从其所来自的阅读空间的宽广上所获亦多……"

这两段话，一是口头上的，措辞不是那么严谨；一是文字上的，用语显得非常精练，然而却是那么一致，并无扞格矛盾之处。把这两段话加起来，我们就得到了关于批评之美的完整的论述。

批评家要怀着"严肃和谦逊"的态度来从事研究工作。批评家能否持有严肃和谦逊的态度来从事研究工作，决定了他的研究的面貌。"严肃"意味着平等，"谦逊"标志着钦佩，倘若批评家率尔操觚，不能以钦佩的态度对待批评对象，他的研究成果必然是一纸纵情之作，就是说，有往无回，他不能把批评对象当作交流对象。没有交流，则成死水，文章而为死水者，必少洄流九转之形，亦乏鼓荡澎湃之象。有交流，则成活水，文章面成活水者，则澮澮乎，渺渺乎，浩浩乎，无不成佳构。当然，这种“诗的效果”或者“文学效果”不可故意追求，否则会适得其反。

批评家要顾及问题的重要性以及论据的丰富、新颖与可靠。问题的重要性不仅与原作有关，而且与批评所展开的远景有关。问题本身可以不重要，但是它可以引发重要的问题，仿佛星星之火，可以燎原。通向问题的道路要勾画清楚，勿使如逸马般狂奔，不知所之。论据不但要丰富、新颖与可靠，而且要巧于安排布置，引人入胜。所谓“连贯的、完全的明晰”指的是论据，论据的安排布置要简明无碍，大路小路，纵横交错，然而都指向一个所在，令读者一眼便能看出，有明晰之乐。

批评家还要注意探索精神和想象力。探索精神不仅在于对原作的追问，而且在于对原作所提出的思想及感情问题进行开拓，以达到新的深度，给读者以新的启迪。想象力不仅能够“使抽象思想活跃起来”，而且能够使批评所提出的一切观点具有生命力，它像一道光，照亮了它所经过的各种凹凸。它是波德莱尔所说的“洞观者”的能力，或者巴尔扎克所说的“第二视力”，使批评家的著作具有穿透力，即所称极小所指极大的那种能力，从而具有某种文学意味。

批评家也不可忘记某种“个人的口吻”。个人的口吻来自“写作中某种震颤的和快速的东西”，也来自语言，来自他对事物的独特观察角度。角度不同，语言自然不同。语言不同并不在于选用的语汇不同，更多的在于语言结构的不同，而语言结构的不同则在于词语的搭配不同。搭配不同，则语言显示出异样的光彩。有人以为，个人的口吻之独特得力于刻意的追求，这是舍本逐末之辞。口吻的独特并非故意与人不同，而是不同角度的观察决定了表达的选择，有所选择，则必然不同。口吻既然是个人的，就必然是独特的，而这种独特是不能刻意寻求的，它应该具有某种普遍性，所以斯塔罗宾斯基才说："这种个人的口吻越是不寻求独特就越是动人。"

当然，批评之美也不拒绝"手法的轻盈""猜测的大胆""阅读空间的宽广""所引用的材料的内在之美"……

总之，批评之美不是批评的外在装饰，单纯的辞藻不能造就批评之美。批评之美是批评的内在表现，是批评家素质的外化，是其阅读空间的凝聚，是对其运用语言能力的考验，是其洞察世界的眼光的展示。一句话，批评之美是批评家心灵的再现。

上述文字，是我在十年前写的一篇随笔，表达了我对文学批评的某种期望。以这个标准衡量我对加缪的批评，其距离显然不可以道里计，但是《沧浪诗话》说得好："学其上，仅得其中；学其中，斯为下矣。"又，三国曹丕《与锺大理书》说："高山景行，私所仰慕。"这两句话的意思是：你的心所向往的目标越高远，纵使你功力不够，力有不逮，目标或许达不到，但你的方向不会错，接近或达到总是可以期以时日的，若是方向不对，那可就离目标越走越远了，正所谓“行有未至，可加工力；路头一差，愈骛愈远”（《沧浪诗话》）。当然，也许有人以为，你的目标并非高远，批评无非是裁断，是模仿，是求疵。但是，我要说，虽然曾经有某种批评占据过统治的地位，历史的演变终于证明，世间没有一种批评是唯一的，是绝对的，是至上的。批评是多元的，我相信美的批评。

阿尔贝·加缪

阿尔贝·加缪去世已经五十年[1]了，然而他的作品和他这个人依然活在法国人的心中。他是否活在中国人的心中，我不敢说，但是，我们中国人有必要全面地了解、全面地认识他的作品及他这个人。这里所谓“活”，是说普通的法国人一直喜欢加缪这个人，阅读他的作品，而在法国知识界，加缪却一直受到质疑，甚至嘲讽和攻击，他被轻蔑地称为“正义者加缪”。直到1978年，有人（让·达尼埃尔）指出，在法国出现了一种“奇怪的向加缪回归”的现象，加缪的命运才发生了根本的转折。法国亚眠大学教授雅克琳·列维-瓦朗齐在1999年10月号的《欧罗巴》杂志上说：“他的年轻读者和他们的前辈一样，敏锐地感觉到一种没有谎言、没有幻觉的人道主义，感觉到他苛求的良心和他对绝对的教条及狂热理论的拒绝；他们感谢他不顾一切地坚持幸福的追求，不顾一切地为人的某种纯洁、为一个友爱的世界辩护；由此感谢他帮助他们生活下去。”这番

1 此处的“五十年”是根据作者写作此文的时间计算的。——编者注

话对于经历过20世纪的人来说，具有一种特殊的含义。

第二次世界大战之后，法国流行存在主义，这是一种“实质上不能加以系统说明”（约瑟夫·祁雅理：《20世纪法国思潮》）的哲学，它之所以流行，不过是因为萨特的几句话，成了人们耳熟能详的流行话语，例如“存在先于本质”“我们注定是自由的”“他人是地狱”“人之初是虚无”“自由选择”“人生是荒诞的”等等。所以，要谈加缪，首要的问题是确定加缪是不是存在主义者，他若不是，他是哪一种哲学的信奉者。

加缪说过：“不，我不是存在主义者。萨特和我总是惊奇地看到我们的名字被连在一起。我们甚至想有朝一日发个小小的启事，具名者声明他们之间没有任何共同的东西，但并不担保相互间没有受到影响。这是笑谈。我们各自写的书，无一例外，都是在我们认识之前出版的。当我们认识的时候，我们是确认分歧。萨特是存在主义者，而我出版的唯一的随笔《西绪福斯神话》，却是反对所谓存在主义哲学的。”此话是加缪在1945年11月15日说的。众所周知，正是从1945年开始，存在主义风靡法国，差不多有十年的时间，这种思潮在知识分子中间蔚为时尚。

长期以来，尽管加缪自己多次否认，萨特也未曾首肯，他仍然被许多人认为是一个存在主义者。直到1951年，他发表了《反抗的人》（*L'Homme révolté*），与萨特展开了一场为时一年之久的论战，最后与之决裂，这才使法国的一些批评家如梦初醒，看出了他们之间由来已久的分歧，加缪的哲学于是被承认为“荒诞哲学”（关于荒诞的哲学），一顶存在主义者的帽子也被摘去了。但是，在英、美以及其他许多国家中，甚至在法国，加缪继续被一些人视为存在主义者，或被视为存在主义的右翼代表人物，例如，诺贝尔文学奖的授奖词中就说：“加缪代表着成为存在主义的哲学运动，他通过否认一切个人的意义，只在其中见出了荒诞，来概括人在宇宙中处境的特征。”

阿尔贝·加缪被认为是存在主义作家，主要的根据是他的两部作品：中篇小说《局外人》（*L'Étranger*, 1942）和哲学随笔《西绪福斯神话》（*Le Mythe de Sisyphe*, 1942）。关于这部中篇小说（最初作者称《局外人》为“故事”，译成中文仅五万字，在法国却被认为是一部长篇小说，因为法国人不以长短论小说），加缪曾经说过，他在其中要表现的是“面对荒诞的赤裸裸的人”，而哲学随笔的副题则是《论荒诞》。早在1938年，萨特发表了《恶心》（*La Nausée*），把恶心当作认识到世界荒诞性的一种觉醒的表现。《恶心》在前，《局外人》在后，都是轰动一时的作品，人们很自然地把它们连在一起，拈出了“荒诞”二字作为它们共同的主题，加缪也就被归入萨特的存在主义一派中去了。实际上，荒诞这个概念只是一个出发点，从这一点出发的人很多，而其思想发展的轨迹却是不尽相同的。远的不说，马尔罗、萨特、加缪都是从这一点出发的，却未见有人把马尔罗和萨特连在一起，当然，这里并不排除他们之间存在着某种精神上的联系。说到联系，加缪距离马尔罗恐怕比距离萨特还要近一些。确认加缪与萨特从同一点出发伊始即分道扬镳，这一点并不是无关紧要的。正是由于没有看到这一点，有的批评家才把后来出版的《鼠疫》（*La Peste*, 1947）看作是对《局外人》的否定，作为加缪思想出现转折的证明，而实际上，这两部小说是一脉相承的，是加缪思想的一种合乎逻辑的发展，并没有超出他关于荒诞的理论的范围。同样的道理，加缪后来发表的《反抗的人》，也并不是对《鼠疫》的反动，不是什么真实面目的“大暴露”，而是其思想的内在逻辑发展的结果。这三部对加缪的创作具有里程碑性质的作品，它们之间只有阶段的不同，并没有方向上的差异。

要确定加缪是否是存在主义者，或者说，要证明加缪不是存在主义者，必须了解他的“荒诞哲学”，要了解他的“荒诞哲学”，必须考察他各时期的主要作品，为此，不能不涉及他的生平，因为加缪是一位人品和作品非常一致的作家。萨特在《答加缪书》（1952）中说：“对我们来说，您曾经是——明天您仍可能是——人格、行动和作品的令人钦佩的结合。”中国人说“修辞立其诚”，加缪的作品是诚实的作品。

阿尔贝·加缪于1913年11月7日出生在阿尔及利亚东部的蒙多维镇，祖籍法国阿尔萨斯。他的父亲是个农业工人，第一次世界大战时应征入伍，在马恩河战役中身负重伤，不久死去，其时加缪还不到一岁，他说："同所有我这个年龄的人一样，我在第一次世界大战的战鼓声中长大，从此我们的历史一直是杀人的、不公正的，或者充满暴力的。"（《夏天集·谜》，*L'Énigme*, 1954）他的母亲是西班牙人，父亲去世后，随即举家迁往阿尔及尔，住进一个贫民区。母亲在一家弹药厂做工，还得帮助别人做家务，一家人的生活十分贫困。加缪后来说："我不是在马克思的著作中学到自由的，我是在贫困中学到的。"（《时文集Ⅰ》，*Actuelles I*, 1950）他在一位教师的帮助下，考取了奖学金，进了阿尔及尔中学，又靠勤工俭学，进了阿尔及尔大学。他当过气象员、商号的雇员、政府机关的职员等。他知道生活的艰难和穷人命运的不合理，但他从不抱怨，而是尽情享受大自然的馈赠：阳光和海水。他喜欢游泳，当过大学足球队的守门员，他的格言是："重要的不是生活得最好，而是生活得最多。"（《西绪福斯神话》）不幸的是，他十七岁上得了肺结核，当时，肺结核几乎就等于不治之症，这在他的精神上投下了终身不能抹去的阴影。他大学主修的是哲学，深受他的老师哲学家让·格勒尼埃（Jean Grenier）的怀疑论影响。1933年，希特勒上台，加缪很快就投身于巴比塞和罗曼·罗兰领导的反法西斯运动。1934年底，他加入了法国共产党，其任务是在穆斯林中间开展宣传工作。1935年5月法国外长赖伐尔访苏，"斯大林—赖伐尔协定"使法共改变了对阿尔及利亚民族主义运动的政策，由支持改变为反对，即反对法西斯主义优先于反对殖民主义，加缪作为“托派分子”被开除出党，一说是他主动退出共产党，但他在共产党控制的“文化之家”一直工作到1937年。这期间，他组建了“劳动剧团”，免费为劳动群众演出，他与人合作，写了以反暴政为内容的剧本《阿斯杜里起义》（*Révolte dans les Asturies*, 1936），遭到禁演。他还参加了阿尔及尔电台的剧团，经常到城乡各地去演出。1936年，他完成毕业论文，内容是比较普洛丁和圣奥古斯丁著作中的希腊精神和基督教精神，论文的题目是《基督教的形而上学和新柏拉图主义》。由于健康的原因，他未能参加教师资格的考试，在大学中执教的希望破灭了。1937年，一批具有社会主义思想倾向的法国知识分子创办了《阿尔及尔共和报》，加缪当了该报的记者，负责文艺评论，但他的活动很快就扩大到政治方面，写了不少文章抨击政府和法律的不公，揭露生活在此处的少数欧洲人对当地阿拉伯人的歧视和压迫等不合理现象。同年5月，他出版了散文集《反与正》（*L'Envers et l'Endroit*），追述了童年的生活，处处显露出贫穷和欢乐的对立，这种对立成为他日后创作的基本源泉。1938年萨特的小说《恶心》发表后，他立刻给予了很高的评价，但批评作者过分地强调了人的丑恶而忽视了人的“某些伟大之处”。次年，他发表了《婚礼集》（*Noces*），以浓郁的抒情笔调，讴歌了人与大自然的结合，说：“阳光之外，亲吻之外，原野的香气之外，一切对我们来说都微不足道。”然而生活不止于阳光和大海，加缪怀着深厚的同情，前往阿尔及利亚北部山区卡比里进行调查，写出了轰动一时的长篇报道，揭露了当地少数民族极其悲惨的生活状况，试图引起法国政府的注意，改变对阿尔及利亚的政策。加缪对阿尔及利亚和它的原住民有一种生于斯、长于斯的故乡情怀，这是他长久不能释怀的心结，也是他至死都不能同意阿尔及利亚独立的原因。

第二次世界大战爆发以后，加缪担任了新创办的《共和晚报》的主编。他严厉地批评法国总理达拉第的政策，他在批评苏联破坏波兰和芬兰领土完整的同时，也反对某些人的反苏偏见和取消法国共产党的叫嚣。他曾经想参加军队，因健康的原因而被拒绝，但他对大战的态度是明确的，认为是反动派之间的战争。他说："第一件事是不绝望。不要过多地听信那些高喊世界末日的人。"（《巴旦杏树》，*Amandiers*, 1940）"让我们宣誓在最不高贵的任务中完成最高贵的行动。"（《加缪笔记》[1]，*Carnets*, 1962）加缪不肯屈服于新闻检查，触怒了当局，1940年1月，《共和晚报》被封，加缪遂经人介绍进入《巴黎晚报》，离开阿尔及利亚，到了法国本土。《巴黎晚报》是一份右派报纸，其政治观点为加缪所不齿，他只肯担任行政秘书一类纯技术性的工作，空余时间就加工润色他的小说《局外人》，同时为《光明》（*La Lumière*）等左派刊物撰稿。《巴黎晚报》

1 《加缪笔记》以下简称《笔记》。——编者注很快堕落为合作报纸，加缪再度失业。此后的两年中，他回到奥兰，全力以赴进行创作，他完成了《局外人》、《西绪福斯神话》和剧本《卡利古拉》（*Caligula*），并开始酝酿《鼠疫》。他同时在一家私人学校任教，教授被维希政府排斥于教育之外的犹太儿童，并建立了一个组织，帮助犹太人在突尼斯安顿下来。1941年12月15日，法国共产党员加布里埃尔·贝里被德国法西斯枪杀，其时加缪正在法国养病，他看到这个消息，立刻决定参加抵抗运动，他说："我一直觉得不能站在集中营一边。我憎恨暴力，但我更憎恨暴力的机构。"（《时文集Ⅰ》）他参加了北方解放运动的组织，组织的名字叫"战斗"，担任情报和地下报纸的工作。1942年和1943年，《局外人》和《西绪福斯神话》相继出版，立刻评论蜂起，一片赞扬声，娜塔丽·萨洛特说："当阿尔贝·加缪的《局外人》出版时，人们有充分的理由相信它将满足所有的希望：如同一切真实的作品一样，正符合了我们的希望。"（《怀疑的时代》，1956）

《局外人》的构思始于1937年，经过三年的酝酿，大概在1940年写成。小说篇幅不长，首先以简练得近乎枯涩的笔调，冷静得近乎淡漠的口吻，震动了读书界。评论家一致承认，小说的作者是一位古典主义的大手笔，是一位完全成熟的作家。至于小说的内容，几十年来，对其含义的挖掘似乎还没有穷尽。最有影响的，仍然是萨特的解释，他认为小说是"荒诞的证明"，是对资产阶级法律的抨击。小说是以阿尔及尔一家船运公司的职员默而索的自述形式写成的，他像讲别人的事情一样，以极冷静的口吻讲述自己过着单调的生活，母亲的死并未带来任何变化，直到一连串偶然的事件使他无意中叩响了不幸的大门：他成了杀人犯，被法庭判了死刑，就在临刑的前一天晚上，他终于领悟到生命的可贵，依恋之情油然而生。默而索是个很复杂的人物，表面上看起来，他是个接近自然状态的人，他的生活就是吃饭，睡觉，上班，游泳，交友，看电影。但是，他内心中总有一种不安的感觉，总觉得自己有什么地方错了，他有两句口头禅，一是“无所谓”，二是“这不怪我”。他的这种感觉来源于人与社会的对立。默而索只在大自然中才感到舒服，与社会却格格不入，他最后被判处死刑，并不是因为杀了人，而是因为他没有遵守社会的习俗，例如，他没有哭死去的母亲，对婚姻、对事业上的升迁了无兴趣，对法庭上的辩论也漠然置之，总之，他是因为对社会表示冷淡而被视为社会的敌人。加缪在为美国版《局外人》写的序言中指出：“他远非麻木不仁，他怀有一种执着而深沉的激情，对于绝对和真实的激情。”他甚至说，默而索是人类唯一配有的基督。这话的确具有一种振聋发聩的效果，但它的意义是明了的，基督为了人类的苦难而死，默而索是因为不适应社会生活，因为不尊重约定的观念而被社会判处死刑的，他承担了人类的命运，为了非人的生活环境而死，此非基督而谁？默而索是诚实的，他不说谎，不想像别人那样在社会这个舞台上演戏。《局外人》的主题是人类与其生存条件的不协调，这个条件不是别的，正是人类社会。加缪说："荒诞不在人，也不在世界，而在于两者的共存。"这与小说用形象反映出来的思想是一致的。认识到两者的对立，就是认识到了荒诞，默而索的觉醒是从他打死阿拉伯人，叩响不幸的大门时开始的。对于加缪来说，《局外人》是他全部思想的一个出发点。罗兰·巴特在1954年写的一篇文章中对《局外人》做出了这样的评价："《局外人》无疑是战后第一部经典小说（我说的第一不仅是时间上的，也是质量上的）。这部1942年出版的小说在法国解放时期被所有的人争相传阅，很快为加缪赢得了荣誉；人们喜爱这本书，就像喜爱那些出现在历史某些环节上的完美而富有意义的作品，这些作品表明了一种决裂，代表着一种新的情感。没有任何人持反对态度，所有的人都被它征服了，几乎都爱上了它。《局外人》的出版成了一种社会现象。"这部小说代表着战争中成长起来的一代人，代表着被战争破坏的一个时代，代表着那个时代不合作的普遍心态。

"小说从来都是形象的哲学。"以《论荒诞》为副题的《西绪福斯神话》则以哲学的语言论证了《局外人》的基本思想。所谓"荒诞哲学"，在加缪那里，是一个包括从觉醒（意识到荒诞）到行动（反抗荒诞）的完整的哲学体系。因此，世界就是荒诞，人生就是幻灭，这样简单的概括不能反映加缪的"荒诞哲学"的全貌。加缪认为，荒诞感首先表现为对某种生存状态的怀疑："起床、乘电车、在办公室或工厂里工作四小时、吃饭、乘电车、工作四小时、吃饭、睡觉，星期一二三四五六，总是一个节奏”，一旦有一天，人们对此提出了“为什么”，就悟到了荒诞。这种状态是千百万人最经常的状态，所以此论一出，立刻引起了共鸣，而且过了二十多年，人们又有了一个更简练的表达方式，即“地铁—工作—床铺”式的生活。人们对此感到厌倦，试图拒绝这种生活，这正是觉醒。他说：“一个能用歪理来解释的世界，还是一个熟悉的世界，但是在一个突然被剥夺了幻觉和光明的宇宙中，人就感到自己是个局外人。这种放逐无可救药，因为人被剥夺了对故乡的回忆和对乐土的希望。这种人和生活的分离，演员和布景的分离，正是荒诞感。”因此，“荒诞本质上是一种分裂，它不存在于对立的两种因素的任何一方。它产生于它们之间的对立”。具体地说，“荒诞不在人，也不在世界，而在两者的共存”。所谓共存，其表现形式正是人类社会。荒诞的存在，是以人为前提的，离开了人，荒诞也即消失。但是，认识至此并未完结，仅仅是迈开了第一步。荒诞，在加缪看来，仅仅是个出发点，重要的不是认识到荒诞，而是对荒诞采取什么态度，在荒诞的条件下人应该如何行动，是以死来结束荒诞状态，还是以反抗来赋予人生某种意义，从而获得某种幸福。可以说，加缪全部作品的中心思想，实际上是如何对待荒诞的问题。他在评萨特《恶心》的一篇文章中说：“对我来说，唯一的已知数是荒诞。问题在于如何走出去……看到生命的荒诞不能成为目的，而仅仅是个起点……

令人感兴趣的不是发现（荒诞），而是人从其中引出的结果和行动准则。”加缪的行动准则是挑战，是反抗，既要认识到理性的局限，又要“义无反顾地生活”。加缪把荒诞等同于笛卡尔的怀疑，以此为出发点，寻求建造人类的幸福。这种荒诞英雄的典型就是西绪福斯。据希腊神话，西绪福斯被天神罚做苦役，将一块巨石推上山顶，而巨石一到山顶，旋即滚落下来，他又得重新下山，再把巨石推上去，如此无休止地做着这种“无用且无望的工作”。加缪感兴趣的是下山途中的西绪福斯。“我看见这个人下山，朝着他不知道尽头的痛苦，脚步沉重而均匀。”正是在这个时候，西绪福斯觉醒了，知道了他的悲惨命运，但是，“洞察力既使他痛苦，同时也造就了他的胜利”。他敢于正视那块巨石，敢于再把它推上山顶，这是他在下山途中表现出来的精神，这种精神是对命运的蔑视、挑战和反抗。所以，“登上顶峰的斗争本身足以充实人的心灵。应该设想，西绪福斯是幸福的”。加缪称西绪福斯为天上的无产者，当代世界上工人们的劳动无异于西绪福斯的苦役，西绪福斯的苦役象征着人类的命运，但是，加缪感兴趣的是西绪福斯的下山，是那种正视荒诞、战胜荒诞的精神，因此，《西绪福斯神话》所表现出来的思想是积极的。正是在这个意义上，加缪可以说：“我对人从不悲观，我悲观的是他的命运。”

1943年，抵抗组织实行合并，一年以后，加缪担任了《战斗报》驻全国抵抗运动的代表。巴黎解放之后，《战斗报》公开发行，加缪是主编之一。这时，加缪作为记者十分活跃，他为《战斗报》撰写了大部分社论，号召实行政治和经济改革，支持西班牙共和派，要求执行更宽容的殖民地政策，特别着力鼓吹“集体经济和自由政治”。他全力支持戴高乐政府的国有化政策，要求在殖民地实行民主，指出“卡比里的农民和法国的无产阶级同样需要自由和正义”。他强烈要求惩处合作分子，把弗朗索瓦·莫里亚克的宽恕视为出卖。在国际方面，他主张欧洲实行先经济后政治的联盟。加缪的文章中所表现出的胆识和眼光使《战斗报》成为当时法国最重要的报纸之一，吸引了大批优秀作家为报纸撰稿，同时也使他成为一代青年的精神导师。1945年以后，他的健康状况恶化，同时也由于大批合作分子未受到惩处，甚至继续占据着高位，法国的改革进展甚微，他的心情十分沉重，逐渐退出新闻界，再加上他的理想主义使他坚持把报纸办成一种超脱的见证，而与同事发生意见上的分歧，他渐渐埋头于文艺创作。但是，他仍然关心当代的重大事件，1947年，他谴责法国政府对马达加斯加的叛乱施行镇压；1949年，他声援被判处死刑的希腊共产党员。他坚信一个艺术家不应该对时代的危机袖手旁观。这个时期，他发表了《鼠疫》（1947）、《戒严》（*L'Etat de Siège*, 1949）、《正义者》（*Les Justes*, 1950）和《反抗的人》（1951）。

早在1938年，加缪就打算写一部以瘟疫为题材的小说，并随手记下一些构思。三年以后，他开始阅读有关瘟疫的各种著作，于1943年写出第一稿。1947年6月，《鼠疫》经过重大的修改后出版了，立刻受到热烈的欢迎，几天之后即获得批评奖。加缪以哲学家式的冷静客观的笔触，记载了阿尔及利亚奥兰市发生的鼠疫的始末以及人们的不同反应，暗中以鼠疫隐喻德国法西斯的入侵。20世纪40年代的某个4月，奥兰市连续不断地出现死鼠，越来越多的人死于无名的高热。里厄大夫断定是鼠疫流行，于是城市宣布戒严，病人被隔离，由此展开了一场人与鼠疫之间惊心动魄的战斗。在灾难面前，城市变成一座孤岛，与外界的一切联系都被切断。市民们始则不肯相信，继则惊恐万状。正常的经济活动停止，黑市买卖日益猖獗，游乐场所空前热闹，道德风尚日渐颓废。城市在沉沦。不同的人面对灾害表现出不同的态度：医生里厄清醒地认识到鼠疫的本质，同时也在有效地进行着斗争，他追求的目标不是一劳永逸地消灭疫菌，他认为“最后的胜利是不可能的”，而是要控制它，减少死亡，恢复正常的生活；知识分子塔鲁有过一个战斗的青年时代，因为拒绝做一个“有理性的杀人者”而试图成为一个“不信上帝的圣人”，但是他反对不战而降，积极投入了对鼠疫的斗争；从巴黎来采访的新闻记者朗贝尔几次试图偷渡关卡，回到情人身边，终于认识到“一个人幸福是可耻的”，而留了下来；政府小职员格朗是个生活和事业上的失败者，但不乏同情心和善良的感情，他一面苦苦思索他的小说的第一句话，一面积极参加救护工作；神甫帕纳卢开始时要人逆来顺受，一个无辜儿童的死动摇了他的宗教信仰；商人科塔尔则热衷于黑市活动，希望鼠疫继续下去。各种各样的人，除了商人科塔尔之外，在医生里厄的率领下，组织了救护志愿队，十个月后，鼠疫退去，戒严结束，人们恢复了正常的生活。在庆祝解放的欢呼声中，里厄大夫清醒地知道，疫菌不会死亡，也不会绝迹，而是隐藏在各种地方，"也许有一天，为了使人类吃到苦头，受到教育，鼠疫将再度唤醒它的老鼠，送它们去死在一个幸福的城市里"。这是《鼠疫》的最后一句话，也是加缪对人类发出的警告：恶不会消失，它会卷土重来，人们应该时刻警惕着，准备投入新的战斗。《鼠疫》中的斗争象征着欧洲人民反对纳粹的斗争，也在更广泛的意义上象征着人类反对各种恶的斗争。与《局外人》相比，《鼠疫》表现出一种发展，由个人的觉醒上升为集体的斗争。加缪在回答罗兰·巴特的信中说："如果从《局外人》到《鼠疫》有发展的话，那是在团结和参与其事的意义上实现的。"这两部小说的出发点是同一个，如果说前者阐明了面对荒诞的觉醒，正要朝着反抗举步待发的话，那么后者则是已经在反抗的道路上迈出了一大步。《鼠疫》虽然受到读者的热烈欢迎，却也在某些左派作家和批评家那里引起了非难和讥讽，他们把里厄和塔鲁的行动嘲笑为"红十字会式的道德"，把对鼠疫的斗争指责为缺乏明确的政治目标，等等。一位批评家写道："从《西绪福斯神话》到《鼠疫》，没有辩证的超越，只有向黑暗的跃进。"甚至萨特也指责加缪，说他“能够在《鼠疫》中让细菌代表德国人，人人都意识到了这种神秘化”。罗兰·巴特更是毫不留情地抨击《鼠疫》，说它没有结构可言，没有因果关系，缺乏连贯性。著名批评家加埃唐·毕孔则说：“这部作品既没有扎根于现实生活的深度中，也没有扎根于充满诗意的神话深度中。……在《鼠疫》中，对变成神话的天无能为力这个寓意是显而易见的，这一点也许就是失败的真正原因。”面对这些指责，加缪回答说，比之《局外人》，《鼠疫》表现出的进步“将在其他的著作中加以明确”。果然，四年之后，他发表了《反抗的人》，表明他的思想实际上是传统的人道主义，或是新人道主义。

如果给《反抗的人》一个副题的话，可以叫作《论反抗》。加缪以欧洲为范围，对反抗的“态度、企图和成果”进行了一番历史的考察。他指出，在荒诞的环境中，唯一的出路是反抗，反抗是人对某种事物的发展超出了限度所做的反应，是人的本质之一。反抗意味着人性的存在，人性就是反抗为自己规定的意义和界限，任何一种反抗如果违反了人性，超越了界限，就失去了意义，导致了虚无主义。加缪把反抗区分为哲学的（形而上的）反抗和历史的反抗。哲学的反抗是一个人起而反抗他的命运和整个世界，其矛头指向上帝。这种反抗接受了杀戮和恶，而迷失了方向。历史的反抗将历史当成绝对价值，为达到某种政治目的而不考虑手段，将杀戮合法化，最终也失去了反抗的本意。他在这一番历史的回顾中，既肯定了陀思妥耶夫斯基、尼采等人的反抗，又批判了他们反抗的结果，指出他们最终走向虚无主义；既否定了法西斯主义的“不合理的杀戮”，又否定了俄国共产主义的“合理的杀戮”；既肯定了马克思对资本主义的分析和批判，又认为他的理论是空想的，他的预言是不能实现的。加缪反对革命，因为革命本能地倾向于绝对，否定一切。他提倡一种“地中海思想”，即讲求节制、平衡的希腊精神，追求适中的思想和行动。他说：“人在其最大的努力中，只能算术级地减少世界的痛苦。”他既不相信宗教的乐土，也不相信共产主义的远景，他只相信现实的斗争和幸福。加缪对人类的命运是悲观的，但他对人本身的幸福是乐观的，这一点上，他又回到了《西绪福斯神话》：“应该设想，西绪福斯是幸福的。”《反抗的人》是加缪思想发展的最后阶段，是一个总结，表明他是一个资本主义制度的批判者，同时也在某种程度上是一个资本主义制度的破坏者，他的超阶级、超历史的反抗也许永远只是一种呐喊，但是，这种呐喊起码可以带给人们有益的思考。

加缪继承了笛卡尔的传统，他的哲学是一种生活哲学和道德哲学，他在任何时候的任何思考都有一个原初的、唯一的出发点，即作为个体的人的生命和死亡。早在《西绪福斯神话》一文中，加缪就尖锐地指出：“只有一个严肃的哲学问题，那就是自杀。判断人值得生存与否，就是回答哲学的基本问题。”于是，死亡成为判断人生价值的首要前提，自杀或者杀人成为否定人生的最深刻的理由。人发现了荒诞，就发现了世界，并从此与之共生共存，而自杀或者杀人同时也就取消了世界，所以人既不能自杀，也不能杀人，否则就意味着虚无主义统治了世界。然而，加缪“感兴趣的不是荒诞的发现，而是其后果”，荒诞只不过是一个“已知数”，加缪从中推论出的后果是反抗、自由和激情，也就是说，意识到荒诞的人从此有了一条行为准则：义无反顾地生活，穷尽现有的一切，知道自己的局限而不为永恒徒费心力。因此，发现了荒诞，只能说明人的清醒，只有进行反抗，才能说明人真正地进入了生活。人类的历史和现状表明，反抗就存在于荒诞的发现之中，反抗是人从个人进入集体，从哲学进入历史，从抽象的思辨进入具体的行动。荒诞和反抗同为不可置疑的“我思”，个人在集体之中，所以，加缪才能说：“我反抗，故我们在。”也才能说：“在荒诞的经验中，痛苦是个人的。从反抗的行动开始，痛苦才意识到他变成了集体的，成了所有的人的遭遇。因此，一个感觉到了陌生性的人的第一个进步乃是认识到他和所有的人分享这种陌生性，认识到实存的人从总体上都对此种相对于自身和世界的距离感到痛苦。一个人感到的病痛成了集体的瘟疫。”这意味着，思考始于自杀和荒诞，还必须面对着杀人和反抗继续进行，其结果是：荒诞排除了自杀的理由，也排除了杀人的理由，因此反抗作为对荒诞的超越，并不是没有限制的。这其中包含着一个深刻的疑问：“人是唯一拒绝其现状的生物。问题在于知道，如果反抗是在使普遍的杀戮合法化之中完成的话，这种拒绝能否将其引向毁灭其他生物及其自身，或者相反，如果不以一种不可能的无辜为念，反抗能否发现一种合理的罪孽的原则。”因此，反抗只存在于主人和奴隶，即统治和奴役的关系之中，发生于主人对奴隶的驱赶和压迫之中，所以只有奴隶对主人的反抗，没有主人对奴隶的反抗，反抗也只是“转身”而已。如果奴隶反抗主人，主人变成奴隶，新主人压迫新奴隶，从而引起新的反抗，必然如此反复，没有穷期。所以，奴隶反抗主人，但不能变成主人。反抗“否认无限的权利”，反抗的人“要求承认有人的地方就是自由的界限，而界限就是此人反抗的权利”。所以，反抗不是无限制的，也不仅仅是否定和破坏，他说：“何谓反抗的人？一个说不的人。然而如果他拒绝，他并不放弃，因此他从第一个动作始，又是一个说是的人。”这就是说，反抗是否定，也是肯定，或者说是否定中有肯定，因此，并非任何价值都与反抗相关，但是，任何反抗的行动都必然指向一种价值，加缪是在哲学和历史两个层面上界定反抗的：“哲学的反抗是人起而反抗他的状况和整个创造的一种运动。这种反抗之所以是哲学的，是因为他对人及创造的目的提出异议。”哲学的反抗必然针对上帝，走向人的神化，人从此进入历史，并在历史价值绝对化的神话中成为历史的工具。反抗一旦脱离原初的动力，走上意识形态至上、国家理由至上、历史规律至上的道路，就必然发生蜕变和堕落，其典型形式就是20世纪的革命，其普遍的内容就是杀戮的体制化和合法化。从反抗到革命，从哲学到历史，从呼吁正义到颂扬暴力，从反抗的普罗米修斯到专制的恺撒，20世纪从心灵到面目都使人感到惶惑和震惊，《反抗的人》正是加缪对此提出的一份沉痛而严峻的总结。然而，这份总结并非全然的灰色，加缪在试图使革命回到反抗的源泉时，引进了一缕古希腊的阳光，即“关于界限的思想”，崇尚相对、平衡、自然和人性的地中海思想或者太阳思想。加缪说：“反抗只追求相对，只能许诺一种源于相对正义的可靠尊严。它主张一种界限，在此界限上人类建立了一致性。反抗的世界是一个相对的世界。”因此，反抗在哲学和历史之间为人类开辟了一条困难的道路，必然性为可能性所取代，矛盾既要被超越，也常常要相互依存。“历史绝对主义尽管节节胜利，却总是不断地碰上人性的顽强的要求，而人性的奥秘是由地中海掌握的，在那里，智力是明亮的阳光的姐妹。”这种崇尚均衡和适度的希腊精神虽然已被长久地忽视，但令人欣慰的是，“在欧洲之夜的深处，太阳思想，这种具有两副面孔的文明正等待它的黎明，不过它已然照亮了真正的控制的道路”。总之，加缪在《反抗的人》一书中描述了“欧洲之傲慢的历史”，这段历史曾经并继续迫使欧洲人思考和争论，而从中获益的不仅仅是欧洲人。

《反抗的人》的发表，在加缪和萨特之间引起了一场激烈的论战，论战的结果是两人的彻底决裂。这场争论是20世纪法国知识界最重大、影响最深刻的争论之一，不过触动了论战者灵魂的，并非加缪的思想多么高超和深刻，而恰恰是其冷静、清醒和明智及其表达的勇气。加缪和萨特的论战之缘起在于《现代》杂志的一名编辑弗朗西斯·让松的一篇评论《反抗的人》的文章，文章题为《阿尔贝·加缪或反抗的灵魂》，发表在《现代》1952年5月号上，距《反抗的人》的出版已经过了七个月。加缪在《反抗的人》一书中表达的思想如：历史没有至上的目的或意义；革命是反抗的蜕变和堕落，因而不可能实现人类建立地上天堂的愿望；20世纪的革命因为从政治和意识形态出发而必然导致建立新的专制；正义的世界需要价值，需要以均衡和适度作为保证；等等。放在人类思想史上看，这些思想未见有什么新鲜，也许只是合乎情理而已，然而在冷战的50年代初说出来，需要的不是多么深厚的哲学修养，而是诚实和勇敢。例如，人头不是韭菜，这个道理很多人都知道，然而说出来就不那么容易了，做起来可能就更难。加缪毕竟只是个知识分子，他不能做而只能说，他说了，而且是大声地说了，也许他的说就是做。当第二次世界大战结束的时候，经历过抵抗运动的洗礼的加缪也曾经发出过“从抵抗走向革命”的号召，然而当他获知苏联存在着大规模的集中营的时候，当他看到“无产者战斗了，牺牲了，却把权力交给了军人或知识分子（未来的军人），转而受他们的奴役”的时候，他陷入了沉思，融会个人的经验和历史的考察，提出了“反抗与革命”的辩证法，以最明确的语言说出了他对苏联社会主义、斯大林主义的看法。“是猫就叫它猫”，这有时竟会变成一件很困难并且需要勇气的事情。例如，加缪称作“终身流放”“集中营制度”“苦役犯监狱”之类的东西，许多人却说成“反常”“畸形”“病态”“赘疣”“附加症状”“极端的革命纪律”“权力的粗暴运用”“再教育机构”“历史的必要性”等等，就是不肯说出那一个“猫”字。使用什么样的词语说话，当然不是无缘无故的。这一点，自幼就与文字打交道的萨特知道得最清楚，他就说过：“作家的职能就是把猫叫作猫。”还说过：“我们作家的第一条责任就是恢复语言的尊严……我们的思想并不比我们的语言更有价值，人们判断我们的思想是根据我们如何使用语言的。”只是萨特并没有说到做到，他自食其言，在意识形态的诱惑面前退却了。对于《反抗的人》引起的争论来说，将近半个世纪的事实已经判定萨特输了，虽然还有人赌气地说：“宁可跟着萨特错，也不跟着加缪对。”不过这种无可奈何的坚定充其量也只能博人一笑而已。

一种思想的价值并不完全在于它的正确，也许更在于它能提供一种参照，提供一种发人深省的动力，提供一次对某种思维定式产生疑问的机会。《反抗的人》在问世之初，同时受到共产主义、存在主义、超现实主义和基督教的抨击，来自右翼资产阶级的赞扬也掺杂着某种幸灾乐祸的得意，确实是一本让整个社会，尤其是左派知识分子不得安宁的书。加缪的思想超越于左右两种思想的对立，唯以揭露当代的虚无、极端和失度为务，自然会四面树敌，触怒所有的人。然而这正是加缪的思想的价值所在，也正是加缪的精神的伟大所在。在法国，自伏尔泰以来，读者有待于作家的，就不仅仅是消遣，而是良心的指导；尤其自从德莱福斯事件以来，左拉的“我控诉”一声怒吼，在知识分子的心灵深处播下了“介入”的种子，并从此成为一种传统，到了第二次世界大战前后形成了一股强大的、广阔的潮流。然而无论左的介入还是右的介入，知识分子在介入的时候其实都有两种态度，即为了历史还是为了人而介入，为了抽象的观念还是为了具体的生活而介入。以二战前后的那一代法国知识分子而论，萨特可为第一种态度的代表，加缪可为第二种态度的代表，或者如许多人认为的那样，萨特是知识分子左派的代表，加缪是知识分子右派的代表。其实，左派和右派的称谓起源于法国大革命时期的政治斗争，至今仍是法国现实政治生活中使用频率最高的词汇之一，不过已经很难再把它们与革命和进步，或者保守与反动自然而然地联系在一起了。加缪在那封著名的《给〈现代〉杂志主编先生的信》中说：“人们不能根据一种思想是左派的还是右派的来确定其正确与否，左派和右派都不能决定一种思想是否是真理……总之，如果我觉得真理在右边，那我就站在右边。”此种勇气不是人人都能有的。因此，“左”“右”这样的字眼用在加缪和萨特的身上似乎已经失去了意义，倒是他们之间的争论向知识分子的良知提出的诘问会成为一个长久的话题。

萨特在回答加缪的信中说:“您可能贫穷过，但您已不穷了，您是个资产者，和让松一样，和我一样。”这句话说得过于轻松了。加缪和萨特不一样，就以贫富论，萨特终其一生不知钱为何物，因为他极少有缺钱的时候，而加缪直到获得了诺贝尔奖才最终摆脱了贫困。与钱有关的还有他们极不相同的童年，萨特是在作为语言学者的祖父的关怀下长大的，包围着他的是书籍，喂养着他的是词语，诱惑着他的是写作；而加缪是在凶暴的外婆的棍子下长大的，他面对的是一个不知道如何疼爱他的寡言的母亲，甚至连一张写字的桌子都没有，有的只是不用花钱买的阳光和大海。萨特可以进巴黎高等师范学院，可以去德国研究现象学，可以直到第二次世界大战不问政治；而加缪只能半工半读地念阿尔及尔大学，早早地投身于反对社会不公的斗争，并且参加过法国共产党。在抵抗运动中，萨特只是个初出茅庐的新手，但已经有了政治上的兴趣；而加缪却是《战斗报》的领导人，多少有资格对萨特的抗德功劳报以一笑。萨特一辈子都在巴黎的左派知识分子中间活动，他自然可以“断定资产者都是坏蛋”，但是这并不说明他对无产者有什么了解；而加缪却始终和巴黎知识界格格不入，毕生跟阿尔及利亚的民族主义者及巴黎的印刷工人保持着友谊。萨特的哲学来源于思辨，而加缪的哲学来源于生活，因此，萨特可以论证“存在先于本质”、“原始谋划”、“自由选择”和“人命定是自由的”等等，结果是否定人性的存在，排除选择的价值判断，完全的责任变成了完全的无责任；而加缪则只是描述荒诞和探讨如何走出荒诞，描述反抗和探讨如何避免反抗的失度，结果是要人们“义无反顾地生活”，坚信“地上的火焰抵得上天上的芬芳”。这种种的差别足以让萨特有意无意地小看加缪，因为他认为他们“在知识领域不能谈得很深”，还因为他觉得加缪实际上“有一面是阿尔及尔的小流氓，很无赖，很逗乐”。

萨特在给加缪的信中又说：“使我们接近的事情多，使我们分离的事情少。但是，这少仍嫌太多：友谊也是，有趋向专制的倾向；要么完全一致，要么反目成仇，而无党派者如想象中的党派斗士那样行事。”这句话也说得过于轻松了。的确，有很多事情使他们接近，例如抵抗运动，对资本主义制度的批判，对美国的霸权主义的抵制，对自由和正义的维护，对苏联集中营的反对，等等，然而，“党派斗士”的行动最终使这一切都化为乌有。这里扮演了“党派斗士”角色的不是加缪，是萨特，而萨特所以如一个并非想象中的党派斗士“那样行事”，当然不是出于什么斗争策略的考虑。战后萨特选择的是一种“源于抵抗运动的某种道德主义”和“实践的现实主义”之间的“中间立场”，所以他的同情是在《脏手》中的贺德尔一边，“完全地投身于他的目标”，即为了正义可以不择手段，于是苏联方面的种种不义便可以不提了；而加缪则在所谓“正义和自由不能兼得”的时候，选择了“自由”，因为“如果正义不曾实现，还有自由可以使人提出抗议，拯救人际的交流”，这就是资产阶级民主制度。他认为尽管“资产阶级的自由”本身毫无价值可言，但是它因提供了一种争取正义的可能性而具有了一种外在的价值，因此不义无论来自哪一方面都必须加以揭露和谴责。萨特的人是一个没有过去也没有现在的人，他被投向这个世界，他只受到未来的吸引，因此他只能选择成为历史的工具；而加缪的人是西绪福斯式的人，是普罗米修斯式的人，他“感觉到他的生活、他的反抗、他的自由，而且要尽其可能”。萨特是冷眼地观察，对人和他的世界都是悲观的，加缪是热烈地拥抱，对人从不悲观，悲观的只是人的世界，所以一个说“人首先是他主观上感受到的那个谋划”，而“他人是地狱”；另一个则说“幸福和荒诞是同一块土地上的两个儿子”，“我的王国在这世界上”。哲学观的分歧造成了历史观和政治观的分歧，萨特想要创造历史，一切为政治服务，而加缪想要创造生活，拒绝使人成为历史的工具。总之，加缪从来也不是一位“政治正确”的作家。弗朗西斯·让松的文章语言尖刻，情绪激动，而且还带有一点人身攻击的色彩。加缪的回应是直接对着“主编先生”的，根本就没有提让松的名字，这使萨特极为不悦，他的回答是写了一封公开信《答加缪书》。这封信把争论的焦点放在政治问题上，即对于苏联共产主义的态度问题上，却不把加缪看作平等的对手，取一种教训的口吻，而且语多讥刺。

萨特和加缪围绕着《反抗的人》的争论曾经被一些人看作“文人之争”，也曾经有一些人在所谓“绝交”的问题上大做文章，更有一些人以哲学上的准备不足（萨特就说加缪没有读过黑格尔，没有读懂《存在与虚无》）为由而轻易地判定萨特是赢家。的确，加缪的哲学不那么高深，论述不那么精微，逻辑上也有些混乱，使用的材料也失之庞杂，结论自然也是良莠互见，但是如果仅仅以这些为理由来评判这次论争，倒往往会真的暴露出论者的“内部困难”，而萨特恰恰是以此来指责加缪的。其实，加缪从未自诩为哲学家，也从未对玄妙的哲学术语表示过异乎寻常的尊敬，他永远是使用普通人的语言，带着智者的眼力、诗人的激情、斗士的勇气和骑士的执着，对普通人说普通的道理。这并不容易，这甚至在20世纪成了一件很困难的事情，因为许多人知难而退，用高度技术性的术语来掩盖他们的“内部困难”。所谓内部困难不是别的，乃是某些知识分子的胆怯和虚伪。他们或为盲目的热情驱使，或故作革命的姿态，或害怕错过历史的列车，于是就有意无意地或者闭目塞听，或者噤若寒蝉，或者避重就轻，总之是不愿说真话，不敢说真话，直至不能说真话，违心之论倒成了家常便饭了。加缪和他的为数不多的朋友们称《反抗的人》是他“最重要的著作”，作为一种思想发展的总结，这个评价并不过分，然而对于这本书所面对的世界来说，它的重要性也许更多的是在书外。试问，对于其地位日益下降的当代知识分子来说，还有什么比明智和真诚更重要的呢？然则何谓知识分子？加缪说是“敢于抵制一时风气的人”[1]。“知识分子的角色是根据他自己的手段在各自的阵营中区分力量和正义的界限。因此，必须把概念界定清楚以便清除精神的毒素，平息狂热的思想，哪怕是反潮流。”作为知识分子，加缪似乎比萨特更纯粹些，这也许是《反抗的人》能够给予今天的读者之最大的冲击和启示吧。

自论战以后，加缪似乎逐渐不去过问政治问题了，而埋头制订新的创作计划。但是，他还是著文揭露北非民族主义者的暴行，因佛朗哥统治西班牙而导致其退出联合国教科文组织，抗议苏联对东柏林采取的行动。为了支持孟代斯·弗朗斯的当选，他于1955年重入新闻界，出任《快报》独立记者。他写的文章内容，包括进行旨在保障工人经济正义和社会主义的改革，揭露佛朗哥的西班牙，谴责法国的极端主义者，呼吁在阿尔及利亚实行明智的政策，等等。选举的结果令他大失所望。在阿尔及利亚战争中，他从人道主义立场和他对阿尔及利亚的特殊感情出发，呼吁双方和解，他的努力不但遭到失败，而且引起双方的不满。加缪曾经在回答一位阿尔及利亚的大学生的质疑时说：“在捍卫正义之前，我要捍卫我的母亲。”这充分显示了加缪在阿尔及利亚问题上进退两难的窘境。阿尔及利亚问题是加缪的一块心病，他的精神陷入极大的苦闷中，创

1 让·达尼埃尔：《抵制一时风气的人》，法国《新观察家》周刊，1987年4月19日。

作也呈现出衰竭状态，所发表的文学作品只有中篇小说《堕落》（*La Chute*, 1956）、短篇小说集《流放与王国》（*L'Exil et le Royaume*, 1957）和几部改编的剧本。

《堕落》是一部讽刺小说，发表于1956年。全书用第一人称写成，始终是主人公让-巴蒂斯特·克拉芒斯对一个人滔滔不绝地自白，而对方不置一词。克拉芒斯曾是一位誉满巴黎的律师、运动场上的健将、情场上的幸运儿，正当他志得意满、飞黄腾达之际，突然在某天夜里听到背后响起一种嘲弄的笑声，他从此对自己产生了怀疑，开始了内心的反省，结果他发现自己远非一个完人，而是一个庸人、一个懦夫。他自诩为寡妇和孤儿利益的捍卫者，实际上为的是博得他们一掬感激的眼泪；他热衷于帮助盲人和弱者，实际上是做给别人看的；他表面上谦虚随和，实际上内心中把别人视若草芥；他曾在一天夜里见死不救；他对情人进行卑鄙的报复和折磨；他要事事出人头地；等等。他在失去了往日的自信之后，离开巴黎，到了荷兰，在阿姆斯特丹的一家下等酒吧里当起了法官—忏悔者，即法官和忏悔者，一身而二任，他向别人忏悔自己的堕落，目的在于引起对方的忏悔，他越是揭露自己的丑行，就越具有审判别人的权利，而经验证明，他的方法万无一失，百试不爽。最后，他发现他的沉默的对话者居然也是一个律师。小说试图用克拉芒斯的堕落象征欧洲文明的堕落，作者在无情地揭破克拉芒斯的假面的同时，把解剖刀伸向了所有的西方资产阶级知识分子。克拉芒斯的身上有着作者本人的影子，但夸张的笔调，讽刺的口吻，使他更像以萨特为代表的存在主义者们。加缪在《笔记》中写道:“《现代》杂志，他们接受原罪而拒绝拯救——渴望做牺牲品。……他们唯一的辩白是这个可怕的时代。他们身上的某种东西渴望奴役，他们想通过某种充满思想的高尚道路达到这一目的。但是对于奴役来说，没有辉煌的道路可走。”他曾经想把小说题名为《当代英雄》，这说明小说有明显的现实性，揭示了小说主题与时代、与现实的紧密联系。加缪认为，我们这个时代是犹大的时代，犹大把背叛和仇恨作为原则，因此我们这个时代缺乏博爱，到处是屠杀和暴力，成了一个警察世界。《堕落》是一部复杂的小说，不过，萨特认为，《堕落》也许是加缪“最美的，也最不被理解的一本书”。

《流放与王国》是一部包括六个短篇的小说集，其中有四篇以阿尔及利亚为背景，其余两篇分别以巴黎和南美为背景。流放与王国，这是两个对立的世界，一个在现实中，一个在理想中，或者说，流放中有王国，王国中有流放，如何经流放而达王国？这是加缪试图回答的问题。《不贞的妻子》的女主人公雅妮娜，经过二十五年枯燥无味的婚姻生活，在一天夜里跑到漆黑的荒野中，仰观繁星密布的夜空，与神秘的大自然心交神应，大彻大悟，获得了精神上的解脱。《叛教者》的主人公是一位“基督教进步主义者”，因受到异教徒的威逼而改宗，听从了新的主人却又受到野蛮人的暴力的迫害，他在新的等待中再次受到折磨。《沉默的人们》中，一个小工厂的十几个工人，因罢工失败而对老板心怀怨恨，但是老板的女儿突然病倒，引起了他们深厚的同情，工人和老板间的芥蒂涣然冰释，原来是死亡的威胁使他们走到一起去了。《来客》的背景是阿尔及利亚战争，小学教员达吕收留了一个阿拉伯犯人，他招待他吃住之后，并未按照警察的嘱咐把他解往下一站，而是听其自便，或自投，或逃跑，结果他悲哀地发现，"阿拉伯人慢慢地走上通往监狱的道路"。《约拿》讲的是一个淳朴的画家成功之后，宾客盈门，络绎不绝，使他欲求孤独而不可得，终致搁笔，最后发出了"孤独还是友爱"这样迷惘的慨叹。《生长的石头》写的是一位法国工程师到巴西修筑水坝，他离开矫揉造作的名流显贵，结识了一位黑人厨子，坐到了他们一家人中间，把穷人的茅屋当成了自己的圣殿。《流放与王国》表明加缪又回到了他最初的源泉，即《反与正》中表现出来的牢狱和大海、贫穷和欢乐之间的对立与平衡。"王国"所意味的"自由的'赤裸裸的生活'"是经由"流放"获得的，只要人在"流放"中既拒绝受奴役又拒绝支配他人。由于加缪本人并未到达王国，他小说中的人物始终是在流放中奔波，至多到了"王国"的门口，朦胧地窥见了一点幸福的影子。正如加埃唐·毕孔所说："流放与王国并非由大洋隔开的两个大陆：它们是同一个呼吸的呼和吸，同属于一次心脏的跳动。王国在流放之中，流放是通向王国的道路：王国可能就是流放。"

1957年10月，加缪“因他的重要文学作品透彻认真地阐明了当代人的良心所面临的问题”而获得诺贝尔文学奖。他与书籍工人、西班牙流亡者和抵抗运动的老战友一起分享了这一快乐。当然，一举一动都会受到争议的加缪获得诺贝尔奖，舆论不会是一律的。有的人把加谬说成是“不信教的圣徒”“完美而彬彬有礼的小思想家”“抽象的自由神话的哲学家”等等。加缪的老对头莫里亚克倒是说了一句公道话：“这个年轻人是年轻一代最欣赏的思想大师之一，他为他们提出的问题提供了一个答案，他在某种意义上代表这一代人的良知。”两年之后，1960年1月4日，一辆从卢尔马兰开往巴黎的汽车撞在了维尔布勒万附近的一棵树上，车上的两个人，一个当场毙命，一个送往医院抢救无效。当场毙命的就是加缪，死在医院的是米谢尔·伽利玛。在加缪的提包里，放着一部未完成的手稿，那是一部叙述加缪的童年的小说，小说的名字是《第一个人》。这是一部寻根的小说，它在广阔的社会背景中寻找一个民族的根。加缪死的时候，是四十七岁。

加缪曾经是一代青年的精神导师，是法国最年轻的诺贝尔奖获得者，他以西绪福斯下山那样沉重而均匀的步伐朝着荒诞走去，他知道恶不能根除，但唯其如此，才更应该为捍卫人的尊严和幸福而斗争。

加缪与小说艺术

20世纪的著名小说家中，有些人的名字是与某种“新技巧”、“新手法”或“新观念”联系在一起的，例如，普鲁斯特与意识流，卡夫卡与荒诞，赫胥黎与对位，福克纳与时空倒错，萨洛特与潜对话，西蒙与新小说，马尔克斯与魔幻，海勒与黑色幽默，等等。还有一些人的名字并无此类显赫的联系，但是这丝毫也不曾妨碍人们将其视为杰出的小说家，例如加缪。

当然，加缪也有“荒诞”，然而创始者的光荣不属于他；他也有“怀疑”，但其渊源更为久远；他也曾被归入海明威一派，但似乎并没有什么东西证明他们之间的联系；他也曾被人拉入新小说家一伙，但是他并没有感到特别的荣耀。其实，他从未想过发明什么，他也的确不曾发明什么，他只是不趋时，不媚俗，不以艰深文浅陋。在某些批评家看来，与20世纪所崇尚的“晦涩”“繁复”相比，“简洁、明晰、纯净”的加缪简直就是“没有什么艺术性”。

然而加缪毕竟是有艺术性的，假使所谓“艺术性”不等于雕琢、华丽、标新立异或追逐时髦之类。加缪的艺术性在于“适度”。

“风格乃是人本身”

加缪是20世纪少有的自觉追求风格的作家。

说到风格，布封的名言尽人皆知，然其恒遭曲解却是知者寥寥。钱锺书先生曾指出：“吾国论者言及‘文如其人’，辄引Buffon语（Le style，c’est l’homme）为比附，亦不免耳食途说。Buffon初无是意，其Discours仅谓学问乃身外物（hors de l’homme），遣词成章，炉锤各具，则本诸其人（[de] l’homme même）。‘文如其人’，乃读者由文以知人；‘文本诸人’，乃作者本诸己以成文。”[1]考布封初衷，确谓知识、事实、发现等皆身外物，唯风格乃是人本身（Ces choses sont hors de l’homme，le style est l’homme même）。因此，风格乃是作者在其思想的表达上打上自己的印记，故“风格不会消失，不会转移，也不会变质”[2]。简言之，文以风格传世，而风格则以人为本。

加缪所追求的风格正是布封所论述的风格，然而又不止于

1 钱锺书：《谈艺录》，中华书局，1984年版。

2 布封：《论风格》。

此，他对“文本诸人”（即“风格乃是人本身”）之“人”做了深入的探索和全新的解释。他指出：“艺术家对取之于现实的因素重新进行分配，并且通过言语手段，做出了修正，这种修正就叫作风格，它使再创造的世界具有统一性和一定限度。”[1]所谓“修正”，就是艺术家根据人的内在的愿望对现实世界的一种“纠正”，其表现之一就是艺术家所运用的小说这种文学样式。而人的内在愿望则是反抗世界的荒诞和寻求现时的幸福。因此，“这种修正是一切反抗的人都具有的”[2]。这样，加缪就把风格和反抗联系了起来，使之摆脱了纯形式的品格，浸透了人的天然的深刻要求。布封的名言在加缪的笔下，获得了更深厚的现实基础，同时也获得了更超绝的哲学层次。

加缪追求一种“高贵的风格”，一种蕴含着人的尊严和骄傲的风格。他指出：“最高贵的艺术风格就在于表现最大程度的反抗。”[3]这种高贵的风格并不是纯粹形式的，倘若因一味讲究风格而损害了真实，则高贵的风格将不复存在。同时，“高贵的风格就是不露痕迹，血肉丰满的风格化”[4]，而风格化是既要求真实又要求适当的形式的。据此，加缪所谓“高贵的风格”可以归结为互为依存的三种要素：一、给予最大程度的反抗以

1 加缪：《反抗的人》。

2 同上。

3 同上。

4 同上。

适当的形式；二、通过纠正现实而获得真实；三、适度而含蓄的风格化。加缪不是那种盲目追求形式的作家，也不是那种单纯注重思想的作家，他始终要求内容与形式“保持经常不断的紧密联系”。无论是内容溢出形式，还是形式淹没内容，在他看来都会破坏艺术所创造的世界的统一性。而艺术，恰恰是“一种要把一切纳入某种形式的难以实现的苛求”[1]。因此，加缪说：“工作和创作了二十年之后，我仍然认为我的作品尚未开始。”[2]他一直把“真理和反映真理的艺术价值”看得高于一切。当然，加缪对于“真理”（或“真实”）有他自己的看法。他曾经不止一次地申明，“现实主义是不可能的”[3]，他反对资产阶级现实主义，也反对社会主义现实主义，因为前者是一种“黑暗的”文学，后者是一种“教诲的”文学，这两种文学实际上都背离了真实。然而同时，他也不止一次地申明，“现实主义的抱负是合理的”[4]，艺术不能“服从现实”，也不能“脱离现实”，因为“在某种意义上说，艺术是对世界中流逝和未完成的东西的一种反抗：它只是想要给予一种现实以另一种形式，而它又必须保持这种现实，因为这种现实是它的激动的源泉”[5]。这种

1 加缪：《反抗的人》。

2 转引自莫旺·勒白斯克：《加缪》。

3 加缪：《艺术家及其时代》。

4 同上。

5 同上。

矛盾其实是一种表面的矛盾，其根源在于对现实主义这一概念理解上的分歧。例如，他认为现实主义就是“准确复制现实”，就是“无止境地描写事物”“无穷尽地列举事物”，等等。而我们知道，现实主义完全可以有另一种定义。因此，以这种对现实主义的歧义或误解来探讨加缪对现实的态度，是没有多大意义的。我们只需指出，加缪的小说绝不缺少现实的内容，恰恰相反，真实是他的小说的生命，只不过如他所说，他的小说同时“给现实加上某种东西，使现实稍有变化”，也就是：“小说的本质就在于永远纠正现实世界。”[1]无论是《局外人》对现实的承受，《鼠疫》对现实的解释，还是《堕落》对现实的逃避，都不曾离开人的现实，都是在人的世界中展示人对荒诞的觉醒和反抗。现实经过艺术家的“纠正”成为真实，而“纠正”就是风格化，它“包含了人的干预和艺术家在复制现实时进行纠正的意志”[2]。加缪认为，“风格化最好是含而不露”，其本质在于“适度”。加缪的写作艺术的根本在于“恰到好处”，甚至是宁不及而勿过。他在谈及自己的写作时，经常见诸笔端的是“限制”“堤坝”“秩序”“适度”“栅栏”等表示“不过分”的词。例如，他说：“我知道我本性中的无政府主义，所以我需要在艺术上为自己树起一道栅栏。”[3]或者：“为了写作，在表达上

1　加缪：《反抗的人》。

2　同上。

3　加缪答加布里埃尔·多巴莱德问。

宁不及而勿过。总之是勿饶舌。”[1]这种对于“度”的自觉，使加缪为文有一种挺拔瘦硬的风采。

总之，加缪是一位有风格的作家，其风格可以称为“高贵的风格”。

《局外人》与“含混”

《局外人》1942年出版后，很快就得到萨特的好评。根据他的解释，《局外人》是对“荒诞”的证明和对资产阶级司法的讽刺。然而，后来的批评家纷纷越过了萨特的解释，他们发现了《局外人》的“含混”。

现代批评家普遍认为，“含混”是文学作品的本质特征之一。作家有意识地运用“含混”，读者不固执地追求唯一的理解，则作品将变成一个含义深远的多面体。加缪曾经写道：“至少要为使沉默和创造都臻于极致而努力。”[2]沉默不是虚无，而是富于蕴含的情状，仿佛“此处无声胜有声”；创造当然也不是基于虚无的创造，而是打开沉默的硬壳。沉默与创造之间的桥梁将由“含混”来架设。《局外人》呈现出一种多层次、多

---

1 加缪：《笔记》第一卷。

2 同上。

侧面的“含混”，其中沉默和创造都已臻于极致。

加缪自己谈到《局外人》时说：“《局外人》描写的是人裸露在荒诞面前。”[1]他也曾这样概括《局外人》：“在我们的社会里凡在母亲下葬时不哭者皆有被判处死刑之危险。”[2]看来，萨特的评论与作家的自述相去不远。但是，此后四十年间，局外人探索《局外人》的含义的努力一直没有间断。有的批评家从政治角度考察作者对阿拉伯人和法国殖民政策的态度，认为这部小说更应叫作《一个法国人在阿尔及利亚》，而阿拉伯人被杀则表明法国人“对一种历史负罪感的令人惶惑的供认”；有的批评家从精神分析的理论出发，把默而索看作现代的俄狄浦斯；还有的批评家把默而索的经历看作一种想象的心理历程；等等。这种主题的多义性来源于作者置于情节中的许多空白和人物行为的机械性。

人物行为的机械性很容易使浅尝的读者得出这样的印象：默而索是一个满足于基本生理需要的人，他对外界的反应是直接的、感性的、机械的，他的推理能力低于常人，他是一个不好不坏的化外之人，是一个希望远离社会而处于自然状态的人。然而事情似乎不这么简单。假使读者仔细阅读并且不放过作者似乎不经意的若干提示的话，会发现默而索并不是一个生

---

1 加缪：《笔记》第一卷。

2 加缪：《局外人》美国版序。

活在世外桃源中的人。他受过高等教育，推理的能力显然优于周围的人，而且当他“在苦难之门上短促地叩了四下”之后，立刻就明白了自己的处境。他的寡言，他的冷漠，直到他的愤怒，原来都是他对环境的自觉的反应。他不想装假，不想撒谎，不想言过其实，不想用社会的惯例来约束自己的言行，他是个“局外人”。然而何谓“局内”？何谓“局外”？这内与外以何为参照？批评家们曾经把他看作自然人、野蛮人、荒诞的人、精神低能的人，或者是理性的人、清醒的人、现代的人等等。就每一种人来说，默而索作为小说人物都是清晰的，然而就总体来说，这位小说主人公却又是含混的。不同的批评家都有充分的证据勾画出一个活生生的默而索来。因此，默而索的面目既是清晰的，又是模糊的，这中间的矛盾正说明这一文学形象的丰富性。

这种蕴含丰富的矛盾不难表现在人物性格上，小说的叙述角度更使批评家感到既惶惑又兴奋。他们提出了这样的问题：究竟谁在说话？是默而索还是作者？如果是默而索，那么他在何时何地说话？如果是作者，那么他是同情还是谴责默而索？或者，作者与默而索合一还是与叙述者合一？这些问题使《局外人》这部小说表面上极为清晰的语言变得模糊而含混。

小说的开始是这样一段话：“今天，妈妈死了。”小说的结尾，则是默而索在狱中等待着处决的“那一天”，也许是第二天，也许是数日以后。小说从开始到结束，粗粗算起来，至少有一年多的时间。矛盾就出现在这里。如果确认是“今天”说的话，此后的事情皆属想象；如果确认默而索是在临刑的前夜回忆往事，那就不能说“今天，妈妈死了”一类的话。于是有的批评家根据小说第一部和第二部的文体的区别，认为第一部乃是日记，第二部才是完整的逻辑的叙述。也就是说，捕前的经历是逐日记载的，事件既无动机，彼此间也没有联系，直到“我”杀了人，才突然意识到叩开了“苦难之门”。捕后的经历则不同，“我”已完全明白了自己的处境，所述之事井然有序，推理过程也十分清晰。然而，这仅仅是对小说时序颠倒的一种解释，批评家们还有其他多种解释，例如有论者以为默而索的独白乃是一种“伪独白”，不可以正常的逻辑绳之；有的论者认为说话的并不是默而索，而是某个自称“我”的人在讲述一个叫默而索的人的故事；还有的论者认为，作者要使读者有亲睹亲历之感，于是扭曲时序而在所不惜；等等。无论如何，这种时序的扭曲使这部小说呈现出一种言简意深的风貌，仿佛冰山，所露甚小，所藏却极大。

《局外人》中具有象征意义的形象也是含混的，具有两重性，例如太阳。太阳这一形象如同大海、土地、鲜花等，在加缪的作品中象征着生命和幸福，是人人都可以享用的财富，取之不费分文。总之，太阳是一种善的象征。然而在《局外人》中，太阳的象征意义却非此一端。的确，太阳依然是美的、善的，当“天空是蓝色的、泛着金色”的时候，它可以让人感到舒适；它也可以把女友的脸“晒成棕色，好像朵花”，让默而索看着喜欢；它也可以适度地炎热，让游泳的人“一心只去享受太阳晒在身上的舒服劲儿”。然而太阳有它的反面，不是阴影，而是超过了某种限度。它可以使“天空亮得晃眼”，把默而索“弄得昏昏沉沉的”；它可以是“火辣辣的”，晒得土地“直打战”，既冷酷无情，又令人疲惫不堪；由于阳光过分强烈，人“走得慢，会中暑；走得太快，又要出汗，到了教堂就会着凉”，真是进退两难，没有“出路”；它也可以“像一把把利剑劈过来”，让人觉得刹那间“天门洞开，向下倾泻着大火”；正是在这个时候，“大海呼出一口沉闷而炽热的气息”，默而索抵抗不了这气息的力量，他失去了平衡，他也用枪声“打破了这一天的平衡，打破了海滩上不寻常的寂静”。于是，“一切都开始了”，开始的首先是“苦难”，其根源正是默而索酷爱的太阳，那使他感到幸福的太阳。

此外，默而索被捕前后呈现出两个世界，这两个世界的特点恰恰是含混和表里不一。被捕前，默而索作为一名小职员生活在流水般的日常世界，他周围的人都有名有姓，有各自的工作。他们的忙碌和烦恼，他们很少变化的单调生活，他们许多毫无意义的言谈，无论如何总是构成了一个活跃的、真实的人的世界。人们有小小的痛苦，也有小小的幸福，至少有感官的愉悦。被捕后，默而索却进入一个完全陌生的世界，那里的人只有职务而没有姓名，例如预审推事、检察官、律师、记者、神甫等等，这些人似乎并不是作为人而存在，他们是某种职务的代表，他们不是在生活，而是在扮演某种角色。这个表面上有条理、合乎逻辑的世界实际上是虚假的、做作的，是一个非人的世界。这时的默而索是个有逻辑的人，却又同时是个置身局外的人。

总之，上述种种含混，即主题、人物、象征、叙述方式和小说世界诸方面的含混，使《局外人》成为一个扑朔迷离、难以把握的整体，似乎有不可穷尽的意义，给各种历史条件下的读者都带来了探索的乐趣。

《局外人》曾经被认为是清晰的、简洁的、透明的，是现代古典主义的典范，然而它有意的单调、枯燥和冷静却打破了这种直接的印象，随着阅读的深入而逐渐剥露出深刻而复杂的内涵，出人意料地展示出含混作为艺术手段所具有的功能。

可以说，《局外人》的艺术集中地体现为含混。

《鼠疫》与“神话”

《鼠疫》不称“小说”，而曰“记事”，从构思到成书，历时八年，1947年出版后一周，即获批评奖，两年内就再版八次，印行十六万册，迄今已有四百多万册书落入各阶层、各年龄的读者手中。一部没有女主角的小说会有这样广大而持久的读者群，在文学史上是极为罕见的，非有震撼人们灵魂的力量才行。这种力量的产生，不能只靠触及时代的热点，还需要有某种更深刻、更久远的原因，这也许只有在神话中才能找到。

加缪在构思写作《鼠疫》时所悬的目标，正是神话。他要创造一个神话，他也要通过神话来表达他的思想。在这里，形式和内容是密不可分的整体。他在谈及自己的作品时说："……一些不说谎的人，也就是非现实的人。他们并不在这世界上。这大概就是为什么我迄今仍非人们所理解的那种小说家，而是依据其激情和焦虑创造神话的艺术家。"[1]创造神话不是讲述故事，神话追求的是普遍性和超越性，不怕单调和重复，而故事追求的是曲折性和生动性，最忌枯燥和抽象，然而对于人的灵魂具有震撼力的却是神话而不是故事。加缪所赞赏的美国作家赫尔曼·梅尔维尔就是一位神话的创造者，埃哈追捕白鲸莫比·迪克的故事就是一个关于"人与恶搏斗"，关于"促使人先是反抗造物及造物主，继而反抗同类和自己的那个不可抗拒的逻辑"的神话[2]。《鼠疫》亦可作如是观。加缪在写作伊始就做了如下的表述："我想通过鼠疫来表现我们所感到的窒息和我们所经历的那种充满了威胁和流放的气氛。我也想就此将这种解释扩展至一般存在这一概念。"[3]一语破的，创造神话的意

1 加缪：《笔记》第二卷。

2 加缪：《赫尔曼·梅尔维尔》。

3 加缪：《笔记》第二卷。

图昭然若揭。鼠疫已不仅仅是一种具体的传染病了，它成为象征，而且是多层面的象征，举凡纳粹、战争、人生的苦难（疾患、孤独、离别等）、死亡、恶都可以在这巨大的象征中占一层面。正如作者为这本书选择的题词所言："用另一种囚禁生活来描绘某一种囚禁生活，用虚构的故事来陈述真事，两者都可取。"（丹尼尔·笛福）加缪取了两种，冶于一炉，创造出一个人抵抗恶的神话。

既然是人抵抗恶，那就离不开人及其生存的世界。加缪十分注意耕耘神话的土壤，让象征在现实中扎根。他指出："像最伟大的艺术家们一样，梅尔维尔把他的象征建立在具体之上，而不是在梦的质料之中。神话的创造者具有天才的特性，仅仅是因为他将神话置于厚实的现实之中，而不是置于想象的流云之中。"[1]于是，加缪也如同《白鲸》的作者一样，让他的《鼠疫》充满现实世界的无数准确逼真的细节，让日常生活的平淡的风在其间吹拂，从而更见出与恶相搏之惊心动魄：这是寻常百姓的英勇和尊严，有顶天立地之慨，而无叱咤风云之态。在加缪的笔下，病鼠的垂死挣扎，患者的痛苦煎熬，医生们的努力，卫生防疫组织的工作，以及封城之后市民的种种反应，咖啡馆、电影院、商店等场所的反常的热闹，黑市的猖獗，等等，这一切都被以一种无可挑剔的现实主义手法，生动准确地

1　加缪：《赫尔曼·梅尔维尔》。

呈现出来。有些场面，例如里厄医生与妻子在车站告别，格朗望着橱窗中的木刻玩具泪流满面等，都具有一种催人泪下的力量，的确是平淡之中涌动其激情，是日常生活中时时可以见到的。正是在这种厚重的现实的基础上，加缪构筑了一个“没有女人的世界”。这是某种抽象、某种升华。没有女人的世界是无法呼吸的世界，是恶肆虐的世界，是必须激励人们奋起抗争的世界。加缪就这样进入了神话世界，把对于鼠疫的解释“扩展至一般存在”，即人生本相。在《鼠疫》中，现实与神话相互依存，缺一不可，现实是神话笼罩下的现实，神话是现实支撑着的神话，其结合是艺术生命力的源泉。加缪说:“艺术拒绝日常的真实，就失去了生命。然而这生命虽属必要，却并不充分。艺术家不能拒绝现实，是因为他必须给予现实以一种更高的证明。”[1]神话的创造不就是对于现实人生的一种更高的证明吗?

《鼠疫》被称为“记事”，其人物塑造也很少求助于想象，然而这也许正是神话人物的特点：真实但不求细腻，鲜明但不求独特，生动但不求丰满。批评家也许可以指责作者多少把人物当成了某种观念的载体，但他绝没有理由说这些人物是些苍白的概念和没有生气的木偶。加缪原本无意于塑造单个的典型，把人物搞得血肉丰盈、栩栩如生，因此也极少施

1 加缪:《艺术家在狱中》。

笔墨于人物形体的刻画和音容笑貌的复制，然而他决不放过人物精神活动曲线的每一个起伏或转折。这使他笔下的人物虽面目不清却跃然纸上，虽线条粗略却真实可信，并没有传声筒的毛病。一种深刻的历史感和强烈的现实感使这些人物很自然地进入读者的生活，只要人还需要与恶抗争，而这种抗争看来是永远需要的。这正是神话人物的特殊的魅力：人们只是相信其存在，而不必知其头发为棕色还是金黄，其眼睛是灰色抑或蓝色。例如医生里厄，他既有思想，又能行动，他以清醒的头脑和果决的毅力参加一场必须参加的战斗。他并不抱有任何幻想，也不自诩“为了人类的得救而工作”，他只是履行医生的职责“对人的健康感兴趣”，做好“本分工作”。他的勇气是一个普通人的勇气，但我们知道，普通人的勇气在为了生命和正义而斗争的时候可以产生出多么惊人的力量。塔鲁则不同，他为了躲避精神上的鼠疫和追求“内心安宁”来到这座丑陋的城市，他的目标高得吓人，他要做一个“不信上帝的圣人”，他需要某种非常的事件来显示和保持他精神上的卓越，因此他感到“做一个真正的人”更为困难。作者对他有着很深的敬意，然而并不把他推荐为可以仿效的榜样。格朗这位事业上和爱情上都未获成功的小职员，却以其正直甚至平凡赢得作者的同情甚至敬重，他那近乎可笑的对于完美的追求终于因意识到限度而未演化为愚蠢的虚妄，使他能够“一本正经地再不去想他的女骑士，专心致志地做他应该做的事情”。作者把“这位无足轻重和甘居人后的人物”推荐为“英雄的榜样或模范”，这绝不是无谓的调侃，而是“使真理恢复其本来面目，使二加二等于四”。还有那位新闻记者朗贝尔，他因采访而滞留病城，一心想着的是出城与情人相会，并不认为鼠疫与他有什么相干。他追求的是幸福，然而他终于认识到：“要是只顾一个人自己的幸福，那就会感到羞耻。”他加入了抵抗鼠疫的战斗。帕纳卢神甫开始时将鼠疫看作上帝对人类的“集体惩罚”，号召信徒们谦卑地接受，因为他不相信“徒劳无功的人类科学”，但是无辜的儿童的死使他受到震动，不得不重新审视自己的信仰。他因拒绝治疗而死于鼠疫，这无谓的死告诉人们，以顺从代替斗争会导致什么。然而，在这场人与鼠疫的殊死搏斗中，真正应该受到蔑视的只有那个形迹可疑的科塔尔，因为只有他是与鼠疫“合作”的。总之，《鼠疫》中的这些有名有姓、有言语行为的人物代表了人在恶的面前所可能有的种种表现，他们使人抵抗恶这一古老的神话焕发出新的活力，在其中注入了人们经历过的或可以想象的生活的真实。

《鼠疫》的语言朴素明快，从容不迫地记述了这一场灾难的兴衰起伏。口吻的平淡与事件的巨大之间形成强烈的反差，这是加缪向斯丹达尔等古典作家学习的结果，同时也是一切神话都具有的明显特征。

没有故意制造的效果，没有耸人听闻的夸张，也没有精心编织的悬念，有的只是老老实实的见证和平平常常的思考，然而深刻的哲理恰恰蕴藏在这里。真理不在人迹罕至的高山上，也不在玄奥难解的说教里，真理就在人们生活的大地上，就在人们每日的烦恼和欢乐中。这也是那些伟大的神话早已告诉人们的东西。

《堕落》与象征

加缪似乎对文类有着特殊的敏感，《局外人》被称为“小说”，《鼠疫》不称小说而称“记事”，《堕落》也不称小说，它被称为“叙述”。法国批评家让-约瑟·马尔尚参照纪德的说法，对“叙述”和“小说”的区别做了如下的界定：“叙述依照陈述的规则再现事件，小说则依事件本身的顺序向我们展示这些事件。”我们可以借助于这种说法大致将纯小说和纯叙述区分开来：小说正在发生，叙述已然发生；小说逐渐地向我们提供一种性格，叙述则解释之；小说眼看着事件发生，叙述则使人认识之；小说是由活跃的下文组成的，叙述则由原因组成；小说展开于现时，叙述则阐明过去。这些看法的第一个后果是，如果主人公是人，叙述更注重研究一种危机（并加以解释），小说则没有非此不可的主题，其主人公总是人。萨特认为纪德完全有理由指出：“小说是‘一种不断的涌现，每一章都应提出新问题，都应是出口，是方向，是激励，是读者的精神的一段向前延伸的堤'。"[1]简言之，小说偏于呈现，叙述偏于解释。但是文学的事实证明，小说与叙述之间的区别并不是绝对的，有时甚至并不是清晰的。《堕落》名为叙述，说明加缪有解释的意图，他要让读者理解什么事情；但是《堕落》也有不少小说的因素，如人物的心理分析、环境描写等等。不过，我们可以看到，《堕落》的小说因素通过象征的运用而融进了叙述，并使叙述本身也成为一种复杂的象征。

与《局外人》和《鼠疫》相比，《堕落》呈现出一种令熟悉加缪的读者感到惊讶的新面目：一种加缪从未有过的尖刻与痛苦交织的嘲讽的口吻，一种心灵受过创伤、遏制不住报复心理的人怨毒的口吻。然而，加缪对语言的苛求和对人性的挖掘却一仍其旧，并且由于广泛地运用象征而在《堕落》中强化了《局外人》所具有的含混和《鼠疫》所具有的神话意识，并且因此而使《堕落》摆脱了因纠缠个人恩怨而可能产生的偏颇。象征使《堕落》避免了狭隘性，获得了普遍性。

地域作为象征，在《堕落》中有着特殊的意义。加缪是一位出生在阿尔及利亚的法国作家，其创作基本上以北非为背景，阳光和大海是他最喜欢的地域景观，几乎成为他的作品主题的永久的伴随物。但是，《堕落》的背景却是荷兰，这

---

1 转引自米谢尔·莱蒙：《大革命以来的小说》。

个“烟雾和黄金的梦”一样的地方，“被雾、冰冷的土地以及洗衣盆一样冒着气的大海包围着”的国度；是玛尔肯岛，这个“了无生气的地狱”；是阿姆斯特丹，它那“同心的运河好像地狱之圈”，而且是“最后一圈”，但丁留给叛徒的那一圈。这正是北非明媚的阳光和清凉的大海的反面，是“负面之景”。在加缪的笔下，这种令人感到压抑和窒息的景观正是现代世界的象征。与之相对，加缪没有忘记还有完全不同的地方，那是爪哇，“遥远的岛屿”，“在那些岛屿上，人们死的时候疯狂而幸福”；那是希腊，“那儿的空气是贞洁的，大海和娱乐是明朗的”；那是太阳、海滩、信风吹拂的岛屿，“令回忆绝望的青春”。这种种美好的所在象征着人们的追求和向往。两种地域的对立为《堕落》提供了总体的框架，展示出人类的生存环境：苦难是他每日的伴侣，幸福只存在于怀念和向往之中。

《堕落》中的象征又以具体的形象为载体，有时取自《圣经》或传说，如“鸽子”之类，有时则取自与人物的命运休戚相关的日常景物，如桥、水等等。前者意境幽邃，发人深省，后者则自然生动，并且饶有讽刺意味。例如桥，克拉芒斯第一次失去心理平衡是因为在塞纳河上的艺术大桥上听见身后升起一阵“笑声”，后来又回忆起两年前曾在塞纳河上的王家大桥上见死不救。两件事都发生在桥上，他因此而发誓夜里永不过桥。桥在这里成为某种自觉意识的触媒剂。有趣的是，克拉芒斯逃离巴黎，选择了阿姆斯特丹作为隐居地，然而阿姆斯特丹却是个运河之城，拥有一千一百座大大小小的桥。一个人除非不动，动则必须过桥。克拉芒斯躲开了两座桥，却陷入更多的桥的包围之中。他纵使可以永世不再过桥，却断然不能不谈到桥，不想到桥，桥于是而成为一种顽念，时时压迫着他，折磨着他，使他谈桥色变而不能不处于永恒的自责之中。桥之为象征，明矣。有桥则有水，神秘的笑声与溺水的女人成为不可分割的整体。克拉芒斯既已陷入桥的重重包围之中，就必然要受到流水的无休止的追逐。果然，我们听到了他惴惴不安的告白："几年前，在我背后，在塞纳河上回响着的喊声，被河水带着奔向海峡，不断地在世界上前进，越过大洋无边的水面，正在这儿等着我，直到这一天我碰到它。我也明白了，它将继续在所有的海上、河上等着我，总之在我苦涩的洗礼水所在的任何一处等着我。"天网恢恢，疏而不漏，负罪之人逃脱不了惩罚，而惩罚总能等到负罪之人自投罗网。水之为象征，亦明矣。

精神的错觉或幻觉如果成为象征，可以具有多米诺骨牌的第一张牌的作用，一倒俱倒，连锁反应。例如克拉芒斯某夜在艺术大桥上听到的那一阵"背后的笑声"。这笑声先是从水里发出，继而又在他身体的某处响起，这当然不是某个具体的人实际存在的笑声，只不过是克拉芒斯的双重人格得以暴露的某种契机而已。加缪论荒诞时说："一切伟大的行动和一切伟大的思想都有一个可笑的开端。伟大的作品常常诞生在一条街的拐角或一家饭馆的小门厅里。荒诞也如此。”[1]我们说：觉醒也如此。那种笑声可能随时随地都存在，只是人们往往不注意，听不见罢了，正如克拉芒斯所说：“这声音没有任何神秘之处，这是一种善意的、自然的、几乎是友好的笑声……”

然而，正当一个人感到满足、精神放松戒备的时候，这笑声就能乘虚而入，或从外面某个地方冒出，或在自己身上某个地方响起，实际上，这是精神感到的笑声，并不是耳朵听到的笑声。

波德莱尔指出，“在人来说，笑是意识到他自己的优越的产物”，“是包含在象征苹果中的许多籽仁之一”[2]。克拉芒斯听见了笑声，这意味着他已失去了优越，成为别人讪笑的对象。

这笑声是微不足道的，但其威力足以摧毁一个人的自信，或者撕去一个人的假面。

人物行为的象征性是《堕落》最引人注目的特色之一，举凡克拉芒斯的乐善好施、攀登高峰、喜欢岛屿、试图中止审判、当法官—忏悔者、隐匿《神秘的羔羊》等等，都具有可以向多方面延伸的象征意义。尤其是克拉芒斯的对话，更具独特的风采。这是一篇对话，但对话者并无缘置喙，只剩下克拉芒

1 加缪：《西绪福斯神话》。

2 波德莱尔：《论笑的本质并泛论造型艺术中的滑稽》。

斯一个人喋喋不休，然而又并非一篇独白，克拉芒斯想尽一切办法诱使那不出声的对话者落入圈套，读者因此感到分明有一对话者在。主人公与一个无言的对话者对话，这种手法早已见于陀思妥耶夫斯基的《地下室手记》，但加缪别出心裁，令对话者于篇末暴露身份，原来也是一位巴黎的律师，与克拉芒斯同操“这一美妙的职业”。有论者认为，所谓对话其实并不存在，是克拉芒斯在顾影自言。果真如此，则克拉芒斯的“虚假对话”立刻显出其象征性：克拉芒斯在努力摆脱自身的梦魇，并在其失败中显露出他所代表的那一部分人——“当代英雄”——的堕落。他原本希望对方是警察，或可将他逮捕乃至斩首，以便结束“在荒漠中呼喊而拒绝走出去的伪预言家的生涯”。他失败了，他还将继续充当那什么也不能预言的伪预言家的角色。克拉芒斯的“虚假对话”象征着某种结束堕落状态的徒劳无功的努力。

《堕落》的象征，可以被看作当代人类世界的某种总体象征。

《流放与王国》与技巧作为工具

加缪在为短篇小说集《流放与王国》（1957年）写的一则出版说明中指出：“这个集子包括六个短篇：《不贞的妻子》、《叛教者》、《沉默的人们》、《来客》、《约拿》和《生长的石头》。不过主题只有一个，即流放。然而处理的方式却有六种，从内心独白到现实主义的叙述。”这里，他实际上是说，他运用了六种小说技巧处理了六种流放的方式。

“不贞的妻子”雅妮娜在一次不情愿的旅行中，偶然地发现游牧民族的生活具有一种粗犷自由的美，与自己平庸猥琐的市民生活相比，一个是“王国”，一个是“流放”，形同霄壤。她于是有所悟，深夜中只身遁入旷野，让“整个天宇在她的身上展开”，与大自然达成神秘而短暂的默契。这是一种奇特的“不贞”。加缪运用了严格遵守时序的叙述，以众多而真实的细节——景物以及过去极少见的有关人的形貌的描写——为支撑，从容不迫地渐次透露出种种信息，使读者有“山雨欲来风满楼”的预感。他又不失时机地推出富有象征意味的形象或动作，使高潮出现之前布满“富于包孕的时刻”，例如：“雅妮娜觉得，一个洪亮、短促的乐音响彻天空，其回声渐渐充满她头上的空间，然后戛然而止，留下她和这无边的原野默然相对。”我们可以想象，在这“默然”之中，雅妮娜已打定了主意。她此时已铸成了自己的“不贞”，那星夜旷野中的一幕实际上成为弦上之箭，只是待时而发罢了。雅妮娜的故事是个极平凡的故事，加缪写来却极有感情，却又出之以极冷静的笔触，反差中呈现出一种“令人不能自持”的神秘美，有寓言的风致。

《叛教者》中，读者所见唯有一片光怪陆离的意识的流动，通篇是一个“精神错乱的人”的无声的独白，只最后一句是客观的描述，如天外飞来，除了点明这奴隶杀了传教士之后仍旧是个奴隶之外，又留下一个难解的疑团。这是一个改宗者的故事，他不愿徘徊在善与恶之间，他怀着扬善的目的来到崇拜恶的地方。他的善不敌异邦的恶，他于是叛教而投入新主人的怀抱。然而，他又面临着再次改宗的屈辱。他没有被杀死，没有成为殉教者的幸运，他始终是个奴隶，他被割去舌头，失去了语言的能力，但他头脑中又生出另一个“舌头”，他还有意识能够流动。外部的事件，内心的活动，在一系列热得烫人的形象中交织成闪烁的一片，暴露出一个倾向于极端思想的人可怕的精神世界。这篇小说结构严谨，于混乱中见出秩序，颇能表现出“一个精神错乱的人”的情状。其实他的精神并没有错乱，只是趋向极端，进入了绝境。他的无声的独白无异于忏悔，这忏悔因借用了大量极富象征意味的形象而具有多向的启发性。“叛教者”处于流放之中，他的王国看来极为渺茫。

《沉默的人们》，正是加缪最熟悉也最感亲切的那些人，具体地说是那些制桶工人。他们因罢工失败而心怀怨恨，他们在大工业的挤压下面临改变职业的威胁（然而他们是多么珍爱他们的手艺啊！），他们与老板的关系因利害的冲突而遭受扭曲，然而他们最终在老板的女儿的病痛面前打破了沉默，这一切都以一种现实主义的手法准确、鲜明、生动地表现了出来。这篇小说写的是复工的第一天，从伊瓦尔上班到下班，整整一天，按照时间的顺序依次呈现出途中的景色、工厂里的气氛、劳动的场面以及工人们对老板的女儿生病这一事件所做的反应，其间很自然地插入伊瓦尔的心理活动，使经过精心选择的大量细节具有活跃而浓郁的生活气息，并且折射出更为广阔的生活场景。加缪对人物着墨不多，但有名有姓的人有七八个之多，都各有性情，颇为鲜明，从主人公伊瓦尔的眼中看去，都显得有血有肉，颇为生动。通篇小说用语朴实无华，对话直截了当，与劳动世界十分相合。小说的结尾透露出某种愿望："到大海的那一边去。"似乎是对王国的朦胧的追求。《沉默的人们》是一篇现实主义的小说，尽管它的作者反对现实主义。

《来客》的特点是具体、丰富、细腻的环境描写，并在此基础上呈现和深化主人公的孤独感。这环境包括自然环境和社会环境。小学教师达吕对于环境始终处于不断的选择之中。就自然环境而言，他选择了这片荒凉贫瘠的高原，并且曾经"觉得自己像个大老爷"，因为他"生于斯，长于斯，到了别的地方，他就有流落之感"。加缪在其他作品中从未对景物用过如此多的笔墨，荒原、石头、雪、酷烈的太阳，众多的形象组成这个与人极不友善的世界，从而也更衬托出主人公的选择的严肃性：这里就是他的"王国"。然而，社会环境却使他的选择成为一个泡影：他被迫要在把犯人交往当局和放犯人逃走之间做出选择。他选择了，然而他遭到了误解，因此，他又失去了他的"王国"："在这片他如此热爱的广阔土地上，他是孤零零的。”社会环境描写之细腻，在加缪来说，也不曾出现在别的作品中，例如小学教师达吕和阿拉伯犯人共居一室时的表现，被描写得极有曲折感。环境是具体的，人物也是具体的，其心理活动也有具体的历史背景，然而，加缪通过具有象征性的细节和情境而淡化了政治的色彩，突出了普遍的人与环境、人与人之间的沟通困难。“沙漠的门户”，“通往监狱的道路”，“穿过高原的路”，“曲曲弯弯的法国河流之间”，主客共居一室，犯人自投罗网，等等，都有深广的象征意义。《来客》这篇小说节奏虽然徐缓，但内涵却相当丰富，有一种致密感，这使它有别于《沉默的人们》那样的现实主义小说，尽管它们的细节描绘显然是现实主义的。

初读《约拿》，讲的是一个“身为名累”的故事，一个画家的艺术生命如何断送于盛名之下。但是，作者在调侃中流露出的愤懑提醒我们：这绝不是一个轻松的笑话，它所寄托的思考是极为严肃的。“孤独还是友爱？”这个困扰着约拿的问题也同样地困扰着所有的人。小说的口吻是调侃的，渐渐地转向严肃，仿佛一束可调的灯光，于不知不觉中突然照亮了主人公心中的疑团。读者的疑问生于阅读的结束，不由他不于讽刺和幽默中寻求更深刻的含义。于是，他很自然地看出：“不应该再说某人坏或丑，而应该说他想坏或想丑。”这样一句随口说出的话原来是暗指存在主义的“自由选择”，作者的态度也就不言自明了。约拿的结婚，找房子，电话，朋友的来访或邀请，在各种宣言上签名，最后被逼上自搭的阁楼，等等，这些生活中的具体问题，无一不间接或直接地与那个问题相联系，作者的忧虑实际上也在逐步深重。叙述口吻与所述事件之间的不协调，这是加缪从斯丹达尔那里学到的技巧，在这里又一次得到充分的运用。《约拿》这篇小说中没有多少细节，也没有多少对话，一切都在大跨度的时空变化中被叙述出来，很明显，作者在这里更注重的是形象或事件的象征性。这是一篇现代寓言。形象的饱满和鲜明，情节的曲折和完整，细节的丰富和真实，都不是作者所追求的，而调侃的笔调，幽默的口吻，真真假假的格言警句，虚虚实实的环境氛围，却明显透出作者的苦心。

《生长的石头》也许是小说集中最精彩的一篇，开头即以有限的环境描写，使读者自然地站在主人公的位置上，用他的眼睛看世界；结尾又出人意料，顿时使主题凝聚升华，读者甚至可以暗自惊讶：怎么不知不觉地跟着主人公走到那茅屋里去，并且和他一样感到"心头充满了纷乱的幸福之感"。作者在叙述中虽取第三人称，但并非置身于读者和主人公之上，而是以主人公的视角与视界为准，使读者有身临其境之感，能够尽可能地贴近主人公，并因此而尽可能地贴近作者。实际上，在这篇小说中，作者、主人公和读者是渐渐地趋向融合的，他们的近乎一致的视角使小说的主题具有强烈的感染力，同时也使那些富有质感的形象具有浓厚的主观色彩和感情色彩，例如，“蒙上了水汽的星星在黑色的天空中颤动”，“几只毛色发黄的黑秃鹫热得一动不动”，“沉重的河水”，等等。这种带有抒情性的形象描绘真实而生动地传达出主人公内心中的骚动：他似乎在躲避和追寻着什么。在加缪的全部小说中，唯有《生长的石头》和《不贞的妻子》这两篇对于景物给予了如此丰富而饱满的笔墨，此种对于大自然的追求意味着对另一个世界的追求，即对“王国”的追求，因此这两篇小说中那些经过精心选择的形象都具有强烈的象征意义。然而，就主人公的态度而言，却有主动与被动，进取与退却的区别。在《生长的石头》中，形象更丰富、更具体，象征性更深远、更复杂，因此，所呈现出的“王国”的氛围也更浓重、更实在。《生长的石头》更具有神话色彩。

总之，《流放与王国》并不是人们通常习见的那种汇集若干不相连属的作品的小说集，而是一个有联系、有不同侧面的整体。加缪所采用的不同的小说技巧都是为这个整体服务的，并在其不同的表现形式上各有侧重，有时又有交替重合。《流放与王国》因篇幅短小，不大为论者所重视，但平心而论，就艺术技巧而言，的确称得上“纯熟”。

就小说艺术，曾有人向加缪提过这样的问题：“《堕落》与‘新小说’的探索有什么关系？”加缪的回答可以被视为他的小说观，也可以作为“加缪与小说艺术”这一论题的结论。他是这样说的：“对故事的兴趣与人本身共存亡，然而这并不妨碍人们总是寻求新的方式来讲述，您提到的那些小说家[1]有理由开辟新的道路。就我个人来说，所有的技巧都使我感兴趣，但我感兴趣的不是技巧本身。比方说，如果我想写的作品需要的话，我会毫不犹豫地采用您所说的这种或那种技巧，或者兼而用之。现代艺术的错误几乎总是使手段先于目的、形式先于内容、技巧先于主题。如果说我酷爱艺术技巧，如果说我试图掌握所有的艺术技巧，那是因为我想自由地加以运用，使之成为工具。无论如何，我不认为《堕落》与您所说的那些探索有联系。事情简单得多。我运用了一种戏剧技巧（戏剧化的独白和潜在的对话）来描绘一个悲剧性的喜剧演员。一句话，我使形式适应主题。"

一语破的，"加缪与小说艺术"可以变成"加缪的小说艺术"了。

1 指萨洛特、西蒙、罗伯-格里耶等所谓"新小说家"。

阳光与阴影的交织

加缪曾经指出，现代作家“不再讲故事了，（他们）创造自己的宇宙”，而“思想，首先就是想要创造一个世界”。于是我们知道了，他作为作家，是想用思想创造自己的世界。这世界，巴尔扎克的是繁复，雨果的是博大，波德莱尔的是阴冷，普鲁斯特的是缜密……加缪的则是“单调”。人们可以用若干不同的一句话概括加缪的宇宙，例如他自己说的“反与正”，别人说的“大海与牢狱”“阳光与阴影”“荒诞与反抗”，等等。如许多的这些话，说的其实只是一个东西：人与世界在其不可分割的联系中的对立和统一。加缪说：“谁都知道伟大的艺术家是可以多么地单调……”对此，我深信不疑，然而我也知道，伟大的艺术家又是可以多么地复杂。加缪就是一个既单调又复杂的作家。

加缪的名字是与几位神话人物和文学人物的名字联系在一起的，他们是西绪福斯、普罗米修斯、涅墨西斯和堂吉诃德。

他们有过的，加缪都有，例如西绪福斯的清醒的勇气，普罗米修斯的高傲和坚忍，涅墨西斯的节制和均衡，以及堂吉诃德的知其不可为而为的固执；然而，加缪有过的，他们却不曾有，例如贫穷。

加缪是贫穷的。萨特在那封著名的绝交书中对加缪说："您可能贫穷过，但您已不穷了，您是个资产者……"[1]这显然是个没有操心过衣食的人的口吻，实际上，直到四十四岁获得诺贝尔文学奖之前，加缪一直是贫穷的，否则，他不会不无骄傲地说："我不是在马克思的著作中学到自由的，我是在贫困中学到的。"[2]他的妻子也不会在听到他获奖这个消息后不无担心地说："但愿他不会拒绝……"[3]她实在是过怕了拮据的日子。

贫穷，在许多人看来，是耻辱，是痛苦，甚至是罪孽。它可能使一些人自怨自艾，面对世界的不公忍气吞声；它可能使一些人深藏起内心的自卑而发狠去追求财富，转而以新富的心态望着别的穷人而沾沾自喜；它也可能使一些人因拒绝而"思变"，于是有造反，有逃遁，有弃世，或寄望于渺渺中的未来，或求援于冥冥中的主宰，或自放于昏昏中的现在。然而，在阿尔及尔贫民区长大的这位法国移民的儿子加缪却对贫穷有另一种体验和认识。他贫穷，穷到没有一张写作业的桌子，然而他骄傲，因为他能在阿尔及尔的阳光下畅游于地中海的怀抱中。当病魔企图从他年轻的手中夺走这不费分文的幸福时，他愤怒

1 萨特：《境况种种》第四集，伽利玛出版社，1964年版，第93页。

2 加缪：《时文集Ⅰ》，《全集》第二卷，伽利玛出版社，1965年版，第357页。

3 罗杰·格勒尼埃：《阳光与阴影》，伽利玛出版社，1987年版，第287页。

了，也清醒了。他看到了一个阳光与阴影交织着的世界。他站在这个世界上，他一生艰难的足迹都深深地印在这个世界上。他虽然不相信“太阳下和历史中一切都是好的”，但是他确信“历史并不就是一切”[1]。这种独特的体验和认识，后来造就了文学家和思想家阿尔贝·加缪。当他于1957年被授予诺贝尔文学奖的时候，人们说：“就个人来说，加缪已经远远地超越了虚无主义，他严肃又严厉的沉思重建起已被摧毁的东西，力图使正义在这个没有正义的世界上有其实现的可能，这些都使他成为人道主义者，而这个人道主义者没有忘记地中海岸蒂巴萨耀眼的阳光向他指明的希腊美与均衡。”[2]

西蒙娜·德·波伏瓦曾经这样指责加缪：“他很少从大原则下到具体的个案上来。”[3]这样的指责实在是落不到加缪的头上，因为加缪恰恰是从个案上升而至于大原则，正如他自己所说：“实际上我并非哲学家，我只能谈谈我经历过的事情。”[4]

20世纪是价值重建、文化重建的时代，在这种同样巨大的摧毁与建设的努力中，像加缪这样从个人的切身体验和感受出发者并不多见，而像他那样有更多的理由破坏，却致力于保存者更属罕有。我起手便拈出他的贫穷，当然不是想印证“诗穷

1　加缪：《反与正》序言，《全集》第二卷，伽利玛出版社，1965年版，第6页。

2　安德斯·奥斯特林：“诺贝尔文学奖授奖词”。

3　西蒙娜·德·波伏瓦：《时势的力量》，伽利玛出版社，1960年版。

4　加缪：《时文集Ⅱ》，《全集》第二卷，伽利玛出版社，1965年版，第753页。

而后工”的古训。在他那里，贫穷既是他的亲历，也是人类基本而永恒的状况，一切将从这里开始。

“应该设想，西绪福斯是幸福的”[1]

青年加缪一日与朋友们经过阿尔及尔附近一小村庄，适逢一阿拉伯儿童被汽车撞至昏迷，他们久久地望着那奄奄一息的孩子，听着周围人们的哭泣和哀告，当他们终于承受不了而离去时，加缪手指着大海和蓝天，说：“你看，他不说话！”[2]十五年之后，加缪在《鼠疫》中写到一个孩子的死，里厄医生说：“我至死也不会去爱使孩子惨遭折磨的上帝的创造。”他既不能像“阿比西尼亚的教友们把鼠疫看作一种上天所赐的获得永生的有效方法”，也不能像帕纳卢神甫那样用“对天主的爱”从“精神上抹掉孩子的痛苦和死亡”，因为他“不相信天主”，他相信的是“贫困”教给他的东西：“同客观事物做斗争”，哪怕那是“一连串没完没了的失败”[3]。在加缪看来，人在世界上受苦受难，上帝要么不在场，要么在场而眼睁睁地看着，甚至他

---

1 加缪：《西绪福斯神话》，载《文艺理论译丛》第三辑，中国社会科学出版社，1985年版，第407页。

2 赫伯特·R.洛特曼：《加缪传》，瑟伊出版社，1978年版，第64页。

3 加缪：《鼠疫》，上海译文出版社，1980年版，第123页。

竟是苦难的制造者。

近世西方的思想家和文学家痛感于人类的苦难，纷纷把目光转向上帝，或提出疑问，或发出谴责，笃信上帝的人力图展示新的希望，不信上帝的人也不能摆脱有关上帝的观念。陀思妥耶夫斯基问："假使上帝不存在该怎么办？"尼采则大声宣告："上帝死了！"一个是提出问题，一个是直截了当地确认事实。"上帝之死"成了20世纪的一个永远敞开的问题，其冲击波的范围似不止于西方世界。对于这个密切关系到"当代人的良心所面临的问题"[1]的问题，加缪的回答是真诚而勇敢的，是独特而朴实的。

加缪认为，"上帝不在场"是一个直观的、经验的事实，其证明就是古往今来的眼泪和鲜血、压迫和不公、暧昧和焦虑等等，一句话，就是卡利古拉所看到的"真理"："人终有一死，却并不幸福。"[2]身陷深渊的人并非没有向上帝发出呼唤，《误会》中的玛丽亚喊道："啊，我的上帝！我不能生活在这荒野之中！我是在和您说话，我将会找到我要说的话。是的，我相信的是您。可怜我吧，朝我转过身来吧，听见我说的话吧，把您的手伸给我吧！上帝，可怜可怜那些相爱又相离的人们吧！"然而，没有谁听见，没有谁来安慰她，没有谁来缓解"误会"

1　见加缪获诺贝尔文学奖的"获奖理由"。

2　加缪：《卡利古拉》，《全集》第一卷，伽利玛出版社，1962年版，第16页。

给她带来的痛苦，只有一位神秘的老者对她吼道："不！"不相信上帝的默而索则对上帝无话可说，甚至对他是否真的不相信上帝这类问题不感兴趣；而另一位不相信上帝的人，例如里厄医生，则有更为肯定、更为明确的说法，他说："既然自然规律规定最终是死亡，天主也许宁愿人们不去相信他，宁可让人们尽力与死亡做斗争而不必双眼望着不说话的青天。"[1]看来，人的获救是不能依赖一位不关心其痛痒的上帝的。至于上帝是否存在，加缪似乎总是避免正面作答。他说："(上帝的)存在将意味着他是冷漠的、凶恶的、残暴的。"因此，上帝要么"全能而作恶"，要么"慈善而无为"。这大约不会使基督徒们感到高兴，因为他们将面临艰难而痛苦的选择。于是，加缪引用斯丹达尔的话打了这么个圆场："上帝唯一的借口，就是他并不存在。"[2]这种调侃的口吻说明，上帝的存在或不存在，在加缪那里并不是个至关重要的问题，也就是说，并不是一个需要从经验或逻辑上加以证明的问题，它的根据在于情感或理智的需要之中，正如他谈到《群魔》中的基里洛夫时所说："他感觉到上帝是必要的，它的确应该存在。但是他也知道它不存在，也不能存在。"[3]"上帝的存在"这个使陀思妥耶夫斯基"毕生有意识或无意识地感到痛苦的问题"，就这样被加缪轻描淡写地打发

1　加缪：《鼠疫》，上海译文出版社，1980年版，第123页。

2　加缪：《反抗的人》，《全集》第二卷，伽利玛出版社，1965年版，第436页。

3　加缪：《西绪福斯神话》，第393页。

掉了，颇类于孔夫子的“祭如在”和“不语怪力乱神”。然而，上帝可以不存在，关于上帝的观念却作为一种心理的和社会的真实深藏于人的内心之中，“没有什么东西能够消除人们内心中对于神明的渴望”。于是，卡利古拉为了超越眼下的“不可忍受的”世界，就“需要月亮，或幸福，或不死”，总之是“不属于这个世界的某种东西”[1]。帕纳卢神甫要坚持他对天主的信仰，哪怕眼看着无辜的孩子死去。《局外人》中的那位预审推事所以不理解默而索，是因为默而索不信上帝，而他却“说这是不可能的”，因为“所有的人都信仰上帝，甚至那些背弃上帝的人都信仰上帝”[2]。正是因为有关上帝的观念已经深深地埋在人的最隐秘的心理结构之中，“上帝死了”或“上帝不在场”或竟“不存在”，才成为问题，成为一场冲击人们心灵世界的风暴和地震，才使得加缪产生了这样令人惊讶的幽默：“我认识一位不信神的小说家，他每天晚上都祈祷。”[3]

因此，上帝不存在，并不等于形而上的意义不存在；不相信上帝，并不等于不相信超验的价值。诚然，加缪不相信世界有一种“至上的意义”[4]，他也“不能理解一种由某个更高一级的存在给予的自由能是什么东西”，他认为在人的面前没有中

1 加缪：《卡利古拉》，第107页。

2 加缪：《局外人》，载《加缪中短篇小说集》，外国文学出版社，1985年版，第49页。

3 加缪：《堕落》，载《加缪中短篇小说集》，外国文学出版社，1985年版，第172页。

4 加缪：《给一位德国友人的信》，《全集》第二卷，伽利玛出版社，1965年版，第241页。

间道路，“有的是上帝或时间，十字架或剑”，而人应该“和时间结盟”，不应该“生活在时代中而相信永恒”[1]。然而，这只是意味着，世界没有一种上帝给予的意义，即使从这个角度提出“世界的无意义”，人也“不能够停留在这种立场上”。因此，加缪在《给一位德国友人的信》中说：“我继续认为这世界没有至上的意义。但是我知道这世界上的某种东西是有意义的，这就是人，因为他是唯一要求其存在具有一种意义的存在物。”人及其周围的世界，成为“上帝之后”的唯一的残留。人的生命在时间和空间中展开，他只能和脚下这片土地建立一种依恋的关系，他自然地依恋着这些“短暂然而基本的财富：大海、阳光、光明中的女人”[2]。因此，生活先于意义。加缪引用陀思妥耶夫斯基的话：“在热爱生活的意义之前，应该首先热爱生活。”然后，他说：“是的，当对生活的爱消失的时候，没有任何一种意义能给我们以安慰。”[3]正是人要求或给予生存一种意义这一事实，使作为世界一部分的人脱离了世界，站到了世界的对面。从此，一场充满了爱与恨、渴望与拒绝的永恒的斗争开始了。

这场斗争最基本的产物，加缪称之为荒诞。作为近代西方哲学和文学中极为流行的概念，荒诞其实也是歧义迭出、因人

1　加缪：《答加布里埃尔·多巴莱德》，《新文学》，1951年5月10日。

2　见加缪为《海岸》杂志所写的发刊词。

3　加缪：《反抗的人》，第467页。

而异的，例如加缪的荒诞就不同于存在主义的荒诞。在萨特那里，荒诞是对人及世界的一种总体把握，而在加缪看来，荒诞只不过是人与世界的一种关系。因此，荒诞的反面不是理性，也就是说，荒诞不在理性的对面，而只是在理性之外，甚至是理性的某种特殊的存在方式。加缪说："（荒诞）是非理性的反面。"[1]这话听起来让人感到意外，其实正表明了加缪所谓的荒诞哲学的独特性。

人生和世界的荒诞，很早就成为欧洲哲学和文学的主题，帕斯卡尔有过一段充满宗教情绪的描述："我们航行在辽阔无垠的区域里，永远飘移不定，从一头被推到另一头……没有任何东西可以为我们停留。这种状态对我们既是自然的，又是最违背我们的意志的；我们心中燃烧着想要寻求一块坚固的基地与一个持久的最后据点的愿望，以期在这上面建立起一座能上升到无穷的高塔，但是我们整个的基础破裂了，大地裂为深渊。"[2]这段话不知让多少善男信女堕入恐惧，向上帝伸出求援的双手，然而世事沧桑，"深渊"没有被填平或跨越，荒诞的观念却在本世纪20年代末被世俗化了。它首先在马尔罗的《东方的诱惑》中成为欧洲历史的总归宿，继而成为萨特笔下的洛丁根的"恶心"，随后又成为加缪的人生哲学的"唯一的

---

1 加缪：《笔记》第二卷，伽利玛出版社，1964年版，第109页。

2 帕斯卡尔：《思想录》。

已知数”和“出发点”[1]。

加缪的哲学往往被称为“荒诞哲学”，这个从不以哲学家自命，声称“和卡比里的小学教员比和巴黎的教授更谈得来”[2]的人居然有了一种堂而皇之的哲学，幸耶？不幸耶？至少哲学家本人是颇多保留的。如同存在主义经萨特之手而成为一个有口皆碑的名词一样，荒诞也经加缪之手通过默而索和西绪福斯而成为社会各阶层人们的口头禅。然而，荒诞作为一个日常语汇的广泛流行实际上冲淡了荒诞感的悲剧性，阻断了荒诞继续深入发展的道路。加缪曾经无可奈何地说：“荒诞这个词的命运很不幸，我承认有时它简直让我感到恼火……当初我在《西绪福斯神话》中分析荒诞时，我是在寻求一种方法，而不是一种教条……我试图进行清理，并在此基础上进行建设。”[3]看来，加缪的初衷多少是被人误解了，有些人在战争的废墟中把他当作引路人，然而一进入荒诞便裹足不前，而他则继续艰难地行进，最终成为一个在旷野中呼喊的孤独者。

这种误解有历史的原因，也有作家本人的原因。就历史来说，《局外人》和《西绪福斯神话》出版于第二次世界大战之中，饱尝离乱之苦的人们在历史的非理性面前眼看着传统的价值观念土崩瓦解而不知所从，默而索对社会的反抗，西绪福斯

1　加缪：《西绪福斯神话》，第334页。

2　儒·罗阿：《阿尔及利亚悲剧》，载《阿尔贝·加缪》，阿歇特出版社，1964年版。

3　加缪：《答加布里埃尔·多巴莱德》，《新文学》，1951年5月10日。

对苦难的轻蔑，仿佛在他们的心中注入一股新鲜而有活力的血液，使他们清醒，又使他们重新鼓起生活的勇气。于是，在他们眼中，加缪就是默而索，就是西绪福斯。《婚礼集》中狄俄尼索斯式的加缪远远地退居幕后，在前台的是一位坚忍、冷漠、孤傲的哲人。加缪由一位大嚼“地粮”的青年一变而为荒诞的化身，饥餐“冷漠之粮”，渴饮“荒诞之酒”[1]。然而，这两部作品的构思却是在第二次世界大战之前，它们在历史中被接受，实际上与具体的历史并没有多大的关系。这也许是使加缪“恼火”的外在原因。就作家本人来说，默而索只是在临刑的前夜方才觉醒，消除了对死亡的恐惧，意识到生活和世界的无意义，最终把那世界的“温情脉脉的冷漠”当作他与世界的联系从而生出某种依恋之情；西绪福斯也只是怀着轻蔑接受了神的惩罚，他的反抗不是拒绝，而是以主动的承受使神的惩罚落空。的确，加缪在《西绪福斯神话》中并没有排除传统的人道主义，并没有绝对地否定终极的价值关系，例如他说：“我刚才说世界是荒诞的，我是操之过急了。世界本身是不可理喻的，这就是人们所能说的。然而这种非理性和这种明确的强烈愿望之间的对立，却是荒诞的，强烈愿望的呼唤则响彻人的最深处。”不过，这种对人的追求的肯定，相对于荒诞的确认和描述，显得太微弱了，但它毕竟像一粒种子深埋在这两部早期著

1　加缪：《西绪福斯神话》，第351页。

作中，等待着发芽和长大成熟。

加缪有过他的虚无主义阶段。对于一个否定和批判传统价值观念的思想家来说，虚无主义几乎总是一门入门课，区别往往在于能否和如何超越。对于加缪来说，就是在他的虚无主义阶段，确认和证实荒诞，也只是“出发点”或“唯一的已知数”，如同他在《西绪福斯神话》中所说：“到目前为止一直被当作结论的荒诞，在本论文中却被看作出发点了。”加缪从这一点出发，以这个“唯一的已知数”为根据，开始了艰难的探索，既是同时又是依次地建立起他的关于荒诞、关于反抗、关于幸福的哲学。然而，就是对于所谓荒诞哲学来说，也有一个出发点，那就是人的命运和他的生存环境之间的不协调。加缪从来也不曾简单地说“人是荒诞的”或者“世界是荒诞的”。当他说到“荒诞”时，他总是指人与世界的关系。这种关系是“分裂”，是“对立”，是“矛盾”，是“不可理喻”。也就是说，人就其本性来说，是追求明晰和统一的，他在内心深处渴望着幸福和理性，而世界给予他的却是沉默和神秘，如一堵模糊而不可穿透的墙，这样，两者之间的关系就呈现出不可解的荒诞。人、世界和荒诞构成的三角，就这样成为加缪的人生观和世界观的基本模式。对加缪来说，人生观和世界观是一个东西，因为在这个三角中，人是主要的，是中心，他和世界、和荒诞构成了“一出悲剧的三个人物”。在这一出悲剧中，人与世界始终是矛盾冲突的双方，而荒诞既是两者会面中的产物，也是两者相互联系的唯一纽带，因此，加缪强调："在人类精神之外，不能有荒诞。"同时，"这个世界之外，也不能有荒诞"。就荒诞的本质是分裂这一点来说，"它不存在于对立的两种因素的任何一方。它产生于它们之间的对立"。也就是说，"荒诞不在人，也不在世界，而在两者的共存"[1]。这"三个人物"的不可分割性，使加缪认定，不能通过取消其中的任何一个来取消其余两个的存在，即不能通过取消人（例如自杀）来取消荒诞，不能通过取消世界（如否定世界）来取消荒诞，而取消了荒诞，则意味着取消了人与世界的联系。因此，加缪说："活着，就是使荒诞活着。"[2]

然而，人不能生活在荒诞之中。当人发现荒诞的时候，正是他最强烈地感到需要幸福的时候，因为"幸福和荒诞是同一块土地上的两个儿子"[3]。加缪提出："只有一个真正严肃的哲学问题，那就是自杀。判断人值得生存与否，就是回答哲学的基本问题。"[4]加缪的回答是肯定的。他反对肉体上的自杀，也反对哲学上（形而上）的自杀，他主张人应该怀着清醒的荒诞感去"义无反顾地生活"，"尽其可能地生活"，也就是说，"重要

1　加缪：《西绪福斯神话》，第333页。

2　同上，第352页。

3　同上，第406页。

4　同上，第311页。

的不是生活得最好，而是生活得最多”[1]。当然，这种所谓“量的哲学”并非教人苟且偷生或逆来顺受，它只是告诫人们要清醒地面对人的命运，不要为盲目的希望和渺茫的未来而放弃现实的生活，或者逃避，或者弃世，或者跃入神的世界，因为“地上的火焰抵得上天上的芬芳”[2]，或者用默而索的话说，神甫的“任何确信无疑，都抵不上一根女人的头发”。因此，加缪指出："在荒诞的人眼中，没有任何深刻性、任何感情、任何激情、任何牺牲可以使四十年的有意识的生活和六十年的清醒相等。”[3]所谓“荒诞的人”，并不是非理性的人，而是“试图穷尽自身的人”，“不脱离时间的人”，“想达到和体验一切的人”，“思想清晰并且不再怀有希望的人”，总之是“伟大的享受人生的人”。[4]所谓“荒诞的人”，也不是浑浑噩噩的人，而是既能“行动”又能“静观”的人，因为“在坚持世界的荒诞之中是有一种形而上的幸福的。征服或游戏，无数的爱情，荒诞的反抗，这些都是人在一次他事先已经失败的战役中对他的尊严所表示的敬意”。默而索曾经以无所谓的态度对待生活，然而他终于在临刑的前夜觉醒了，“面对着充满信息和星斗的夜”，他“第一次向这个世界动人的冷漠敞开了心扉”。他希望处决

1　加缪：《西绪福斯神话》，第358页。

2　同上，第382页。

3　同上，第360页。

4　同上，第387页。

的那一天“有很多人来观看”，希望他们对他“报以仇恨的喊叫声”。[1]他感到了幸福，因为他面对的将是人生存的世界，即使是“仇恨”，也仍然是一种联系。他最终成为一个“荒诞的人”，以个人的反抗显示出人的尊严。生活，在觉醒的、有意识的人的面前，显现出荒诞的面貌。

然而，加缪并不满足于确认荒诞这一“明显的事实”和“唯一的已知数”，他要以此为“出发点”去寻求“协调一致的哲学立场”。

加缪认为，荒诞的人所拥有的不仅仅是荒诞感，更为重要的是，他能够从荒诞出发并超越荒诞，接受荒诞的一切后果，因为他“感兴趣的不是发现（荒诞），而是从中引出的结论和行动的准则”[2]。加缪首先从对自杀的否定中为荒诞的人肯定了“挑战”和“反抗”。人既然不能用自杀来摆脱荒诞，就势必要面对荒诞，正视荒诞。“活着，就是使荒诞活着。使荒诞活着，首先就是正视它。”人生并不是因为有某种先验的意义才值得过，而是人自己对其生存环境的挑战和反抗才使人生具有了某种意义。人生的伟大，首先在于“反抗贯穿着人生的始终”。荒诞的人拒绝自杀，是因为他不回避荒诞，而把荒诞看成生存的永恒状态，同时也看成“对死亡的意识和拒绝”。这种意识

1　加缪：《局外人》，第90页。

2　加缪：《评让-保罗·萨特的〈恶心〉》，载《文艺理论译丛》第三辑，中国社会科学出版社，1985年版，第305页。

和拒绝，就是反抗，“就是人和他自己的阴暗面之间的永恒对抗”[1]。因此，站在肯定生活、热爱生活的原点上，反抗就是从荒诞引出的一种“协调一致的哲学立场”。从这一立场出发，“荒诞的人只能穷尽一切，并且穷尽自己”，同时在这种日复一日的意识和反抗之中，他显示出他的唯一的真理，即挑战[2]。然而，荒诞的人进行挑战和反抗，并不抱有胜利的希望，因为他知道最大的荒诞是死亡，“死亡之后，一切都完了”，恰如中国古人所说，“纵有千年铁门限，终须一个土馒头”。荒诞的人明白：“来日是没有的。”加缪说：“死亡也有一双贵族的手，既镇压，也解放。”正是“这种对希望和未来的剥夺意味着增加人的不受约束性”[3]，即“精神和行动的自由”。因此，自由的深刻的原因存在于对未来不抱有希望的反抗之中。荒诞的人不必沉湎于对神的幻想之中，因为他不需要某种至上的存在给予他的生活一种意义；他也不必迷失在“自在的自由”之中，因为他不需要某种先验的东西来“为自己设立栅栏”。他发现了自己的自由，唯其如此，他才能有穷尽现实的自由，他才能有“一颗人心可以体验和经历的”自由。“荒诞的人就这样隐约看见一个灼热而冰冷、透明而有限的宇宙，在那里，没有什么东西是可能的，但是一切又应有尽有，过了这个宇宙，就是崩溃和

1 加缪：《西绪福斯神话》，第352页。

2 同上，第354页。

3 同上，第355页。

虚无。这时他可以决定同意生活在这样的宇宙中，并从中汲取他的力量、他对希望的拒绝以及对一种没有慰藉的生活固执的见证。”[1]他不但必须自由地生活在这个只有现时没有未来的世界中，他还要怀有一种百折不回、勇往直前的顽强意志，面对人生的种种匮乏和缺陷。这种顽强的意志，加缪叫作激情。这是一种肯定并享有现实人生的情怀，即“对未来的冷漠和穷尽现存的一切激情”。对未来冷漠，这使他能够义无反顾地生活；穷尽现存的一切，这使他“为了事实的判断”而排除“价值的判断”。在他看来，“二十年的生活和经验是绝对不可替代的”。在这个意义上，他提出：“重要的不是生活得最好，而是生活得最多。”加缪的“量的哲学”的基础是对人生的清醒的意识，所以它并不等同于“活命哲学”。他说：“我们的世界不需要温吞吞的灵魂。它需要滚烫的心，它们知道节制的正确位置。”[2]因此，他痛感当今的世界是一个没有力、没有性格的世界，他呼唤着人们（无论是个人还是集体）都要“满怀激情地生活”。在他看来，激情总是积极的、肯定的因素，只有当它失去界限和控制的时候，才会变成一种消极否定的因素。总之，反抗、自由和激情，这是荒诞的三个后果，加缪正是凭借着这三个后果寻找到三种“协调一致的哲学立场”，从而确认并且超越了

1 加缪：《西绪福斯神话》，第357页。

2 加缪：《反抗的人》，第708页。

荒诞。

当西绪福斯面对那块无休止地升而复降的巨石时，他是清醒和高傲的。他清醒，因为知道无论多少次地将巨石推上山，那巨石仍将滚落到平原上；他高傲，因为那巨石无论多少次地坠落，他仍将竭尽全力地把它推上山顶；他并不乞求神祇取消惩罚，而以接受来使神的愿望落空：惩罚将不成其为惩罚。他在精神上已经战胜了神。西绪福斯是幸福的，他之幸福，不在于使巨石停留在山顶，而在于他始终高昂着头接受命运的挑战，在于他勇敢地承担了荒诞的三个后果：反抗、自由和激情。

普罗米修斯“仍在我们中间”

巨人之子普罗米修斯窃天上的火种给人类，触怒宙斯，被锁在高加索山顶的一块巨石上，每天有神鹰来啄食他的肝脏，其肝脏复又长成，如此随啄随长，直到有人出来替他受罪为止。然而普罗米修斯宁愿受折磨，也绝不向宙斯屈服。赫尔墨斯嘲笑他：“怪哉，你乃预言者，居然不曾料及此难。”他坦然作答：“我早已知道。”普罗米修斯是为了人类而反抗神祇的英雄。他爱人类，他不仅给人类带来了火和技艺，同时还给人类带来了自由和艺术。他在肉体和精神两方面创造了人类。那么，对于今天的人来说，普罗米修斯意味着什么？加缪的回答是：人们“当然可以说这位挺身面对神祇的反抗者是现代人的楷模，这种数千年前升起于斯基泰荒原上的抗议今日结束于无与伦比的历史动乱之中；然而同时，却有某种事情告诉我们这位受迫害者还继续活在我们中间，我们仍对人类反抗的这一巨大吼声充耳不闻，而正是他为这一反抗发出了孤零零的信号”[1]。在加缪看来，普罗米修斯的神话是“反抗精神的最伟大的神话”。普罗米修斯面对酷刑的高傲比西绪福斯面对苦役的坚忍更为深刻地展示了人的本质。加缪在确定了人与世界的荒诞关系之后，断然否定了自杀作为解决的途径，从而把反抗作为人的本性之一：“若不自杀，人的反应乃是本能的反抗。”[2]因此，荒诞和反抗，互为因果，相生相长。在西绪福斯对荒诞的意识中，已然萌发了反抗的精神，在普罗米修斯对神的反抗中，更深刻地体现了荒诞的蕴含：不公正给人类造成的痛苦。在埃斯库罗斯的《被缚的普罗米修斯》中，普罗米修斯不停地呼喊：“啊！正义之神，啊！我的母亲，你看见了他们使我遭受的痛苦！”加缪的反抗，是从人的基本状况开始的：人类在其存在中，最根本的苦难是感受不到正义，或者说，他的遭遇是不公正的。

---

1 加缪：《夏天集 · 普罗米修斯在地狱》，载《全集》第二卷，伽利玛出版社，1965年版，第841页。

2 加缪：1945年6月13日在“文学之家”的演说。

加缪把反抗定义为“转身”，即被压迫者转身面对压迫他的人或事。然而，“转身”还只是开始，重要的是“转身”之后干什么。加缪说：“何为反抗者？一个说‘不’的人。但是，如果说他拒绝的话，他却并不放弃，因此，从他的第一个动作起，他也是一个说‘是’的人。”[1]这就是说，反抗不仅仅是否定，它还有肯定的因素。否定和肯定的平衡决定了反抗的价值，一种超越了虚无主义的价值。因此，人类的反抗实际上是拒绝将人视为物或历史的工具，是重申人对正义的强烈要求。简言之，反抗是人对自身的本性的肯定，而这种本性，在加缪看来，并不是某种永恒不变的先验的或神授的东西，而是一种永远处于解决的过程中的矛盾。正是这种人类存在中的永恒矛盾决定了反抗中的否定与肯定两方面的内涵。就其否定的方面来说，反抗意味着事情超过了某种界限：“对于压迫他的秩序，（反抗者）对之以一种权利，这种权利要求他的被压迫不超过他能接受的限度。”[2]假如我们不把这里的“限度”理解为奴隶将接受奴隶主有限的压迫，而是理解为奴隶要求与奴隶主平等，那么，我们将会看到加缪的合乎逻辑的结论，即人不是一种“可以消费的资本”，不是一种可以被用来为历史服务的东西或工具。加缪指出：“在萨德的围着铁丝网的共和国中，有

---

1 加缪：《反抗的人》，第423页。

2 同上。

的只是机械和机械师。”[1]而希特勒则提供了另一个违反人权地使用人的例证：“加入政党的人仅仅是元首的工具，机器上的一个齿轮；如果他反对元首，那他就是机器的消费品。”[2]就历史的层面来说，反抗就这样把矛头指向人的非人化。就形而上的层面来说，反抗中的否定也同样指向人类生存条件的不公正，即人对于世界的统一性和明晰性的渴望一直没有得到尊重和满足，也就是说，形而上的反抗是指向上帝的。然而，如果反抗的否定内涵趋向绝对，就将导致虚无主义的出现，导致人和世界的毁灭。加缪指出：“虚无主义不仅仅是绝望和否定，它尤其是一种使人绝望和否定一切的意志。”[3]因此，反抗若不堕入虚无主义，还必须有其肯定的内涵。反抗肯定的是人性及其权利。加缪并没有给人性下过明确的定义，但是他不同意存在主义者用人的处境代替人的本性，我们由此可以知道，他继承古希腊哲学，相信有一种自然的本性存在，正是这种自然本性为反抗提供了基础。他所说的“人身上最可骄傲的东西”“人的不肯屈服的那一部分”“人的不可制服的那一部分”“人的最独特的东西”等等，正是所谓人性的表现，倘若归结为一句话，那就是：“人不能被当作狗那样来对待。”[4]人是精神和肉

1 加缪：《反抗的人》，第423页。

2 同上，第467页。

3 同上。

4 加缪：《时文集Ⅱ》，第792页。

体的存在，归根结底，这就是加缪的反抗所要肯定的东西。如同否定一样，肯定若趋于绝对，同样会走向虚无主义。加缪指出："肯定一切就意味着肯定杀戮。有两种方式赞同杀戮。假如奴隶肯定一切，他就肯定了奴隶主的存在，也肯定了他自己的痛苦……假如奴隶主肯定一切，他就肯定了奴隶制，也肯定了他人的痛苦；这就是暴君以及对杀戮的赞颂。"[1]因此，反抗要在否定和肯定的平衡中进行，否则，反抗就要违背它的初衷，走向蜕变和堕落。加缪认为反抗堕落的形式之一是革命。他说："革命不是反抗。四年中支持着抵抗运动的是反抗，这就是说，开始时是对一种企图使人屈服的秩序的整个的、顽强的、几乎是盲目的拒绝。反抗首先是心灵。但是，这样的时刻到来了，反抗进入精神，感情变成思想，自发的冲动结束为共同的行动。这乃是革命的时刻。"[2]反抗变成革命，从纯心灵领域进入实际行动，这意味着历史的开始。加缪认为，反抗的历史化必然倾向于否定价值从而走向虚无。这就是说，反抗永远只能停留在心灵或感情之中，一旦进入具体的政治经济环境，就将成为改变社会秩序和结构的暴力，从而引起新的反抗，如此循环不已。"原来属于上帝的，现在给了恺撒"，在加缪的笔下，一百五十年的反抗的历史证明，革命就是用新的不义取代

1 加缪：《反抗的人》，第537页。

2 加缪：《战斗报》，1944年9月19日。

神的不义。因此，加缪所说的反抗并不是一种可以付诸实施的行动。

加缪把反抗分为形而上的反抗和历史的反抗。所谓形而上的反抗，指的是一种对于人作为人所面临的生存条件的反抗。加缪指出："形而上的反抗是人起而反抗他的状况和整个创造的一种运动。这种反抗所以是形而上的，是因为它对人及创造的目的提出异议。"[1]奴隶对其地位本身提出异议，人对其作为人的状况提出异议，这都超越了具体的时空，超越了个人的遭遇，所以是形而上的。形而上的反抗之所以发生，是因为在人的状况中，人根据人性应该享有的东西并没有得到满足，例如秩序、正义、统一、理解等。加缪说："反抗生于无理性在一种不公正的、不可理解的状况面前所展示的景象。"[2]因此，形而上的反抗首先要求的是正义或公正，而最大的不公就是人终有一死并且难逃各种形式的恶的折磨。当人绝望于神的正义时，就转而追求人间的正义，无论这种正义多么不完善。为了这种正义，人可以揭露世界的不公并且自己去建立正义。形而上的反抗最根本的要求是统一。人所面对的世界是一个破碎的、分裂的、混乱的、矛盾的世界。加缪在分析中发现，"在我们所遇到的所有情况中，抗议总是针对着创造之中的不协调、不透

1　加缪：《反抗的人》，第435页。

2　同上，第419页。

明和连续的中断。因为，从本质上说，反抗不断地要求的是统一”[1]。政治追求秩序，经济追求发展，艺术追求完美，这些人类的活动无一不是试图给世界以统一性。

形而上的反抗针对的是人的受制于苦难和死亡的生存状况，在西方的思想传统中，这实际上针对的是规定这种状况或者失信于人的基督教的上帝。反抗者和荒诞的人一样，面临着同一个上帝的问题。加缪指出："反抗者藐视更甚于否定。"[2]反抗者不一定是不信神的，但他肯定是渎神的：他不是一定要取消上帝，但他要与上帝平起平坐，他要依靠自己的力量在世间建立正义。然而，从形而上的反抗本身来看，上帝的存在是不可思议的，任何有关上帝的经验都是矛盾的。在加缪那里，这个上帝不是希腊人的神，也不是泛神论者的"世界灵魂"，而是基督教的上帝，确切地说，是《旧约》中的上帝。加缪在《鼠疫》《戒严》等作品中都描绘过这个严厉的、复仇的、妒忌的上帝的形象。加缪并不是一位无神论者，但是，他对统治欧洲精神世界两千年的基督教无疑是持批判态度的，至少他认为基督教在其制度化和政治化的过程中已远远地背离了初衷。于是，当唯一的、人格化的上帝出现时，他就成为人世间普遍的不公正的原因或制造者。也就是说，上帝要对人的痛苦负责。

1　加缪：《反抗的人》，第436页。

2　同上。

因此，无论上帝存在或不存在，人的精神反抗的根本指向都是对着上帝的。加缪把这种形而上的反抗分为三个阶段：绝对否定、拒绝拯救和绝对肯定。他挑选了三个人物作为三个阶段的代表，他们是萨德、卡拉马佐夫和尼采。萨德用性本能的张扬和发泄来否定上帝，在他的城堡中，“自由要么是犯罪，要么不再是自由”。陀思妥耶夫斯基笔下的卡拉马佐夫要求所有的人同时获得拯救，否则他就拒绝，然而人是在地狱之中，他于是高喊：“一切都是被允许的！”尼采则为了统治世界而接受一切，试图以肯定现世来跻身神的行列。加缪认为，他们无一不以发疯为结局，表明他们以不同的方式开始了反抗的蜕变。

形而上的反抗更多地属于精神和感情领域，当个人或集体进行反抗时，这反抗总是在一定的政治、经济和文化环境中进行的，也就是说，反抗一定要由思想过渡到行动，由哲学进入历史。因此，当人在精神上推倒上帝的时候，他必然要在人世间并且通过自己的力量来寻求他在天国并且依靠神的恩惠未曾得到的东西：正义、明晰、统一和幸福。于是，人进入历史，成为历史的人。人们以历史的名义，将杀戮合法化和制度化；人们以国家利益为理由，编织起一面面由谎言缀成的神秘之网；人们以意识形态为借口，使暴力成为进步的杠杆。总之，历史成为绝对价值，人成为历史的工具，形而上的荒诞具体化为历史的荒诞。当人意识到历史的荒诞时，也就开始了历史的反抗。加缪看到的历史是一部血腥的历史，其历史的反抗就是拒绝杀戮，拒绝谎言，拒绝暴力，拒绝战争，等等，一句话，就是拒绝历史的绝对化。加缪并不否认历史，他只是对历史绝对化的产物，诸如意识形态至上、国家理由至上、历史规律至上等持批判态度。他指出："有历史，但也有别的东西，例如普通的幸福、人的激情、自然的美等。"[1]他要求历史服从于一种更高的价值，这价值不是别的，就是人。加缪没有乌托邦到那种程度，要求人不再杀人，但是他希望杀戮和暴力不再被意识形态合法化和制度化，也就是说，他认为目的不能保证手段的正当合理。一旦人必须杀人，则应以命抵命，以保持原则的纯洁，例如1905年俄国的恐怖主义者。他在《正义者》之中，以肯定和赞赏的态度描写加利亚耶夫刺杀大公后束手就擒，并且英勇就义。他的情人多拉这样对战友们说："不，你们不要哭！你们清楚地看到，这是昭雪的日子。我们这些反抗者可以证明：亚尼克不再是一个谋杀者了。"这意味着，只要亚尼克（加利亚耶夫）在刺杀塞尔日大公之后还活着，他就永远是一个谋杀者。若要昭雪，他必须在刺杀后死去。一条革命者的生命换了一条作为革命对象的大公的生命，这只能在抽象的意义上做到收支相抵，而在政治和道德的意义上，则要做另一种算术了。加缪其实并非不懂，一旦有价值的判断进入，事情就会呈现出另一种面貌。他说："加利亚耶夫式的恐怖主义的伟大纯

1 加缪：《反抗的人》，第693页。

洁性在于，对他来说，谋杀和自杀是同时的……一命抵一命。这种道德是错误的，然而是可敬的（一条被夺走的生命抵不上一条主动献出的生命）。”[1]可以看出，加缪为了保证反抗的纯粹性，宁肯牺牲反抗的有效性。然而，加缪在考察欧洲一百五十年来的反抗的历史时，发现的恰恰是：反抗无一不在对有效性的追求中蜕化和堕落，变成他所说的革命。

加缪认为，反抗转化为革命，并且走向堕落，这个过程是从1789年法国资产阶级大革命开始的，具体地说，是从1789年1月21日开始的。这一天法王路易十六被送上断头台，人杀死了上帝在人间的代表，开始了一场以人代替上帝为目的的革命。从此，雅各宾派的恐怖造成了绝对理性的统治，历史以成功和效率为价值标准而排斥了自由和正义，为个人恐怖和国家恐怖准备了温床。加缪说："为什么革命运动与唯物主义认同而不与唯心主义认同？因为奴役上帝，使上帝效劳，就等于取消维系着原有旧主人的超验性，并且随着新主人的上升而准备了人成为上帝的时代。当苦难过去，历史及物质的矛盾获得解决的时候，国家就成为真正的上帝、人的上帝……犬儒主义、历史及物质的神化、个人恐怖或国家罪行，这些无节制的后果将全副武装地从一种暧昧的历史观中产生出来，这种历史观把产

1　加缪：《时文集Ⅱ》，第199页。

生价值和真理的责任交付给唯一的历史。”[1]就个人的恐怖主义来说，加利亚耶夫以命抵命的反抗蜕变为巴枯宁的无政府主义，无限制的自由导致了无限制的专制，并由小团体扩展为国家的专制，而负罪感也同时由个人而及于小团体，最后遍及全社会和全人类。就国家的恐怖主义来说，加缪指出了两种表现形式：非理性的恐怖和合理性的恐怖。前者以法西斯主义为代表，他们以“穿皮靴的耶和华”为先导，以牺牲千百万人的生命为代价来实现他们的种族崇拜。后者则以斯大林的俄国共产主义为代表。加缪对于马克思主义怀有一种极为复杂的感情。他在法西斯主义的利己和共产主义的利他之间做了区别，但是他不能接受存在于对劳动的赞颂和对西伯利亚集中营的辩护之间的矛盾。他认为俄国共产主义革命中有一种普列汉诺夫所说的“积极的宿命论”：美好的未来使革命者的每一个行动都标志着朝向解放的进步。这在加缪来说是不能接受的，因为目的的合理性不能保证手段的合理性。倘若以牺牲百万人的生命来换取未来千万人的幸福，手段将使目的化为乌有，因此，不是目的证明手段，而是相反，是手段证明目的。加缪说：“一百年的痛苦，对那些宣称第一百零一年建立新城邦的人来说，是微不足道的。”[2]对加缪来说，情况正相反，一百年后的幸福是

1 加缪：《反抗的人》，第515页。

2 同上，第696页。

可以不计的，重要的是如何减轻当下一百年的痛苦。如果说所有那些不把希望寄托在未来的人都将成为革命的敌人的话，那么，在加缪看来，那种为了将来而牺牲现在、为了目的而不择手段的革命将是对于反抗的背叛。加缪就是这样把斯大林的俄国共产主义看作一种使人从属于历史的极权革命，所以他说："从一个侧面看，马克思主义是一种认为人有罪而历史无罪的理论。"[1]可以看出，加缪的出发点是一种脱离了具体时空的抽象人性论，他对历史的分析是一种排除了政治和经济因素的抽象演绎。他所看到的马克思主义，要么是某些人的错误应用，要么是某些人的歪曲理解，甚至只是马克思主义的敌人的陈词滥调，总之，并不是真正的马克思主义。加缪花了那么大力气把人和历史割裂甚至对立起来，似乎是在怀念人的史前状态，而把历史看作罪恶的渊薮。但是，人类数千年的历史已经表明，人既是历史的创造者，也在历史的创造中不断地创造着自己。人与历史是不可分离的。人在历史过程中所遭受的苦难和所见到的不义，最终还要在历史发展的进程中获得解决。当然，这种解决，在加缪看来是过于遥远虚妄了，不值得为此做出如许的牺牲。可是，人们究竟不能幻想，历史在当下立即结束，或者人能够生活在历史之外。因此，加缪的这种历史观具有浓重的乌托邦和无政府主义色彩。不过，加缪的迂阔甚至具

1 加缪：《反抗的人》，第648页。

有开倒车性质的怀旧情绪，并不妨碍他的读者感到他是怀着怎样一种眷顾关心着人及其命运，怀着怎样一种智慧搜寻着腐蚀当代社会的病毒，怀着怎样一种勇气抨击着历史进程中的种种偏差的。他给予普通人的是慰藉和勇气，给予历史理性的崇拜者的却是一种警告。历史与伦理的矛盾，是人类不能不吞下的一枚苦果，被这一悲剧激怒的当然不止加缪一个人，只是他不肯驯顺地、心甘情愿地吞下，也不肯说“味道好极了”。加缪的理论虽然不能令人信服，却足以令人肃然起敬。

从反抗到革命，从形而上到历史，从对正义的呼喊到对暴力的颂扬，从普罗米修斯到恺撒，加缪用阴郁而沉痛的笔调为人类的反抗做了一份总结。种族灭绝、集中营、审判、劳改营、原子弹、意识形态、冷战，这些20世纪的产物，在加缪看来，统统来自对历史的神化。可悲的强权，恐怖的20世纪，这是加缪在本世纪上半叶结束时对本世纪所下的结论。普罗米修斯的反抗将在这空前的历史动乱中完成其蜕变。“他呼喊着对神的仇恨和对人的热爱，怀着轻蔑转身离开宙斯，向凡人走去，率领他们向天发起攻击。然而，人是软弱的，或怯懦的，应该把他们组织起来。他们喜欢享乐和眼前的幸福，应该教会他们为了长大而拒绝日常的蜜糖。于是，普罗米修斯也变成了导师，先是教诲，然后是指挥。斗争仍在延续，而且使人疲惫不堪。人怀疑能否到达太阳城，这太阳城是否存在。应该拯救他们。于是英雄向他们说，他知道那太阳城，而且只有他知道。那些心存怀疑的人将被扔到荒野上去，钉在石头上，让猛禽来啄食。从此，其他人将在黑夜中奔走，跟着沉思而孤独的导师。普罗米修斯又变成了神，统治着孤独的人。然而，他从宙斯那里争得的只是孤独和残暴；他不再是普罗米修斯了，他是恺撒。现在，真正的、永恒的普罗米修斯的脸上是他的某个牺牲品的面目。同样的呼喊从遥远的岁月传来，它一直在斯基泰沙漠深处回响。”[1]加缪的悲愤在于：20世纪的人仍对普罗米修斯发出信号的“人类反抗的巨大呼喊充耳不闻”，听任革命渐渐远离反抗的源泉，并进而把矛头指向反抗者。

人们还可以在另一个领域内对反抗进行考察，而且是在一种“纯粹状态”中进行考察。加缪指出，这领域是艺术，因为艺术同反抗一样，“也是一种既激励又否定的运动”。他认为，从柏拉图到马克思，所有的革命者都“敌视艺术”，他们或者指责语言的欺骗性，把诗人逐出理想国，或者肯定道德而贬斥艺术，或者指控艺术“伤风败俗”，或者要求艺术“有用于社会”“有助于进步”，或者宣称合理的存在即可满足人的一切渴望，或者如俄国的虚无主义者所说“宁当鞋匠，不当拉斐尔”“一双靴子比莎士比亚更有用”“一块奶酪胜过全部普希金”，或者认为艺术表现的是“统治阶级的价值观”，等等。上述种种，反映出反抗和革命之间的斗争。艺术拒绝现实的世

1　加缪：《反抗的人》，第647页。

界，同时创造想象的世界，在其中寄寓了人对统一和正义的追求。“艺术就这样把我们引向反抗的源泉，因为它试图赋予逃向永久未来的价值以形式，而这种价值，艺术家是预感到并且想从历史中夺回来的。”[1]例如小说，作为对现实世界的否定，就是“和反抗精神同时产生的，并且在美学上表达了同样的抱负”[2]。但是，在革命的批评中，小说却成了一种“有闲者的想象”，一种“逃避”。加缪指出，在艺术中（如小说），完全脱离现实的想象，或者完全肯定现实的复制，都将走向虚无主义。前者是形式主义，后者则是所谓现实主义。“现实主义艺术家和形式主义艺术家都在没有统一的地方寻找统一，即原始状态的现实和排除任何现实的想象创造之中”，但实际上正相反，“艺术上的统一产生于艺术家强加于现实的改变之后”[3]。这就是说，完全脱离现实的“纯粹想象是不存在的”，即使存在，这小说也不再具有艺术的意义，例如粉色小说、黑色小说和教诲小说，它们所展示的统一是一种虚假的统一。而通常所谓的现实主义也是不可能的，因为那将是无休止的“描写”和“列举”，而“写作就已经是选择了”，因此，艺术上的现实主义是一种矛盾。所谓现实主义小说，是将小说世界的统一性归结为现实的整体，这只能借助于一种先在的判断，如此则须排

1 加缪：《反抗的人》，第662页。

2 同上，第672页。

3 同上。

除现实中一切不符合理论的东西。这样，所谓“现实主义”就根据其虚无主义的逻辑本身必然地集教诲小说和宣传文学的有利之处于一身。因此，现实主义的真正抱负是征服而非统一。加缪认为，这正是现实主义成为极权革命的官方美学的原因，而“伟大的艺术、风格、反抗的真相”只能处于“两个极端之间”，也就是说，“艺术和社会、创造和革命必须重获反抗的源泉，在这种反抗的源泉里，拒绝和赞同、特殊性和普遍性、个人和历史达到最高程度的平衡”。这样，艺术就不会“被非理性的否定所破坏”而被湮没在狂乱的文字游戏中，也不会“受决定论的意识形态支配”而“成为口号”。因此，我们这个世界“只有抛弃形式原则的虚无主义和无原则的虚无主义，重新找到创造性综合的道路，文明才可能鼎盛”。然而我们时代的悲剧恰恰在于“劳动完全受生产制约，失去了创造性”[1]。现代工业社会只有利于报告文学的产生，而不利于艺术作品的创造，艺术将“又一次同失败的反抗处于同一地位”，然而它也将同时证明：“人并不仅仅是根据历史来塑造自己的，人还在自然规律中找到自己存在的理由。”“人们可以不要任何历史，却可以同星辰和海洋的世界和合无间。”加缪确信：“今后必然到来的文明将不可能把劳动者和创造者分裂开来；艺术创造也不会把形式与内容分离，智慧与历史分离。这样，文明将向所有

1　加缪：《反抗的人》，第676页。

的人承认由反抗所确立的尊严。”[1]那将是一个鞋匠需要莎士比亚，莎士比亚需要鞋匠，劳动者获得创造者的尊严的社会。那么，人们如何能建立这样一个社会呢？加缪不是一个提供济世良方的人，他只想试探着指出人的反抗在哪里失足，于是他只能说：“人们能够永远谴责非正义而又对人的天性和世界的美赞不绝口吗？我们的回答是肯定的。”他要人们“保持着美”，“准备迎接复兴之日”[2]，因为现代社会由于反抗的失度而“放逐了美”，“海伦的流放”意味着将有新的反抗去推倒“现代城市的可怕的城墙”，“黑夜的哲学将再一次消失在明亮的海上”[3]。

总之，作为人的本质之一的反抗，在最近一百五十年间，经历了绝对否定和绝对肯定的过程，屡次跌入虚无主义。“反抗一旦忘记其慷慨的源泉，就会受到怨恨的污染，从而否定生活，走向毁灭，唤起一群群乌合的、冷笑的小造反派，他们今天终于出现在欧洲所有的市场上，甘愿受各种各样的奴役。反抗不是反抗了，也不是革命了，它成了怨恨和暴政。而当革命以强权和历史的名义变成杀人的、过度的机械时，一场新的反抗就将以适度和生命的名义变得神圣不可犯。”因此，普罗米修斯“仍在我们中间”，他仍竭力“从杀戮中拯救能够拯救的东西”，他那反抗的呼声终究会有人听到，因为反抗业已“证

---

1 加缪：《反抗的人》，第677页。

2 同上。

3 加缪：《夏天集·海伦的流放》，载《全集》第二卷，第857页。

明它就是生命的运动本身，否认它就是放弃生活”。“我反抗，故我们在。”加缪试图使反抗重新回到它的源头，这源头就在否定与肯定的平衡之中，就在人的现世的生活之中，就在人的个体生存之中。一切反抗都是从个人开始的，然而一切个人的反抗又总是集体的反抗的一部分，又总是为了现在。

加缪关于反抗的思想是沉重的，具有浓重的悲剧色彩，然而他并不是悲观的，他在其最严重的虚无主义之中仍在奋力寻找超越虚无主义的理由。他也并不否定历史，他只是反对神化历史，他说：“无论如何，有文化、有信念的人的任务不是逃避历史的斗争，也不是为其内含的残忍不人道的东西服务。他的任务是在历史的斗争中坚持，帮助人抵抗压迫，使他获得自由反对包围着他的命运。只有在这种条件下，历史才能真正地前进、革新，一句话，历史才能创造。”[1]因此，“从革命的堕落中汲取必要的教训”，对加缪来说，“并不是一件愉快的事，而是痛苦”。

涅墨西斯的启示

加缪说，当人们思考反抗在当代社会中所经历的种种矛盾

1　加缪：1956年1月在阿尔及尔的演说。

时，应该从涅墨西斯那里得到启示。涅墨西斯是希腊神话中的女神，象征着神对“过度”的愤怒和报复。有一种说法，宙斯化作天鹅与涅墨西斯生有一蛋，此蛋托付给勒达，遂生下海伦。加缪也许乐于采用这一说法，因为他把涅墨西斯称作“适度”的女神，假使再与海伦所象征的美联系起来，就能更圆满地表达他的思想了：适度与美，正是古希腊留给现代人的宝贵遗产。

加缪认为，反抗在现代历史中迷失方向，其原因就在于失度，超越了界限。自19世纪始，人开始挣脱宗教的束缚，却又重新套上了更难容忍的枷锁，终于有一天，反抗“变成了警察，为了拯救人类而架起了可憎的柴堆”。这正是极端的虚无主义：“盲目的、发疯的谋杀变成了绿洲，在我们的极聪明的屠夫身边，那些愚蠢的罪犯让人觉得耳目一新。”[1]欧洲人原以为可以和上帝对抗，现在他们意识到，他们若不想死，还得和人对抗；反抗者原以为可以对抗死亡，现在却要制造别人的死亡。他们进入一种进退维谷的境地：后退，就得接受死亡；前进，就得去杀人。但是，在逻辑上，反抗与谋杀是不相容的。该隐杀了弟弟亚伯，就得逃到荒野中去，同样，一群人杀了另一群人，也应该逃到荒野中去。这就是说，任何人都无权把任何人从人类这集体中除掉。因此，反抗的第一个价值就是给压

1 加缪：《反抗的人》，第692页。

迫规定一条界限，所有的人共同遵守的一条界限，而“谋杀就是一条不可逾越的界限，谁越过谁就得死”。反抗者只有一种方式可以调和他的谋杀行为，那就是他也得接受死亡和牺牲。所以，“反抗者并不要求一种普遍的独立性，他想要的是，人们承认在任何有人的地方，自由都有其界限，这界限正是那人的反抗的权利”[1]。奴隶的反抗，并不仅仅是反抗主人，同时也是反抗主人和奴隶的世界。这意味着，奴隶的反抗也必须是有限的，这限度就是平等，即取消世界对奴隶和主人的划分。倘若超越界限，奴隶成为主人，主人成为奴隶，这世界仍旧是一个主人和奴隶的世界，反抗的根据依然存在，如此则永无休止。加缪认为，反抗者如果不能避免直接或间接地杀戮，至少应该竭力减少杀戮的机会，“他的唯一的美德将是，身处黑夜之中而不屈服于黑暗的诱惑，束缚于恶而顽强地走向善”。因此，反抗绝非没有界限的否定，而恰恰是对这一界限的肯定，所谓反抗忠于其源泉，就是忠于否定和肯定之间的平衡，否则，反抗就要跌入虚无主义。无论非理性的杀戮，还是合理性的杀戮，还是历史的杀戮，之所以背离了反抗的初衷，都是因为“失度”。这种失度表现为追求绝对的正义、绝对的自由和历史的神化以及随之而来的暴力。自由和正义本是不可分割的，但是，20世纪的革命由于神化了历史，过分地追求征服，

1　加缪 :《反抗的人》，第687页。

反而使自由和正义成了两个东西。“绝对的自由嘲笑正义，绝对的正义则否认自由”，自由和正义这两个内涵丰富的概念完全失去了意义。同样，无论是制度化的暴力，还是绝对的非暴力，都应该找到它们的界限。对于前者，界限在于不激起另一种暴力；对于后者，界限在于不使人遭受奴役。总之，反抗应该成为历史的界限，革命则应以反抗为界限，也就是说，反抗和革命互为界限。加缪说：“我们在详细考察了反抗和虚无主义之后知道，倘若革命只以历史有效性为界限而没有其他的界限，那就意味着无限的奴役。革命精神想要摆脱这一命运，始终生气勃勃，就必须重新浸入反抗的源泉之中，从唯一忠于这源头的思想中得到启示，这思想就是关于界限的思想。”[1]所谓界限，就是适度。无论在物质世界中还是在精神世界中，凡事若适度，就有平衡，若失度，就走向绝对，导致虚无。例如，“雅各宾的和资产阶级的文明认为价值在历史之上，于是它的形式美德就建立了一种可憎的神秘化。20世纪的革命宣布价值融入历史的运动，于是它的历史理性又证实了一种新的神秘化”[2]。其实这都是一种错乱，而适度则告诉我们：“任何道德中都要有现实主义的成分，因为纯粹的美德会造成大量死亡；而任何现实主义都要有道德的成分，因为犬儒主义会造成大量死

1 加缪：《反抗的人》，第697页。

2 同上。

亡。”[1]因此，人既不能脱离历史，又不能屈从历史。“我需要他人，他人也需要我及每个人”，这就是界限，就是适度。加缪将其概括为“新个人主义”，并且指出："这种新个人主义不是欢乐，而是处于自豪的共感之顶峰上的斗争，永恒的斗争，只是偶尔才有一种无与伦比的欢乐。”[2]

这种对于相对、平衡、自然和人性的崇尚，构成了加缪所说的地中海思想或者太阳思想。这是与北欧的阴霾相对立的南欧的明丽，是与德意志思想的历史崇拜相对立的希腊思想的自然崇拜，是与未来希望相对立的现世享受，是与各种形式的神相对立的血肉之躯的人。加缪说："历史绝对主义尽管节节胜利，却总是不断地碰上人性的顽强的要求，而人性的奥秘是由地中海掌握的，在那里，智力是明亮的阳光的姐妹。”[3]这里的“地中海”当然不仅仅是一种地理概念，它代表着一种思想，即古希腊哲学。加缪的全部痛苦、忧虑和希望都倾注在恢复希腊精神的努力之中。他揭露基督教的强权政治，批判德意志意识形态的历史理性，反对现代社会的盲目乐观，其用意都在警告人们，崇尚均衡适度的希腊精神已被忽略得太久了。他似乎并不悲观，他欣慰地看到，“在欧洲之夜的深处，太阳思想，这种具有两副面孔的文明正等待它的黎明，不过它已然照亮

1 加缪：《反抗的人》，第700页。

2 同上。

3 同上，第702页。

了真正的控制的道路”[1]。这种“真正的控制”实际上就是适度，就是适度的反抗，因为适度并非反抗的反面，它生于反抗，也以反抗为生，并在历史及其动乱之中规范着、捍卫着、创造着反抗。但是，如同塔鲁所说:“每个人身上都有鼠疫……没有任何人是不受鼠疫的侵袭的。”[2]加缪在这里又重申:“我们每个人都在自己身上带着监狱、罪恶和毁灭。”他曾经描述过里厄医生等人同鼠疫的坚韧不拔的搏斗。他在这里又告诫人们:“我们的任务不是让它们在世界上肆虐，而是在我们自己和其他人身上与它们进行斗争。”[3]由此可知，加缪殷切地期望于人的，不是去追求遥远的不可知的，但是被许诺的“王国”或“新城邦”，而是尽心做好当下的脚踏实地的工作和斗争，以及可以触及的生命的享受，因为这些东西，阳光、大海、土地和人，一直不曾摆脱虚无主义的吞噬。然而，加缪并不是一位现代文明的不分青红皂白的诅咒者，他感到悲哀的是历史与道德、力与美的分离。他认为，19世纪的意识形态中对本世纪欧洲思想影响最大的那一部分背离了歌德的梦想：歌德曾经让浮士德与海伦结合，产下一子埃弗利昂。但是，对这个世界来说，埃弗利昂太美了，他不能不夭折。加缪希望人们能记住歌德的梦想并付诸实现，让现代的力与古代的美结合，而“埃弗利昂能否

---

1 加缪:《反抗的人》，第704页。

2 加缪:《鼠疫》，第245页。

3 加缪:《反抗的人》，第704页。

成活，全在我们自己”。这意味着，人要能够进行自由的创造才能超越虚无主义，加缪说：“当工人的劳动同艺术家的劳动一样有所孕育的时候，也仅仅在这个时候，虚无主义将最后被超越，复兴也将具有一种意义。”[1]

那么，人究竟依靠什么才能具有这种有所孕育的创造力？靠上帝的赐予？上帝已经死了。靠历史的无情的铁腕？撒旦也已经和上帝一起死了。人只能依靠他自己，依靠他对适度的坚持。人不是完全有罪的，也不是完全无邪的，他只能为了成功而努力，却不能对成功抱有必得的希望。他必须在自己的反抗中时刻警惕，不使其失度。他得满足于相对的正义、自由和幸福，他不能存有成为上帝的野心，更不能为了未来而牺牲现在。他应该知道，“即使在完美的社会中，孩子的死也是不公正的”，因此，他只能“算术级地减少世界的痛苦”。这样，他的创造才能有所孕育，虚无主义才能被超越，人们才可以“在废墟上准备复兴”。反抗者就这样在地中海思想的指引下，拒绝了神，投身于人所共有的斗争和命运，如同加缪所说：“我们将选择伊塔刻，忠实的土地，大胆而淳朴的思想，清醒的行动以及聪明人的慷慨。”[2]反抗将不断地返回到它的源泉中去。

1 加缪：《为〈反抗的人〉辩护》，载《全集》第二卷，第1715页。

2 加缪：《反抗的人》，第708页。

从西绪福斯到普罗米修斯，再到涅墨西斯，我们顺序展开了加缪的思想的三个侧面。这三个侧面同时存在，相互依存，相互渗透，构成一个整体。当加缪从荒诞出发时，他已意识到反抗；当他发现反抗屡屡失败时，他已感觉到适度的重要。他在1951年的一次答记者问中说："我在写《西绪福斯神话》时，就已经考虑到我后来写的关于反抗的随笔了……"他在斯德哥尔摩的演说中再次申明："我写作伊始就有一个具体的计划：我想先表现否定。有三种形式。小说：《局外人》。戏剧：《卡利古拉》《误会》。意识形态：《西绪福斯神话》。我还预想了肯定的三种形式。小说：《鼠疫》。戏剧：《戒严》《正义者》。意识形态：《反抗的人》。我已经设想了以团结友爱为主题的第三阶段。"我们从这里可以看出加缪的思想的一贯性与完整性，其间自然有许多曲折和发展，但那一条以人为本的主线却是贯穿始终的。加缪的思想处在欧洲人道主义传统之中当无疑义。有人称之为新人道主义，也许是考虑到了时代的发展和演进。

加缪不是政治家，他的思想在现实政治中自然是行不通的，但他像20世纪的作家一样不能不谈政治。倘若作为某种类型的制衡器来看，他的言论未必不时时显露出真知灼见的光彩。他给予政治家的往往是一种警告。20世纪是个革命的世纪，各种各样的革命无一不试图进行到底，各种各样的敌对的势力无一不想对敌人斩草除根，然而其结果并不总是令人欣慰的。加缪屡屡申明他不是哲学家，他也的确不曾提供出纯哲学的思辨，更休提博大精深的体系了。20世纪是个思潮迭出的世纪，各种流派无一不存有解释世界或改造世界的壮志，也无一不想发现放之四海而皆准的真理，然而其结果并不总是令人信服。加缪不曾有过这样的抱负，他也并不认为他的结论具有"普遍的价值"，如他所说："《反抗的人》既未提出一整套道德，也未提出一种教条，它只是肯定一种道德是可能的，而且要付出昂贵的代价。"[1]然而在今天这样一个崇拜金钱、崇拜强力、崇拜成功的时代里，这一点倘若是真的，也就弥足珍贵了。

加缪少年得志，很年轻即获诺贝尔文学奖，在战后一段时间内也曾被视为一代青年的精神导师，然而他的思想从未走红，不断地受到来自左的和右的两个方面的攻击。这其中自然与他的思想中的谬误有关，但不可否认，他的清醒和坦率也为他招来两方面的敌人。《反抗的人》发表之后，有过一场激烈的争论，其结果不仅使他与萨特等存在主义者反目，而且几乎闹到使他声名狼藉的地步。然而他并不因此而媚俗，而盲从，他只是在孤独中默默地咀嚼着苦涩和失望。那一段公案当然可以从历史的角度给予评价，但以今天的眼光看，以那些此后经历过多少风风雨雨的人的眼光看，评价的天平也许会大大地向加缪倾斜。今天，人们会乐于认可加缪的辩白："至于地中海思想，我只是反对19世纪和20世纪欧洲意识形态对它的排

1　加缪：《为〈反抗的人〉辩护》，载《全集》第二卷，第1713页。

斥而已。我远非将它置于一切之上，正相反，我指出德意志意识形态（一般地说，是历史主义思想）对它过分地无知，欧洲思想因为失去其根本而变得极为可怕，我并未声称地中海思想拥有解决的办法。我明明写的是欧洲从来只是处于'正午和子夜'的斗争之中。这就是说，我觉得北方文明与南方文明一样必要。"据说，今天有众多的男人和女人在经过一场幻灭之后，纷纷到加缪的著作中寻求新的信念，甚至把他当成了他们的上帝。这虽有些过分，但不是不可理解的。

加缪，这位20世纪的堂吉诃德，正以其单调又复杂的思想引起人们越来越普遍的关注。

美与历史的博弈

2010年，阿尔贝·加缪逝世五十周年了。

1960年1月4日，一辆汽车驶过桑斯，朝着巴黎飞奔。车上四个人，米谢尔·伽利玛驾车，加缪坐在旁边，后边是伽利玛的妻子和侄女。他们从阿维农附近的卢尔马兰启程，卢尔马兰是一个只有六百个居民的小村子，加缪最近用诺贝尔奖的奖金在那儿买了房子。他们沿着七号公路，六号公路，转五号公路，由南而北，途经奥兰季，夜宿马孔，在桑斯草草吃了中饭，然后继续赶路。过了桑斯二十四公里，路经维尔布勒万小镇，眼看就要进入巴黎大区了。突然，汽车撞在了一棵悬铃木上，又反弹到另一棵树上，解体了，残骸散落在半径一百五十米的田野上，时钟停在13点54分上。加缪当场毙命，伽利玛送到医院，五天后不治身亡，两个女人安然无恙。在散落一地的残骸中，人们发现了加缪的黑色皮包，里面装着他的护照，日记，尼采的书《快乐的知识》，加了评注的《奥赛罗》，还有一本未完成的、写满了密密麻麻的蝇头小字的手稿，就是后来由他的女儿整理出版的小说《第一个人》。当地来了一位医生，巧得很，也姓加缪。天不假年，只给了一位天才作家四十六年的时间，不让人们看到这位精神导师的龙钟老态，仿佛只允许他以直率的目光、运动员般的身姿、略带忧郁的冷酷的面容出现在世人面前，一支关心人类命运，追求个人自由，不以调侃、愉悦、娱乐为务的笔就这样折断了。荒诞啊，荒诞！五号公路的那一段平坦而笔直，九米宽，三车道，当时几乎没有车辆通过，只不过刚刚下了一场毛毛雨，路面有些湿滑而已。加缪一向不喜欢速度，他曾说过："我不知道还有什么比死于车祸更愚蠢的了。"伽利玛的车是一种大功率、十分结实的车，可是不久前，车子的修理工却说："这部车是一座坟墓。"真是一语成谶！然而，更为荒诞的是，他的口袋里还放着一张从马赛至巴黎的火车票！可怜他那寡言的母亲，一直住在阿尔及尔的里昂街上，听到加缪的死讯，只说了一句话："他太年轻了。"

一个人面临死亡，会回顾他一生所走过的道路；如果他是作家一类的人物，还会把他的思考落在纸上。加缪死于非命，而且非常年轻，在他对死亡还没有准备的时候，阴阳的界限瞬间跨过。我们不可能知道他对他的一生究竟有什么想法，幸亏他在1954年为他的第一本书《反与正》写了一篇序。《反与正》，薄薄的，只有五篇随笔，1937年在阿尔及尔出版，加缪当年二十四岁，刚刚迈入文坛，而且是在辽远的阿尔及利亚。一棵稚嫩的小苗，在远离巴黎的地方破土了。这篇序随1958年再版的《反与正》发表。《〈反与正〉序》说明了为什么这本随笔集在加缪思想发展的轨迹上具有最重要的意义，其意义在于，如他1953年10月30日给勒内·夏尔的信中所说："是的，忘记童年时代是不可能的。然而，有时候应该离开它，至少表面上。做一个男子汉，被迫做一个男子汉，有时候容忍许多人，这有多难！巧的是，我最近也在考虑在阿尔及尔的时光，考虑我的童年。我在尘土飞扬的街道上、在肮脏的海滩上长大。我们游泳，稍远一些，就是纯净的大海了。对我来说，生活是艰难的，但我大部分时间里深深地感到幸福。"近海是肮脏的，然而远处是干净的，那里有纯洁的水。近海到远海，是一种超越；贫穷然而幸福，这是加缪毕生坚守的信念。"因为在一个艺术家的一生中总有需要做总结的时候，他接近他自己的中心，然后力图坚持。"在加缪的一生中，这个"需要做总结"的时间来得未免早了些，然而，他毕竟总结了，他接近了自己的中心；他毕竟坚持了，谁知道这是不是冥冥中注定了的事呢？《反与正》初版印量极少，读者求之若渴，甚至有人认为，这本小书包含了他"写过的最好的东西"。但是加缪始终拒绝再版，理由是文章写得"笨拙"。可是，二十年后，《反与正》竟然再版了，他不得不写了这篇长序。这篇序明确地指出了加缪思想的源头，这个源头可以用一句话概括：美与历史的博弈。

加缪在这篇序中说，每一个艺术家都"在他的内心深处保留着唯一的一眼泉水，在其一生中滋润着他之所是和他之所说”，“对于我，我知道我的泉水在《反与正》之中，在这个交织着贫穷和光明的世界之中，我曾长期生活在这个世界之中，其回忆仍然对我保持着两种相互对立的危险，这危险威胁着每一个艺术家，那就是怨恨和满足”。对于“贫穷”，加缪没有“怨恨”，对于“光明”，加缪从不“满足”，这两种相互对立的“危险”，乃是加缪毕生避之唯恐不及的陷阱：因为没有怨恨，加缪义无反顾地投入每日的生活；因为从不满足，加缪时时刻刻地捍卫个人的自由；他是一位感到幸福的西绪福斯。这眼滋润着他的一生的泉水是支配他的思想和行动的根本的、原初的动力，这种动力的名称叫作知识分子的“良心”。由于这种良心，他可以在斯德哥尔摩面对一位阿拉伯激进分子说：“我一直谴责恐怖，我也谴责盲目地发生在阿尔及尔街头的恐怖主义，有朝一日它会危及我的母亲或我的家庭。我相信正义，但是我在捍卫正义之前要捍卫我的母亲。”有人指责加缪，说他居然把母亲置于正义之前，但是，试想一个人能够不顾母亲的安危而侈谈正义，他的正义不成了虚伪吗？连母亲都不爱的正义还是正义吗？加缪的话是一个有良心的人的话，这是他内心最隐秘处的呼喊，而说出这样的话是需要勇气的，这种勇气非有良心者不办。

《〈反与正〉序》开宗明义，首先说的是“贫穷”，他说：“贫穷对我来说从来就不是一种不幸：光明在其中播撒着它的财富。甚至我的反抗也被照亮了。”的确，在获得诺贝尔奖之前，加缪一直是贫穷的。幼年的加缪，家里甚至没有一张写字的桌子。然而，贫穷使他懂得了“自由”，他说过：“我不是在马克思的著作中学到自由的，我是在贫穷中学到的。”加缪并不赞美甚至炫耀贫穷，他只是不怨天尤人，也不仇恨财富，不嫉妒别人的富有，不把贫穷当作享受生活、追求幸福的障碍……如此而已。“在非洲，大海和阳光不费分文；障碍反倒在于偏见或愚蠢”；加缪免于偏见和愚蠢的折磨，一是在于他的亲人，他的家庭几乎什么都缺，却什么也不羡慕；二是他“忙于感觉，无暇梦及其他”，一句话，“贫穷并不一定意味着羡慕”，他没有时间浪费在观察、觊觎，甚至掠夺他人的财富上，所以，当他在巴黎看见“很豪华的生活”时，他产生的是“疏远”中的一丝“怜悯”。在他看来，窘迫和快乐并不总是对立的，他说：“我从来也不能沉醉于人们所说的室内生活（它常常与内心生活相反）；所谓的资产者的幸福使我厌倦，使我害怕。”加缪在十七岁的时候，患上了肺结核，这在当时几乎是一种不治之症，这种疾病使他“恐惧和失望”，却没有使他“悲伤”，最后竟帮助他形成了一种“心灵的自由”，避免了“怨恨之心”，从而更加热情地投入到灵与肉的狂欢之中。他的苦难，他的快乐，都来源于他所生活的世界，所以他说：“我生活在窘迫之中，生活在某种快乐之中。”改变生活，是的，但不要改变他生活的“世界”，这就是说，生活是人可以决定的，但是世界是不以人的意志为转移的。苦难使他不能认为“阳光下和历史中一切都是好的”，阳光告诉他“历史不就是一切”。历史的具体表现是政治、政府、政党以及他们从事的活动，例如战争，因此，历史常常但是没有权力干预个人的生活。我们常说历史的潮流是不可抗拒的，但是人的生活可以自外于历史的限制，就是说，试图以历史的名义限制人的自由是不可接受的，所以，“希腊人是个幸福的民族，他们没有历史”（《笔记》第一卷）。他在《普罗米修斯在地狱》中说：“历史是一片贫瘠的土地，连欧石楠也不长。然而今天的人还是选择了历史，他不能也不该离开它；但是，他不是让历史为自己服务，反而甘愿日益成为它的奴隶。”人类创造历史，人类赋予历史以某种意义，人类也在历史的演进中实现或摧毁某种价值，但是，人类往往不能驾驭历史，反而成为它的奴隶或成为某些人假历史之名成一己之私的工具。加缪并非一概地否定或反对历史，他否定或反对的是崇拜甚至神化历史的历史决定论，即人不能违背历史的所谓目的。他问道：“我们会有力量让欧石楠再生吗？”他用欧石楠这种野花象征人鲜活的生命。他呼唤“正义之子”，“他们恰恰知道没有盲目的正义，知道历史没有眼睛，因此必须抛弃它的正义，尽可能地代之以精神孕育的正义”。加缪认为，未来的日子“可能摧毁”他的一切，恰恰没有摧毁他对生活的“无节制的欲望”。“未来的日子”可能就是历史的种种表现，如暴政、战争等，而“无节制的欲望”却“在《反与正》的最阴郁的篇章中爆发出来”。

《反与正》的五篇随笔，几乎都是阴郁的，然而在阴郁的背景上，有几抹亮色，悲伤和快乐形成强烈、鲜明的对比。在《是与否之间》中，一个人回到了故乡，在一间摩尔人的咖啡馆里，他看到，“在一片大榕树间，有天空”。我们发现，这个人就是加缪。他感到，“在贫穷中有孤独，一种给每一件事物以价值的孤独”。虽然贫穷，但是“在财富的某种程度上，天空本身和布满星星的夜似乎是一种自然的财富。在等级的底部，天空重获它的全部含义：一种无价的恩惠”。“在匮乏的某种程度上，希望和失望似乎都没有根据，全部的生活归结为一个形象”，什么形象？童年的形象，从这种形象中，人们“汲取关于爱和贫穷的教诲”。在《反与正》中，作者说：“我是谁？我能做什么？我只能投入这枝叶和阳光的游戏之中。化作这一片光，我的香烟在其中燃烧；化作这一股温柔和激情，它们在空气中呼吸。倘若我想认识我自己，那就是在这光的深处；倘若我想理解和享受这种交出了世界的奥秘的滋味，那就是我在宇宙的深处所发现的我自己，也就是说，我自己就是使我从环境中解脱出来的这种极度的感动。”阳光似乎可以“捏碎”，雨把大海“打湿了”，空气终于“能喝了”，太阳在天上“爬了一步”，白昼重新“上路了”（《重返蒂巴萨》），等等，如果他不是处于物我两忘的境地，如果他不是全身心地沉浸在自然的感受中，他怎么可以有如此具体的、细微的、富有质感的经验？此时此刻，他的“全部王国在这世界上”。他说，阴影、炎热、寒冷，在世界的这些正与反之间，他“不愿选择”，他“不喜欢人们选择”。在《西绪福斯神话》的篇首，加缪引了古希腊诗人品达罗斯的两句诗：“我的灵魂啊，勿求永生，耗尽一切可能的领域吧！”这两句诗是《西绪福斯神话》的核心，也是加缪思想的核心，“说到底，问题在于如何指明这种对生活的酷爱和这种隐秘的绝望之间的联系”。

对生活的酷爱和隐秘的绝望，这是两种共生共存的品质，这在《婚礼集》一书中得到了充分的反映。《婚礼集》是一本包括四篇随笔的书，正式出版于1939年，其中的《蒂巴萨的婚礼》最为著名。蒂巴萨是距阿尔及尔六十九公里的一处古罗马遗址，濒临大海，安详宁静，然而在阳光的照射下，天空、大海、废墟、原野、神殿的遗迹、芳香的植物、绚烂的鲜花、炽热的石头，都沐浴在滚烫的热浪里，这是一次在古罗马的遗迹上举行的婚礼，是一次灵与肉的狂欢，是一次由狂欢复归平静的经验。加缪和他的朋友们来到这里，且看他如何描写：“走了几步，苦艾的气味就呛得我们喉咙难受。它那灰色的绒毛盖满了无际的废墟。它的精华在热气中蒸腾，从地上到天上弥漫着一片慷慨的酒气，天都为之摇晃了。我们迎着爱情和欲望走去。”晋人陶渊明说：“纵浪大化中，不喜亦不惧。”不是说没有喜悦，也不是说没有恐惧，而是说喜到了极致，惧到了极致，喜和惧都消融在自然的大和谐之中。这些“回头浪子”早把“苦涩的哲学”抛到九霄云外，因为“这是自然的大放纵，这是大海的大放纵，我整个儿地被抓住了”。“什么也不能使他们与这种深厚的力量分开，这力量把它们引向尘世间的事物的中心”，“中心”就是每日的生活。“一切都是简单的。是人把事情弄复杂了。”（《是与否之间》）摈弃了一切抽象的思辨，一头扎进有血有肉的感受，果然如加缪所说：“对我来说，用我全部的身体生活，用我全部的心做证，这就足够了。首先是体验蒂巴萨，然后自然会有做证和艺术品。这里有一种自由。”但是，宇宙是什么？世界是什么？蒂巴萨是什么？原来它们什么也不是，重要的是它们和我之间“产生爱情的那种和谐与寂静”：“大海、原野、寂静、土地的芬芳，我周身充满着香气四溢的生命，我咬住了世界的这枚金色的果子，心潮澎湃，感到它那甜而浓的汁液顺着嘴唇流淌。”他在《重返蒂巴萨》一文中，写下了极其动人的“回忆和感受”：“狂暴的童年，卡车轰鸣中少年的梦幻，清晨，鲜丽的姑娘，海滩，总是处于巅峰状态的年轻的肌肉，晚上一颗十六岁的心的淡淡的焦虑，生之欲望，光荣；还有那岁岁年年总是一样的天空，充满了汲不尽的力量和光明，永不满足；一连数月，一个一个地吞噬着在正午那阴郁的时刻摆在海滩上的呈十字状的祭品。”这是人类在进入历史之前的状态，加缪称之为“无邪”。无邪的时代已经远去了，他不再能享受“节制和秩序”所带来的狂喜。由狂热趋于平静，终于，“我们又感到了孤独，然而是在满足之中”。《杰米拉的风》中说：“世界终究要战胜历史。杰米拉投向群山的巨大的石头的呼喊，天空和寂静，我牢牢地抓住了它们的诗意：清醒，冷漠，乃是绝望或美的真正的象征。”的确，历史不就是一切，换句话说，政治不就是一切，政党不就是一切，政府不就是一切，在“一切”之外，还有生活，还有自由，还有美，还有美所意味着的东西。

二十年之后，故地重游，加缪回到了蒂巴萨。他写下了《重返蒂巴萨》，收在1954年出版的随笔集《夏天集》之中，这个集子里还有《巴旦杏树》《普罗米修斯在地狱》《海伦的放逐》等等。今天我们读《夏天集》，最突出的感受是：这本集子呈现了加缪思想源头的另一面，即拒绝屈服于历史的同时，在贫穷中张扬对美的追求，可以说，在加缪思想的源头上进行着美与历史的大博弈。他在《普罗米修斯在地狱》中指出了现代世界中人的根本特点：“今天，人类却只需要、只关心技术。他在机器中反抗，他把艺术和艺术意味着的东西视为障碍和奴役的标志。相反，普罗米修斯的特点在于他不能把技术和艺术分开。他认为可以同时解放肉体和精神。”因此，“在历史的最阴暗的中心，普罗米修斯的人一面继续他们艰难的工作，一面继续望着大地，望着不疲倦的草。被缚的英雄在神的霹雳闪电中坚持着他对人的沉静的信念；因此，他比岩石还要坚硬，比秃鹫还要耐心”。《海伦的放逐》发表于1948年，是一篇美的颂歌，加缪认为，希腊人的美是一种包含着“太阳的悲剧性”的“界限”：“希腊的思想总是固守着界限这一概念。它什么都不推向极端，无论是神圣，还是理性，因为它什么都不否定，无论是神圣，还是理性。它考虑到整体，用光明平衡黑暗。相反，我们的欧洲投入了总体的征服，它是过度的女儿。它否定美，正如它否定一切它不赞扬的东西。尽管它以不同的方式仅仅赞扬一个东西，即理性的未来王国。”总之，“我们放逐了美，而希腊人为它拿起了武器”，欧洲的黑暗与希腊的光明形成了鲜明的对比。自然和美以及美所意味的自由，是加缪义无反顾地生活的根本原因。“上帝死了，只剩下历史和权力。很久以来，我们的哲学家的所有努力只想着如何用形势来取代人性的概念，用偶然性的混乱的冲动和理性的无情的运动来取代古老的和谐。”文学艺术的活动也不例外：“人们在自陀思妥耶夫斯基以来的欧洲文学中找不到风景。故事解释不了先于它的自然界，也解释不了高于它的美，于是它就选择了无视自然界和美。柏拉图包容一切：荒谬、理性和神话；而我们的哲学家只有荒谬或理性，因为他们对剩下的一切闭上了眼睛。”历史精神和艺术家都想重新创造世界，然而后者知道界限，前者却否定界限，一个以自由充当激励的动力，另一个却走向暴政，所以，“今天所有那些为自由而战的人们最终都是为了美而战”。

蒂巴萨是古罗马遗址，但是，加缪愿意把它看成希腊遗址，他在那里找到了美，那美是界限，是节制，是平衡，是希腊人的核心价值，加缪将此作为他的思想的源头。《重返蒂巴萨》是加缪故地重游的记录和思考。他“逃离了欧洲的黑夜，逃离了人间的寒冬”，来到了阿尔及尔，来到了蒂巴萨，重温他“生活过”的日子。然而，今非昔比，“废墟已被围上了铁丝网，人们只能从被特许的入口进去”，他“发现了那阻隔在炽热的废墟和铁丝网之间的距离和岁月”。炽热的废墟意味着“美的景色”，铁丝网代表着“暴政、战争、警察、反抗的时代”。泥泞的蒂巴萨依然遮不住往日的“美、丰富、青春”，可是，“在熊熊大火的照耀下，世界顿时现出了它的皱纹和创伤，旧的和新的”。世界和他，“一下子老了”，我们听到加缪这样低声倾诉，仿佛看见他的眼眶内有泪水在打转。加缪说：“当人们一旦有机会强烈地爱过，就将毕生去追寻那种热情和那种光明。放弃美，放弃与美相连的官能幸福，专一地为不幸效劳，这要求一种我所缺乏的崇高。”这种“崇高”正是历史强迫人们做出的样子。美离不开人的渴望，正义也离不开人的自由，“孤立的美最后要变成丑，孤独的正义最后要变成压迫。谁想为一方效劳而排斥另一方，就将不为任何人效劳，也不为自己效劳，最终将为双倍的不义效劳。有朝一日，由于过分地僵硬，将不再有什么东西引起人们的赞叹，一切都不足为奇，生活就要重新开始。那将是流放的时代、生命干枯的时代、灵魂死灭的时代”。但是，他终于“重新发现了过去的美和一片年轻的天空”，明白了在“疯狂肆虐的那些年里”，他从未放弃过这段使他从不绝望的“回忆”，清楚“蒂巴萨的废墟比我们的工地和瓦砾都年轻”。他进入了蒂巴萨这座“庇护所和避风港”，他又“认出了寂静造成的难以察觉的声音”：“鸟儿的持续的低音，悬崖下大海清而短促的呻吟，树的颤动，圆柱的盲目的歌唱，苦艾的摩擦，倏忽即逝的蜥蜴。我听见了这一切，我也在倾听我身上涌起的幸福的波涛。”但是，这个世界同时存在着“令人振奋的东西”和“令人沮丧的东西”，他学会了“用白线和黑线打同一根绷得要断的绳子”，因为要“放弃存在的一部分，他就必须放弃存在，也就必须放弃生活或者直接的爱”：“我不能否定我生于其中的光明，但是我也不愿拒绝这个时代的奴役。”“是的，有美，也有屈辱。无论做起来多么难，我愿永不背叛任何一方。”于是，“在隆冬，我终于知道，我身上有一个不可战胜的夏天”。美与历史，是相互对立的，又是同处于一个统一体之中，这个统一体就是人。

1945年，加缪在《笔记》第二卷中写道：“为什么我是一个艺术家而不是哲学家？因为我是根据词而不是概念来思维的。”词是精神的血肉，概念是现实的骨架，这就是加缪为什么要用“唯一的泉水”来形容他的思想的原点，用宋代朱熹的一句诗来说，就是：“问渠那得清如许，为有源头活水来。”这活水是词，是美，是具体的生活的感受，而不是概念，不是历史，不是抽象的哲学的推演。

《局外人》：多余人，抑或理性的人？

翻开加缪的《局外人》，劈头就看见这么一句："今天，妈妈死了。"紧接着就是一转："也许是昨天……"一折一转，看似不经意，却已像石子投入水中，生出第一圈涟漪……

《局外人》的第一句话实在是很不平常的。"妈妈……"，这样亲昵的口吻分明只会出自孩子的口中，成年人多半要说"母亲……"的。然而说话人恰恰不是孩子，而是一个叫默而索的年轻人。他在临刑前，以一种极冷静极枯涩却又不乏幽默，有时还带点激情的口吻讲述他那极单调极平淡却又不乏欢乐，有时还带点偶然的生活，直讲到被不明不白地判了死刑。默而索不说"母亲"而说"妈妈"，这首先就让我们感动，凄凄然有动于中。我们会想：他在内心深处该是对母亲蕴藏着多么温柔、多么纯真的感情啊！

然而他竟没有哭！不惟接到通知母亲去世的电报时没有哭，就是在母亲下葬时也没有哭，而且他还在母亲的棺材（他居然没有要求打开棺材再看看母亲！）前抽烟、喝咖啡……我们不禁要愤然了：一个人在母亲下葬时不哭，他还算得是人吗？更有甚者，他竟在此后的第二天，就去海滨游泳，和女友一起去看滑稽影片，并且和她一起回到自己的住处。这时，我们几乎不能不怀疑他对母亲的感情了。也许我们先前的感动会悄悄地溜走，然而竟没有。默而索不单是令我们凄然、愤然，他尤其让我们感到愕然：名声不好的邻居要惩罚自己的情妇，求他帮助写一封信，他竟答应了，觉得“没有理由不让他满意”。老板建议他去巴黎开设一个办事处，他竟没有表示什么热情，虽然他“并不愿意使他不快”。对按理说人人向往的巴黎，他竟有这样的评价：“很脏。有鸽子，有黑乎乎的院子……”玛丽要跟他结婚，他说“怎么样都行”，要一定让他说是否爱她，他竟说“大概是不爱她”。最后，他迷迷糊糊地杀了人，对法庭上的辩论漠然置之，却有兴趣断定自己的辩护律师的“才华大大不如检察官的”。就在临刑的前夜，他觉醒了：“面对着充满信息和星斗的夜”，他“第一次向这个世界动人的冷漠敞开了心扉”。他居然感到他“过去曾经是幸福的”，“现在仍然是幸福的”。他似乎还嫌人们惊讶得不够，接着又说：“为了使我感到不那么孤独，我还希望处决我的那一天有很多人来观看，希望他们对我报以仇恨的喊叫声。”这是《局外人》的最后一句话，也是一句很不平常的话。

以很不平常的话开头，以很不平常的话结尾，使《局外人》成为一本于平淡中见深度、从枯涩中出哲理的很不平常的书。我们的凄然，我们的愤然，我们的愕然，使我们不能不想一想：这位默而索究竟是何等样人。奇人、怪人，抑或是常人？多余人、畸零人，抑或是明白人？

有人说他是白痴。从他生活态度的萎靡消极，从他对人对事的反应的机械迟钝，从他对周围人们遵奉的价值观念的无动于衷，从他对本能的、即刻的肉体满足的强烈要求，从这些方面看，他确乎有些是。然而，他知道别人都为他失去母亲难过。他唯恐养老院院长因他将母亲送进养老院而责怪他，对于能否在母亲的棺材前抽烟也曾有过犹豫。他有敏锐的观察力，并且不乏判断力，例如他从那些看过电影回来的"年轻人的举动比平时更坚决"，推断出"他们刚才看的是一部冒险片子"。他对太阳、大海、鲜花的香味等尤其敏感。当神甫劝导他皈依上帝的时候，他可以揪住神甫的领子，把他内心深处的话、喜怒交迸的强烈冲动，"劈头盖脸地朝他发泄出来"。这样一个敏感、清醒、具有明确的自我意识的人怎么可能是白痴呢？

有人说他是个野蛮人。怕也不尽然，或竟可以说似是而非。在法国作家的笔下曾经多次出现过野蛮人或远离人类文明的化外之人的形象。他们淳朴善良，弃圣绝智，无知无识，不知有欺诈，亦不知有善恶，若一旦有机会进入文明社会，其结果不是逃离便是堕落。他们无例外地成为作家们——如蒙田、卢梭、夏多布里昂等——歌颂的对象。默而索只有一点和他们相像，即与文明社会格格不入，而见了阳光、大海、清凉的夏夜却如鱼得水，或者说“肉体上的需要常常使我的感情混乱”。然而默而索并非生活在北美印第安人的部落里，他是法国人，是法国殖民地阿尔及利亚首都阿尔及尔的一家船运公司的职员。他还读过大学！只此一端就使他不但成不了野蛮人，怕连个平民百姓也做不得，他有文化，可以给同伴解释电影的内容，可以帮助邻居写相当微妙的信。他还读报！而读报，按加缪（或他的人物克拉芒斯）的说法，是现代人的两大特点之一，另一个特点是通奸。（见《堕落》）因此，默而索之自绝于乃至见弃于人类社会，显然不是由于野蛮人的原因所致。他曾经有过符合人类社会的价值标准的“雄心大志”，他对违反传统行为模式的举措经常有一种过火感，但他终于认识到这一切都“无所谓”，并不能改变生活。这样一个有意识地拒绝文明社会的人怎么可能是野蛮人呢？

有人说他是“一个比一般人缺乏理性的人”。那么，一般人的理性是什么呢？无非是认可并接受传统的价值观念，如感情、爱情、事业上的抱负，对地位和金钱的追求，对于过失的悔恨，以及信仰上帝，等等；无非是遵循习俗所规定的行为模式，如母亲下葬时要痛哭流涕，娶一个女人时要说“爱她”，在法庭上要寻求有利于自己的辩护，在神甫面前要虔诚谦卑，等等。然而默而索恰恰是拒绝传统的价值观念，对由习俗所规定的行为模式不以为然。他不想说谎，而不说谎不单是不说假话，也包括了不夸大其词。他“不说废话”，而加缪认为：“男人的丈夫气概并不体现在言辞，而是体现于沉默。”他被判死刑后，曾经进行过那么复杂微妙的思索，甚至在想象中“改革了刑罚制度”。他对神甫的信仰做出过最严厉的判断：“他的任何确信无疑，都抵不上一根女人的头发。”他对人类的处境做出了“进退两难，出路是没有的”的悲观概括，这样的人，难道可以说是“一个比一般人缺乏理性的人”吗？

默而索既非白痴，又非野蛮人，更不是一个比一般人缺乏理性的人。他是一个有着正常理智的清醒的人。然而他却不见容于这个世界。为什么？因为他杀了人。检察官指控：“我控告这个人怀着一颗杀人犯的心埋葬了一位母亲。”

诚然，默而索埋葬母亲时没有哭，难道说他这就犯下了死罪吗？从习俗的角度看，表示悲痛只有哭泣，别无他途。死了人总是要哭的，连器具也有叫哭丧棒的，不独死者亲属哭，甚至可以雇人来哭，中国有，甚至科西嘉也有，如高龙巴。这种由习俗规定的行为模式，是生活在社会中，并与社会合拍的人所必须遵守的。从这个约定俗成的行为模式的要求来看，默而索之不哭便被看成了禽兽的行为，为人类社会所不容。

当然，法律不会这样愚蠢，径直将“不哭”判为弑母，它总要寻出“正当”的理由来要一个人的脑袋。这理由在默而索身上恰好有一个：他杀了人。我们从旁观者的立场看，默而索杀人实在是出于正当防卫的动机，只不过是他“因为太阳”（而他是那样喜欢太阳）而判断失误，使正当防卫的可辩护性大大地打了折扣。尤其是辩护律师的“才华大大不如检察官”，从“以习俗的观点探索灵魂”这一共同立场出发，他的所谓“正经人，一个正派的职员，不知疲倦，忠于雇主，受到大家的爱戴，同情他人的痛苦”之类的辩护，自然抵挡不住检察官的“怀着一颗杀人犯的心埋葬了一位母亲”的指控。从法律的观点看，检察官的指控无懈可击，律师的辩护软弱无力，默而索必死无疑。但从解除了传统价值观念的束缚和传统行为模式的制约这一人性的观点看，默而索实在并没有多少可以指责的地方。他没有哭死去的母亲，但心里是爱她的，并曾努力去理解她。他“大概不爱”而愿娶玛丽，是因为他觉得人人挂在嘴上的“爱”并不能说明什么。他对职务的升迁不感兴趣，是因为他觉得那并不能改变生活，而且他是曾经有过但后来抛弃了所谓的“雄心大志”。他拒绝见神甫，是因为他觉得“未来的生活”并不比他以往的生活“更真实”。然而社会为了自身的安定恰恰要求它的成员恪守传统的价值观念和行为模式。否则，一个人的灵魂就会变成一片荒漠，令检察官先生们“仔细探索”而“一无所获”；就会“变成连整个社会也可能陷进去的深渊”，令检察官先生们“意识到某种神圣的、不可抗拒的命令”。因此，站在维护社会秩序的法律的立场，量刑的标准其实并不在罪行的轻重，而在它对社会秩序的威胁程度，而所谓威胁程度，则全在于检察官一类人的眼力。法律的这种荒唐实在并非没有来由的。

加缪曾经把《局外人》的主题概括为一句话："在我们的社会里，任何在母亲下葬时不哭的人都有被判死刑的危险。"这种近乎可笑的说法隐藏着一个十分严酷的逻辑：任何违反社会的基本法则的人必将受到社会的惩罚。这个社会需要和它一致的人，背弃它或反抗它的人都在惩处之列，都有可能让检察官先生说："我向你们要这个人的脑袋……"默而索的脑袋诚然是被他要了去，社会抛弃了他，然而，默而索宣布："我过去曾经是幸福的，我现在仍然是幸福的。"这时，不是可以说是他抛弃了社会吗？谁也不会想到默而索会有这样的宣告，然而这正是他的觉醒，他认识到了人与世界的分裂，他完成了荒诞的旅程的第一阶段。

我们终于说到了"荒诞"。谈《局外人》而不谈荒诞，就如同谈萨特的《恶心》而不谈存在主义。加缪写过以论荒诞为主旨的长篇哲学随笔《西绪福斯神话》。事实上，人们的确是常常用《西绪福斯神话》来解释《局外人》，而开此先例的正是萨特。他最早把这两本书联系在一起，认定《局外人》是"荒诞的证明"，是一本"关于荒诞和反对荒诞的书"。我们读一读《西绪福斯神话》，就会知道，萨特的评论的确是切中肯綮的。加缪在这本书中列举了荒诞的种种表现，例如：人和生活的分离，演员和布景的分离；怀有希望的精神和使之失望的世界之间的分裂；肉体的需要对于使之趋于死亡的时间的反抗；世界本身所具有的、使人的理解成为不可能的那种厚度和陌生性；人对人本身所散发出的非人性感到的不适及其堕落；等等。由于发现了“荒诞”，默而索的消极、冷漠、无动于衷、执着于瞬间的人生等等顿时具有了一种象征的意义，小说于是从哲学上得到了阐明。当加缪指出，“荒诞的人”就是“那个不否认永恒，但也不为永恒做任何事情的人”的时候，我们是不难想到默而索的。尤其是当加缪指出“一个能用歪理来解释的世界，还是一个熟悉的世界”，“但是在一个突然被剥夺了幻觉和光明的宇宙中，人就感到自己是个局外人”的时候，我们更会一下子想到默而索的。“荒诞的人”就是“局外人”，“局外人”就是具有“清醒的理性的人”，因为“荒诞，就是确认自己界限的清醒理性”。于是，人们把默而索视为西绪福斯的兄弟，就是题中应有之义了。当然，萨特评论的权威性，也由于得到了加缪的主观意图的印证，而更加深入人心。加缪在1941年2月21日的一则手记中写道:“完成《神话》。三个‘荒诞’到此结束。”我们知道这三个“荒诞”指的是：哲学随笔《西绪福斯神话》、小说《局外人》和剧本《卡利古拉》。三者之间的关系于此可见。这种三扇屏式的组合似乎是加缪偏爱的一种形式，例如哲学随笔《反抗的人》、小说《鼠疫》和剧本《正义者》。这是后话，不及细论。

阅读《西绪福斯神话》，固然有助于我们理解《局外人》，但是，如果《西绪福斯神话》对于《局外人》来说，不仅仅是一种理解的帮助，而且还是必不可少的一部分，我想这并不是作为小说的《局外人》的一种荣幸，而只能是它的一大欠缺，因为这说明，《局外人》作为小说来说不是一个生气灌注的自足的整体，充其量不过是一种哲学观念的图解罢了。幸好事实并非如此。《局外人》是一部非常成功的小说，它以自身的独立的存在向我们展示了一种关系：人与世界的关系。这种关系之所以如此强烈地吸引着我们，是因为它迫使我们向自己提出这样的问题：世界是晦涩的，还是清晰的？是合乎理性的，还是不可理喻的？人在这个世界上是幸福的，还是痛苦的？人与这个世界的关系是和谐一致的，还是分裂矛盾的？默而索不仅是一个有着健全的理智的人，而且还是个明白人，他用自己的遭遇回答了这些问题，而他最后拒绝进入神甫的世界更是标志着一种觉醒：他认识到，"未来的生活并不比我已往的生活更真实"。默而索是固执的、不妥协的。他追求一种真理，虽死而不悔。这真理就是真实地生活。加缪在为美国版《局外人》写的序言中说："他远非麻木不仁，他怀有一种执着而深沉的激情，对于绝对和真实的激情。"我想这话是不错的。我们甚至可以说默而索是一位智者，因为加缪在《西绪福斯神话》中写道："如果智者一词可以用于那种靠己之所有来生活，而不把希望寄托在己之所无的人的话，那么这些人就是智者。"默而索显然是"这些人"中的一个，他要"义无反顾地生活"，"尽其可能地生活"，相信"地上的火焰抵得上天上的芬芳"，因此，他声称自己过去和现在都是幸福的，这虽然让人感到惊讶，却并不是不可理解的，因为加缪认为："幸福和荒诞是同一块土地上的两个儿子"，幸福可以"产生于荒诞的发现"。当然，默而索是在监狱里获得荒诞感的，在此之前，他是生活在荒诞之中而浑然不觉，是一声枪响惊醒了他，是临近的死亡使他感觉到对于生的依恋。于是，默而索成了荒诞的人。局外人就像荒诞的人，像那无休止地滚动巨石的西绪福斯一样，敢于用轻蔑战胜悲惨的命运。而加缪说："应该设想，西绪福斯是幸福的。"

《局外人》的读者可以不知道默而索什么模样，是高还是矮，是胖还是瘦，但他们不可能不记住他，不可能不在许多场合想到他。默而索将像幽灵一样，在许多国家里游荡，在许多读者的脑海里游荡。如果说时代变了，环境变了，人际关系变了，那他们可以记住，在第二次世界大战期间或以后相当长的时间里，在法国或类似的国家里，有那么一个默而索……

《西绪福斯神话》：荒诞·反抗·幸福

20世纪，特别是第二次世界大战前后成长起来的那一批西方作家，大都有一种哲学的野心，他们不满足于观察和再现生活，而是试图对生活给以本体论的解答。他们当中自然有不少人流于空疏、抽象，甚至玄妙，但也的确有人成为一代青年的精神导师，例如萨特和加缪。这两个人的名字常常被人摆在一起，但他们之间的距离实在不可以道里计。如果说萨特以其艰深复杂的体系令人敬畏，加缪则以其生动朴实的经验使人感到亲切。萨特曾经指责加缪"痛恨思想的艰深"，对他的抽象思维能力颇有微词。这当然不能完全归之于两个人的反目。虽说加缪也曾在大学中主修哲学，但阿尔及尔大学显然不能与巴黎高等师范学院相比，他也没有跑到德国去研究海德格尔的本体论和胡塞尔的现象学。加缪对哲学有完全不同的理解，他本来也很有理由指责萨特背离了法国哲学的传统。加缪是在贫困中长大的，很早就被笼罩在死亡的阴影之中，因此，他始终在具体经验的描述中寻求哲理，用生活智慧的探求代替抽象概念的演绎。有人说加缪的书是写给中学毕业班的学生看的，话虽说得尖刻，透着浅薄甚至恶意，却也道出了几分真实，即加缪试图为步入生活的人提供某种行为的准则。因此，《西绪福斯神话》一出，立即受到在战争的废墟上成长起来的那一代青年的欢迎，成为他们在人生旅途上继续奔波的某种指南。

加缪的哲学是一种人生哲学，他关心的不是世界的本源或人的本质之类的问题，而是诸如人生是否有一种意义，人怎样或应该怎样活下去等伦理问题。我们读他的《西绪福斯神话》，得到的不会是思维的快乐和逻辑的满足，而可能是心灵的颤动和生活的勇气；我们记住的不会是有关“世界是荒诞的”等哲学命题的论证，而可能是“登上顶峰的斗争本身足以充实人的心灵”等格言式的警句。作为一部哲学论著，《西绪福斯神话》也许缺少思辨的色彩，但是作为一种人生智慧的探求，《西绪福斯神话》显然不乏启迪的力量。

有些以乐观自得的人读《西绪福斯神话》，很可能一开始便会被加缪的立论压得喘不过气来。什么？“只有一个真正严肃的哲学问题，那就是自杀。判断人值得生存与否，就是回答哲学的基本问题。”为人生勾勒出这样一幅图画，不是过于阴森可怕了吗？不是过于悲观绝望了吗？也许某些训练有素的哲学家更会跳起来，他们会说加缪偷换了哲学的基本问题，用生死观取代了宇宙观，抹杀了唯物主义和唯心主义之间的区别。对于前者，我奉献一句加缪本人说过的话：“希望和希望不同，我觉得亨利·波尔多先生乐观的作品使人尤为泄气。”亨利·波尔多（Henry Bordeaux, 1870—1963）是一位倾向保守的作家，以维护传统的、资产阶级的道德观念自命，他的希望自然是存在于资本主义社会秩序之中。对于后者，我则劝他们不必动肝火，应该允许有人把哲学的基本问题归结为生死的问题，而不管什么物质第一性或者精神第一性。经历了第二次世界大战那样惨绝人寰的浩劫的人们难道没有权利问一问：这样的人生值得过还是不值得过？加缪是一个与蒙田有着深刻的精神联系的作家，后者有一句名言："世界上最重要的事情就是认识自我。"加缪的《西绪福斯神话》无疑是"认识自我"的一种努力，是关于人和人生的一种探索。他要回答的问题不是"人是什么"，而是"人的命运是什么"，已然存在的人应该如何对待他的命运。

在西方，西绪福斯的故事由来久矣，他一直被当作勇气和毅力的象征。波德莱尔有诗曰："为举起如此的重担，得有西绪福斯之勇；尽管人们有心用功，可艺术长而光阴短。"这"重担"的名字叫"厄运"，西绪福斯纵使举得起，心中却充满了无可奈何的悲哀。然而加缪笔下的西绪福斯不同，他不但有毅力和勇气，还有一份极难得的清醒，他知道他的苦难没有尽头，但他没有气馁，没有悲观，更没有怨天尤人。于是，西绪福斯成了一位悲剧的英雄，成了与命运搏击的人类的象征。

据希腊神话，柯林斯国王西绪福斯在地狱中受到神的如下惩罚：把一块巨石推上山顶，石头因自身的重量又从山顶滚落下来，屡推屡落，反复而至于无穷。神以为这种既无用又无望的劳动是最可怕的惩罚。关于西绪福斯为什么受罚，有几种不同的说法：有的说西绪福斯捆住了带他去地狱的死神；有的说他泄露了宙斯的一桩艳遇；有的说他生前犯了罪，如劫掠旅行者；还有的说他死后从冥王那里获准还阳去惩罚不近情理的妻子，然而，“当他又看见了这个世界的面貌，尝到了水和阳光、灼热的石头和大海，就不愿再回到地狱的黑暗中去了。召唤、愤怒和警告都无济于事”。于是，神决定惩罚他。

诸种原因之中，加缪更倾向于最后一种，而在这最后一种中，他的兴趣又专注于西绪福斯的重返人间之后。加缪告诉人们，使西绪福斯留恋人间的，是水，是阳光，是海湾的曲线，是明亮的大海和大地。他所以受到神的惩罚，是因为他不肯放弃人间的生活，而人间的生活虽然有黑暗的地狱作为终点，但其旅程终究还是可以充满欢乐的。

然而，加缪无意深究西绪福斯受罚的原因，他要探索的是受罚中的西绪福斯。请看在他的笔下展开的是一幅多么悲壮、多么激动人心的画面：“……一个人全身绷紧竭力推起一块巨石，令其滚动，爬上成百的陡坡；人们看见皱紧的面孔，脸颊抵住石头，一个肩承受着满是黏土的庞然大物，一只脚垫于其下，用两臂撑住，沾满泥土的双手显示出人的稳当。经过漫长的、用没有天空的空间和没有纵深的时间来度量的努力，目的终于达到了。这时，西绪福斯看见巨石一会儿工夫就滚到下面的世界中去，他又得再把它推上山顶。他朝平原走下去。”好一个“他朝平原走下去”！极平淡，极轻松，极随便，然而这高度紧张之后的松弛蕴含着多么巨大的精神力量！我感到，一种充满了智慧的哲学家的冷静牢牢地控制着濒于爆发的小说家的激动。这时的西绪福斯是一个勇敢地接受神的惩罚的人，是一个与注定要失败的命运相抗争的人，是一个使神的意图落空而显示出人的尊严的人。他没有怨恨，没有犹豫，不存任何希望。他明明知道劳而无功，却仍然“朝平原走下去”，准备再一次把石头推上山顶。

然而，加缪真正感兴趣的还不是把石头推上山顶的西绪福斯，因为这还不是惩罚的所在；他真正感兴趣的是眼看着自己的努力化为泡影却又重新向平原走下去的西绪福斯，因为这才是真正的惩罚：“用尽全部心力而一无所成。”加缪写道：“我感兴趣的是返回中、停歇中的西绪福斯。……我看见这个人下山，朝着他不知道尽头的痛苦，脚步沉重而均匀。”这时的西绪福斯是清醒的、坦然的，准备第二次、第三次、第无数次地把巨石推上山顶。无数次的胜利后面接着的是无数次的失败，他不以胜喜，亦不以败忧，只是每一次失败都在他的心中激起了轻蔑，而轻蔑成了他最强大的武器，因为“没有轻蔑克服不了的命运”。

就这样，加缪把西绪福斯的命运当作了人类的命运，把西绪福斯的态度当作了人类应该采取的态度。他的结论是：“登上顶峰的斗争本身足以充实人的心灵。应该设想，西绪福斯是幸福的。”这就是说，人必须认识到命运的荒诞性并且以轻蔑相对待，这不仅是苦难中的人的唯一出路，而且是可能带来幸福的唯一出路。对于西绪福斯来说，“洞察力既使它痛苦，同时也造就了他的胜利”。胜利的喜悦和失败的痛苦原本是一个东西，使它们分裂为两种经验的是盲目的希望，而使它们化合为幸福的则是冷静的洞察力。有了这种洞察力，人就可以在奋斗的过程中发现幸福，而不把希望寄托于奋斗的终点，因为终点是没有的，或者说终点是无限的。加缪指出：“失去了希望，这并不就是绝望。地上的火焰抵得上天上的芬芳。”西绪福斯的幸福在平原上，而不在山的顶峰上；在他与巨石在一起的时候，而不在巨石停留在山顶的那一刹那间。

西绪福斯的喜悦表现为沉默，他在沉默中“静观他的痛苦”。西绪福斯的沉默和静观包孕着加缪的荒诞哲学的完整幼芽，这棵幼芽将通过他的另一部著作《反抗的人》而长得枝叶繁茂。这是后话，我们这里面对的还只是西绪福斯和他的巨石，即人和他的命运。

加缪的哲学被称为“荒诞哲学”，这使我们明白了，他为什么一度给《西绪福斯神话》加了个副题《论荒诞》，把“荒诞哲学”的要义概括为“新人道主义”；这使我们明白了，他为什么这样结束《西绪福斯神话》：“应该设想，西绪福斯是幸福的。”荒诞也好，幸福也好，都是人的事情，从荒诞到幸福的桥梁唯有人才能够架设。

"荒诞"固然是加缪哲学的基本概念，但他是把这一概念作为"已知数"来对待的，他无意在《西绪福斯神话》中建立一种"荒诞哲学"，对此，他仅止于列举荒诞的几种表现，例如：一、"一个能用歪理来解释的世界，还是一个熟悉的世界，但是在一个突然被剥夺了幻觉和光明的宇宙中，人就感到自己是个局外人。这种放逐无可救药，因为人被剥夺了对故乡的回忆和对乐土的希望。这种人和生活的分离，演员和布景的分离，正是荒诞感。"二、人是受时间支配的，但人有时也必须支配时间，当他发现自己已经三十岁了，他就确立了他对时间的位置，因此他感到了死亡的威胁，并由此而产生恐惧。他希望着明天，但这明天却是与死亡相联系的，是他本该加以拒绝的。肉体的这种反抗，就是荒诞。三、一片风景可以强烈地否定我们赋予它的幻想的含义，一个熟悉的、爱过的女人也可能突然变得陌生，"世界的这种厚度和这种陌生性，就是荒诞"。四、人本身也散发着非人的东西，"这种面对人本身的非人性所感到的不适，这种面对着我们自己的形象所感到的无法估量的堕落，这种如当代一位作者所说的'恶心'，也是荒诞"。凡此种种，是加缪提到的荒诞的表现。如他所说，这都是一些"明显的事实"，他可以举得更多，不止此四端，我们也可以毫不费力地加以补充。当然，这只是对人生的一种看法，也许过深地打上了时代的烙印。换一个时代，人们可能更倾向于把世界描绘成一个理性的乐园，把人生看作一条鲜花盛开的坦途。实际上，比起人对世界的态度，把人生和世界看作什么样，用明亮或阴暗的色彩来描绘它们，都是不那么重要的。重要的恰恰是人对世界的关系以及他所采取的态度。悲观和乐观这样的字眼，只是当它们与一个人的具体生活联系在一起的时候，才是有意义的。

加缪的论据似乎将导致这样一种结论：人生不值得过。但结果并非如此，他得出了一种全然相反的结论。关键在于如何找出荒诞产生的原因。加缪认为，荒诞并不产生于对某种事实或印象的考察确认，而是产生于人和世界的关系，这种关系是一种分裂和对立。一方面是人类对于清晰、明确和同一的追求，另一方面是世界的模糊、矛盾和杂多，也就是说，对于人类追求绝对可靠的认识的强烈愿望，世界报以不可理喻的、神秘的沉默，两者处于永恒的对立状态，而荒诞正是这种对立状态的产物。“非理性、人类的怀念和从它们的会面中冒出来的荒诞，这就是一出悲剧的三个人物。”这里的“会面”至关重要，人、世界、荒诞，三个人物缺一不可。加缪反对肉体上的自杀，因为这就意味着取消了人，此后发生的事情将与人无关。加缪也反对哲学上的自杀，因为，虽然海德格尔、雅斯贝尔斯、克尔恺郭尔、舍斯托夫、胡塞尔等人揭示了一种共同的气氛：焦虑、恐惧、绝望、非理性、对荒诞的体验等等，宣布“什么都不明确，一切都乱七八糟，人只是对包围着他的墙具有明智和确切的认识”，但是，他们或是把荒诞加以神化，或是把荒诞等同于上帝，或是回避人类的怀念，或是“把一种心理的真实作为一种理性的准则”，总之，他们或是陷入永恒的理性，或是主张绝对的非理性，实则分别地取消了三个人物中的两个：怀念着同一的人和使人的呼唤落空的世界，从而也就以“跳跃”的方式逃避了荒诞。这就是哲学上的自杀，为加缪所不取。因此，加缪说：“我感兴趣的不是荒诞的发现，而是其后果。”

加缪的荒诞哲学有一条重要的原则，即：“不可能通过否定荒诞的方程中的某一项来取消荒诞。”这就是说，要解决人和世界之间的矛盾，不可能依靠人的自弃或弃世，必须求助于其他途径。加缪从荒诞的发现中推论出三种后果：一、挑战，也就是反抗。荒诞迫使人对其生活环境提出挑战，反抗形而上的不公和人为的不公；人终有一死，但“要未曾和解地死，不能心甘情愿地死”。“反抗贯穿着生存的始终，恢复了生存的伟大。”这第一个后果使加缪将肉体的自杀和哲学的自杀统统排除在人类应取的生活态度之外。二、自由，行动的自由。荒诞由于取了对“来日”的希望从而否定了“形而上的自由”、“自在的自由”和“永恒的自由”，给予人的却是“行动的自由”。人意识到荒诞，于是就生活在一个“灼热而冰冷的、透明而有限的宇宙”中，他的所作所为不能越过这个宇宙，因为“过了这个宇宙，就是崩溃和虚无”。人可以把“现实的地狱”做成他理想的“王国”，这就是他的行动的自由。这第二个后果使加缪提出一种有别于萨特的存在主义自由观的另一种自由观。三、激情。要在一个摈除了希望的宇宙中生活，需要一种穷尽现有的一切的激情，而荒诞的人的理想，就是“在一个始终有意识的灵魂面前，存在并继续存在”。这理想并非一种寄希望于未来的幻想，而仅仅是支持着人之一生的“反抗的热烈的火焰”。这第三个后果促使加缪号召人们“义无反顾地生活”。反抗、自由、激情，这是加缪发现荒诞之后从中引出的三种后果，这三种后果最终导致一种行为的准则，即：“重要的不是生活得最好，而是生活得最多。”这当然不单是个数量概念，而是要人“感觉到他的生活、他的反抗、他的自由，而且要尽其可能”。总之，加缪为意识到荒诞的人提出了这样一条行为准则：义无反顾地生活，穷尽现有的一切，知道自己的局限，不为永恒徒费心力。

荒诞的人是那些“试图穷尽自身的人”，他们在时间“这个既局限又充满可能的场地中”，能够凭着唯一可以信赖的清醒的意识而享受人生。加缪声称这并非一种“伦理的准则”，“而是形象的说明和人类生活的气息”，这与他试图为人们提供某种行为的准则并不矛盾，只不过说明他厌恶将这一切看成某种封闭自足的体系罢了。加缪举出四种人作为荒诞的人的典型，他们是唐璜、演员、征服者和创造者（例如小说家）。唐璜是一个普通的诱惑者，他追求爱情的数量而非爱情的质量，他因有清醒的意识而体现了荒诞性。演员深入角色，模仿其生活，这就等于在最短的时间内体验最多的生活，因此，他的光荣虽然是短暂的，却是不可计数的。征服者意识到人的伟大，他们攻城略地正是为了与时间结盟而抛弃永恒，他们的行动乃是对命运的反抗。总之，“征服者是由于精神，唐璜是由于认识，演员是由于智力”而成为智者，即“那种靠己之所有来生活，而不把希望寄托在己之所无的人”。不过，最荒诞的人却不是他们，而是创造者。小说家创作小说，就是“试图模仿、重复、重新创造他们的现实”，而“创造，就是生活两次”，这是一种“最典型的荒诞的快乐”。“伟大的艺术家首先是一个伟大的享受人生的人”，他知道他的创造没有前途，可以毁于一旦，他并不追求“传之久远”，而只是“无所为的”劳动和创造。加缪说：“也许伟大的作品本身并不那么重要，更重要的是它对人提出的考验，是它给人提供了机会来克服他的幻想，并稍稍更接近他赤裸的真实。”这句话既是对作者说的，也是对读者说的，因为阅读本身也是一种创造行为，无论读者完成了怎样的理解，都可以说是生活了两次，是“模仿、重复、重新创造他们的现实”。马尔罗说：“艺术就是反抗命运。”加缪的“无所为的”进行创造也是一种对命运的反抗，而幸福就存在于反抗的过程之中。

荒诞、荒诞的人、反抗、自由、激情、幸福……这些概念在加缪的笔下，都有一种特殊的内涵，其特殊性在于加缪的人道主义。这是一种在对人类浩劫的感受和反思中形成的人道主义。他试图告诉人们，没有希望并不等同于绝望，清醒也不导致顺从，人应该认识到他唯一的财富是生命，而生命既是必然要消逝的，同时又是可以尽量加以开发的，人应该而且能够在这个世界中获得生存的勇气，甚至幸福。他提出的“荒诞”，就是“确认自己界限的清醒理性”。他拒绝了永恒，同时就肯定了人世间的美和生命的欢乐。加缪写作《西绪福斯神话》时还不到三十岁，那种斩钉截铁并且不乏高傲的口吻也许有损于逻辑，却处处洋溢着一种青年人的蓬勃之气。也许有鉴于此，人们往往不大理会这本书的哲学上的幼稚和错误，而专注于加缪在战争的阴云和疾病的魔影中所迸发出来的生的激情。我亦作如是观。

再读《鼠疫》

奥兰，20世纪40年代的某一年的4月16日，里厄医生在门口踢到了一只死老鼠，接着是三只，十二只，“一只装满死老鼠的箱子”，“邻居们的垃圾桶里也装满了”，第三天，一个工厂里“清除出了好几百只”，第四天起，“老鼠开始成批地出来死在外面”，楼梯口，院子里，市政大厅内，风雨操场上，咖啡馆的露天座位中间，到处是一堆堆的死老鼠，甚至不少夜行者在人行道上“会踢到一只软绵绵的刚死不久的老鼠”。4月25日，一天中收集和烧毁的老鼠就达六千二百三十一只；4月28日，死老鼠达到八千只左右，人们不知道是什么原因，其心情由厌恶而抱怨，而慌乱，而忧虑，终于在4月30日，看门人死了，接着两天内死了十一个人，其症状是：腹股沟腺炎，淋巴结肿大，斑点，带谵语的高烧，四十八小时内死亡。城市的居民由“震惊逐渐转变为恐慌”。医生们意见不一，但是各有各的疑虑，心里未必不认为这是一场鼠疫。里厄医生说：“即使我们不确认这是鼠疫的话，它照样会夺去半数居民的生命。”为了不惊动舆论，省政府只是让人张贴白色的小小布告，宣布

“奥兰地区发现了几例危险的高烧症”，报纸则“轻描淡写，对此事只做了些暗示”。布告同时宣布了几项措施：在下水道中进行科学灭鼠，对用水进行严格的检查，保持个人的清洁卫生，要求身上有跳蚤的人到市医务所去，病人家属必须申报医生的诊断结果，同意把病人送医院特设的病房进行隔离，病人房间和车辆必须消毒，以及患者家属接受卫生检查。死亡人数从每天十六人、二十四人、二十八人一直增加到三十二人，到重新达到三十人左右的那天，省政府终于下了决心：“正式宣布发生鼠疫。封闭城市。”从这时起，鼠疫可说已与每个人都有关了。在灾难面前，城市变成一座孤岛，正常的经济活动停止，黑市买卖日益猖獗，游乐场所空前热闹（人们过一天算一天），道德风纪日渐颓丧，谣言四起，迷信横行，有人试图通过各种非法的手段冲破警戒，甚至发生了几起骚乱。鼠疫像个大实验室，检验着每一个人，医生里厄，知识分子塔鲁，神甫帕纳卢，政府职员格朗，新闻记者朗贝尔，商人科塔尔，都以自己的方式表明了对待鼠疫的态度，最后他们组织了志愿防疫队，除了商人科塔尔。次年“二月的一个晴朗的早晨”，城门重新开放，鼠疫几度浮沉，终于过去了。这时，里厄医生承认，他就是故事的叙述者，他要告诉人们：人的身上，值得赞赏的东西总是多于应该蔑视的东西。同时他也警告人们：鼠疫杆菌永远不死不灭，它能沉睡在家具和衣服中历时几十年，它能在房间、地窖、皮箱、手帕和废纸堆中耐心地潜伏守候，也许有朝一日，人们又遭厄运，或是再来上一次教训，瘟神会再度发动它的鼠群，驱使它们选中某一座幸福的城市作为它们的葬身之地。

这就是加缪于1947年发表的《鼠疫》，这本小说以冷静的、平淡的、纡徐不迫的口吻叙述了一场惊心动魄的大灾难。小说“用虚构的故事来陈述真事”，寓意深远，因为40年代并未见有鼠疫在奥兰流行。真理是客观的，当以一种平淡的口吻说出的时候，往往更加动人。《鼠疫》的叙述开门见山，又如话家常，有时近乎单调，然而读者只觉得它朴素，而不觉得它呆板，这是因为行文的质朴使读者解除了精神上的抵抗，完全为小说的真实性所征服，从内心深处相信作者所说的话是真的。平淡的口吻不会削弱小说所述事件的重大性和严酷性，相反，由于口吻和事件之间的不协调，还会在无形中使事件给予读者以深刻的印象，从而使小说具有一种史诗的气魄。加缪深知此中奥妙，他说：“斯丹达尔的秘密在于口吻和故事的不成比例。”他从不用慷慨激昂的笔调描绘人与鼠疫之间的斗争，而是不动声色地铺叙事实，反衬出一场生死搏斗的悲壮；相反，他把激烈雄辩的口吻送给了帕纳卢神甫，并且有意唤来狂风暴雨以加强神甫布道的威势，其结果是使他的第一次布道显得那么笨拙、空洞和可笑。因此，《鼠疫》虽然是一份客观的见证，却并非无动于衷的叙述，它饱含着作者的爱憎，能够使读者浮想联翩。

今日读《鼠疫》，当别有一种滋味。

这本小说出版之初，好评如潮，迄今为止怕已销售了六百万册，但是也有一些自以为进步的人指责这本书用细菌取代了纳粹，而未直呼其名，他们说加缪宣扬了一种红十字会式的道德，回避历史和真正的问题，与鼠疫的斗争没有明确的政治目标，没有指出传染病的“社会—经济的根源”，因此，加缪的世界是一个“朋友的世界，而非战士的世界”，等等。五十多年过去了，除了极个别的死硬派，这种议论已经不见坚持。加缪曾说：“我希望人们在几种意义上阅读《鼠疫》，但是它最明显的意义是欧洲对纳粹主义的抵抗。证据就是，敌人虽未指名，但是，在欧洲所有的国家中，人人都认出了它。”的确，他在绘形绘影地描绘一场传染病，其真实准确达到了令读者身临其境、仿佛受害的程度，实际上，鼠疫的发生和演变处处都与法国在德国法西斯占领期间的种种现象相呼应、相对照，使读者于不知不觉中将鼠疫和纳粹视同一体。历史的面貌和鼠疫的面貌惊人地重合在一起，从而使虚构的事件反映出真实的生活。再向上一层，《鼠疫》揭示了人类和荒诞的关系以及人类面对荒诞应取的态度。加缪的荒诞哲学认为，荒诞不在世界，亦不在人，而在两者的关系，这种关系是敌对的，不协调的，然而两者又是不可分的，因此才是荒诞的。加缪把人发现了和获得了荒诞感称为“觉醒”，而觉醒在加缪的哲学中只是一个起点，更为重要的是，人一旦认识到这种荒诞性，获得了觉醒，就应该设法寻求解决的途径，而解决的途径就是反抗。《鼠疫》提出的最根本的问题是：人类如何走出荒诞的状态。加缪在一篇生前未发表的文章中指出："在一个大火熊熊、哀鸿遍野、监狱林立的欧洲，我们应该立即寻到一种清晰的理性和一种行动的准则。"《鼠疫》表明，这种清晰的理性和行动的准则，作者已经找到了，那就是人在面对恶的时候，应该正视恶，承认恶，抵抗恶，战胜恶；恶虽败而不能绝迹，人虽胜而不能止步，幸福总是存在于相对之中。《鼠疫》是一个神话，说的是人与恶之间的反复不断的斗争，不同的层次就有不同的阅读。但是，我们抛开小说的寓意，单从它的寓体来看，即小说描绘了一场传染病及人们在传染病面前的态度，是否就减弱了小说的力量呢？小说出版已经五十六年了，我们终于明白，鼠疫本身就是人类最凶恶的敌人，与鼠疫做斗争就是一场没有硝烟的战争，它与我们每个人有关，并不需要什么政治目标，人的生命健康就是至高无上的目的。人的生命至大无疆，政治只不过是其中的一个范畴而已，甚至我们可以说，政治不是最重要的范畴。加缪强调人们要"在几种意义上阅读《鼠疫》"，看来他对这本书的第一种意义即原本的意义也不是很有信心。其实，鼠疫象征着纳粹，象征着恶，人与鼠疫的斗争象征着欧洲反法西斯的战争，象征着人类与恶的反复不断的较量，而这一切的象征都必须建立在小说原本的意义之上，也就是建立在人与鼠疫这种自然灾害的斗争之上，唯有这种斗争才是真正值得人们团结一致、和衷共济、全力以赴的斗争。

鼠疫，对于奥兰人来说，是一场突如其来、与人人有关的灾害，所以说“突如其来”，是因为“这个城里的居民根本不会预见到发生在那年春天的那些小事件是此后一连串严重事件的先兆”；所以说“与人人有关”，是因为人们“发觉大家，包括作者在内，都是一锅煮，只有想法适应这种环境”。然而，面对这一场灾难，不同的人采取了不同的态度，最后陆续地趋于一致，即团结起来，共同打退鼠疫的进攻。作者选取了几个人物，他们都是普通人，生活在一个平凡的世界里，面对着一个不寻常的事件，却有各自的表现，然而他们的表现终究证明了“人的身上，值得赞赏的东西总是多于应该蔑视的东西”。

贝尔纳·里厄是一个务实而充满同情心的人，从社会的底层（工人的儿子）经过奋斗而成了医生，他的老师是“贫困”，他第一个提出奥兰城发生了鼠疫。他的信条是：日常工作才是可靠的，要紧的是把本位工作做好。如果他有哲学信念的话，那就是“同客观事物做斗争”，而“同鼠疫做斗争的唯一办法就是实事求是”。所以，当神甫对他说：“您也是为了人类的得救而工作。”他可以回答：“人类的得救，这个字眼对我说来太大了。我没有这么高的境界。我是对人的健康感兴趣，首先是人的健康。”塔鲁说：“使我感兴趣的是怎样才能成为一个圣人。”他则回答说：“我感到自己和失败者休戚相关，而跟圣人却没有缘分。我想我对英雄主义和圣人都不感兴趣。我所感兴趣的是做一个人。”他所说的“人”，其实就是“那些既当不了圣人，又不甘心慑服于灾难的淫威，把个人的痛苦置之度外，一心只想当医生的人”，所谓“当医生”，就是憎恨“疾病和死亡”，让人们获得他们力所能及的东西——“人间的柔情”。所以，他能够一直关心和爱护他的病人，而不管病人的穷富；他能够瞪着神甫帕纳卢说：“我至死也不会去爱这个使孩子们惨遭折磨的上帝的创造物”；他能够珍视塔鲁的友谊，让海水温暖着他们共同的幸福感；他能够体谅别人的需求，例如对新闻记者朗贝尔，他一直同情朗贝尔为了爱情而准备逃离；他能够理解纠缠着公务员格朗的修辞问题，并亲自在自己家里照料患病的格朗；他也能够怀着悲悯的心情对待商人科塔尔：“想到一个犯罪的人比想起一个死去的人可能更不好受。”他知道，“要是说在这世上有一样东西可以让人们永远向往并且有时还可以让人们得到的话，那么这就是人间的柔情”。总之，里厄医生是一个普通的人，谦逊的人，兢兢业业地做着普通的事，在与鼠疫进行的殊死搏斗中尽了一个医生的职责，他达到了一个真正的医生的境界：治病救人，“获得安宁”。

让·塔鲁是新近才来奥兰定居的，是发生在奥兰的事情的另一位见证人，在与鼠疫的斗争中和里厄医生建立了真挚的友谊。他是小说中唯一披露了生平的人：他家境富裕，父亲是代理检察长，他十七岁那一年，参加了父亲的一次审判活动，“只见他的嘴巴在频繁活动，一大串一大串的长句子不停地像一条条毒蛇从嘴里蹿出来”，原来他要“以社会的名义要求处死这个人，他甚至要求砍掉犯人的脑袋”。他受到了极大的震动，几个月后，他“离开了富裕的环境”，开始同社会做斗争，成了国际主义的战士。但是在斗争中，他意识到这样的事实：“在自己满心以为是在理直气壮地与鼠疫做斗争的漫长岁月里，自己却一直是个鼠疫患者。”这句话的意思是，他的斗争不过是小鼠疫患者和“穿红色法衣的大鼠疫患者”的斗争，“我们的一举一动都导致一些人的死亡”。于是，他拒绝“当一个合理的杀人凶手”，而“决定在任何情况下都站在受害者一边，以便对损害加以限制”，从而“获得安宁”，力图成为一个不信上帝的“圣人”。塔鲁看破了红尘，但是这场鼠疫告诉他，应该和里厄医生“在一起同它做斗争”。为了内心的安宁，他组织了卫生防疫队，加入了抗击鼠疫的斗争。“塔鲁认为，人是无权去判任何人刑的，然而他也知道，任何人都克制不了自己去判别人的刑，甚至受害者本身有时就是刽子手，因此他生活在痛苦和矛盾之中，从来也没有在希望中生活过。”最后，在鼠疫即将全线崩溃的时候，他“输了”，没有当成圣人而被鼠疫夺去了生命。里厄医生并不赞同塔鲁的态度，他不要做“圣人”而只要做一个“人”，脚踏实地，出于理智和经验而对客观事物采取一种有病治病、无病防病的态度。当塔鲁说他的雄心没有里厄的大时，里厄以为他是在开玩笑，但是他“只看到一张忧伤和严肃的脸”。我认为，加缪在这里指出了一种严肃的真实，即作为知识分子的塔鲁可以接受各种意识形态的影响，可以把做一个不信上帝的圣人作为自己的理想，但是他想做一个不受政治影响的医生，一个普普通通的本真的人，却是很难很难的啊！他们追求的目标是一致的，可是他们走的道路是不同的。他们之间最大的不同在于，一个是“圣人”，一个是“人”，一个是“站在受害者一边”，眼下是一片芸芸众生；一个是融于受害者，自己就是受害者的一分子。这里，我们可以同意加缪的说法：“最接近我的，不是圣人塔鲁，而是医生里厄。”

真正与里厄医生的态度对立的，是神甫帕纳卢所代表的天主教对于鼠疫的认识。在第一次布道中，帕纳卢神甫以一种超然而严厉的口吻说，眼下流行的鼠疫是天主对奥兰城的居民的惩罚，因为他们有罪：天主在这样长的时间里以慈悲的目光俯视着这城里的人们，已不耐烦不想再等了，在他永久的期待中已失去了信心，他已掉转脸去了。鼠疫的深处隐藏着“美妙的永生之光”，“今天这道光又一次通过这条充满着死亡、恐慌、号叫的道路把我们引向真正的宁静和一切生命的本原”。天主在一切事物上都安排好两个方面，“既有善，也有恶；既有愤怒，也有怜悯；既有鼠疫，也有得救。这场鼠疫，它既能把你们置于死地，也能超度你们，向你们指明道路”。帕纳卢神甫的唯一的希望是，“这个城市的人不要管这些日子的景象多么可怖，垂死者的悲号多么凄惨，都向上天发出虔诚教徒的心声，倾诉爱慕之情。其余的事，天主自会做出安排”。在第二次布道中，眼看着居民遭受着鼠疫的折磨，帕纳卢神甫在说话中已不称“你们”而称“我们”了。他说，“不要试图去给鼠疫发生的情况找出解释，而是要设法从中取得能够汲取的东西”。他警告人们，要“做出抉择，要么就是全盘接受信仰，要么就是全盘否定”。“孩子们的痛苦是我们的一块苦涩的面包，但是没有这块面包，我们的灵魂就会因缺乏精神食粮而‘饿’死。”所以，“我们应当主动去‘要’这种痛苦，因为天主愿意‘要’它”。他反对“俯首听命和放弃一切”，但是，他又主张，“我们只要能开始在黑暗中略为摸索地前进和力争做些有益的事就行了”。终于，神甫病倒了，但是根据他的原则，一个神甫不能请医生看病，他死于一种没有“任何淋巴腺鼠疫和肺鼠疫的主要症状”的疾病，死前他对里厄说：“教士是没有朋友的。他们把一切都托付给天主了。”加缪没有让神甫死于鼠疫，而是说“病情可疑”，是否是对天主教的一种客气的表示呢？因为神甫帕纳卢毕竟参与了对鼠疫的抗击，正如里厄医生所说：“现在我们在一起工作是为了某一个事业，而这个事业能使我们超越渎神或敬神的问题而团结在一起……现在就是天主也无法把我们分开了。”实际上，里厄听不到天主的声音或者他根本就不信上帝，因为连纯洁无辜的孩子都受到了疾病的折磨，人何以能指望天主的眷顾呢！

真正代表里厄医生的思想的——如果他有思想的话，是公务员约瑟夫·格朗。如叙述者所说:“笔者认为格朗比里厄或塔鲁更具有代表性，他埋着头默默地工作的美德推动着整个卫生防疫组织的工作。”格朗是一个极平凡的政府职员，他因不能用确切的语言确切地表达他的要求，而始终得不到加薪晋级的机会，他的妻子也终于离他而去，但是他善良的感情和理解的精神，使他能兢兢业业地埋头于防疫斗争中的统计工作，不假思索地用“我干”来回答一切，同时，他又利用晚上的时间琢磨他要写的一篇小说的开头。在他已经写过的五十多页的稿纸上，其实只有一句话:“在五月的一个美丽的清晨，一位苗条的女骑士，跨着一匹华丽的枣骝牝马，驰骋在布洛涅树林的开满了花的狭窄的小径上……”他在“美丽”“华丽”“枣骝”“小径”等词上犹豫不定，反复再三，而终于写不出第二句来。他追求的是完美，叙述者对他这“看来有点可笑的理想”抱有深切的同情，这不是让我们想起了加缪自己的写作吗？他对他的平凡和善良则给予衷心的赞美:“如果人们真的坚持要树立一些他们所称的英雄的榜样或模范，假如一定要在这篇故事中树立一个英雄形象的话，那么作者就得推荐这位无足轻重和甘居人后的人物。此人有的只是一点好心和一个看来有点可笑的理想。这将使真理恢复其本来面目，使二加二等于四，把英雄主义正好置于追求幸福的高尚要求之后而绝不是之前的次要地位，还将赋予这篇故事以特点，这个特点就是用真实的感情进行叙述，而真实的感情既不是赤裸裸的邪恶，也不是像戏剧里矫揉造作的慷慨激昂。”所以，每当听到人们对奥兰城居民抗击鼠疫所采取的或进行的“歌功颂德的语调和词句高雅的演讲”时，“医生就觉得不耐烦”。他并不是觉得这种关怀是假的，而是觉得这种表示人与人之间休戚相关的“套话”不能“适用于例如格朗每日所贡献的一份小小力量，也不能说明在鼠疫环境中格朗的表现”。里厄医生和公务员格朗之间结成的友谊是一种纯真的、自然的友谊，与塔鲁的友谊却让人感到有些疲倦，因为前者是在目标一致、动力也一致的斗争中形成的，后者的动力就难说是一致的了。鼠疫是威胁到人的生命健康的灾难，与它的斗争容不得虚情假意、矫揉造作和哗众取宠，它需要扎扎实实地做好每一件平凡的、琐碎的、具体的事情。“使二加二等于四”，就是里厄的英雄主义，也是格朗的英雄主义，这种英雄主义不是别的，不是鲜花、掌声和高调，而是“与鼠疫作战”，是“实事求是”，是“把本位工作做好”，总之，“它只不过是理所当然而已”。

新闻记者雷蒙·朗贝尔不是奥兰人，他因一种偶然的原因来到了这座发生了鼠疫的城市，封城的决定也把他封在了里面。开始，他很不理解为什么一个外地人要同奥兰人一起面对鼠疫，他把里厄医生对他的劝告视为“大道理”，说他“生活在抽象观念中”。他寻求各种办法，试图离开奥兰，官方的不行，就走非法的渠道企图偷越警戒线。里厄医生虽然同情朗贝尔的处境，却不能帮助他，还对他说：“从现在起，唉，您同大家一样，也算是这里的人了。”至于“抽象观念”，里厄医生认为："的确，这场灾祸中也有抽象或不现实之处，但当这种抽象观念涉及人的生死问题时，那就必须认真对待，不能掉以轻心了。”朗贝尔想到了爱他的女人，要追求个人的幸福，这本是天经地义的事，但是，如果个人的幸福一旦与“公众利益”发生冲突，那么，与鼠疫有关的那些抽象观念就要占据上风了。朗贝尔终于认识到，“要是只顾一个人的幸福，那就会感到羞耻”，所以，他懂得，无论如何，他已经是这城里的人了，鼠疫成了与他有关的一件事。他留下了，与奥兰的居民共渡难关。然而，当城门重新打开之时，他与心上人重温旧情之时，昔日的盼望却已变成“一种烫嘴的、无法辨别其滋味的东西了”，这是选择的结果、舍弃的结果，没有人知道其中的缘由，“他变了，经过这场鼠疫，他已有了一种心不在焉的习惯，尽管他拼命想驱除它，但它像隐藏在心底的忧虑那样继续缠住他”。叙述者尽管把幸福当作人生的第一需要，但在现实的斗争和生活中，他不能不把幸福与“羞耻”“正直”“尊严”等道德观念联系起来，在必要的时候，个人的幸福可以而且必须牺牲。这其实正是加缪本人在现实生活中所取的态度。

里厄医生应该并且能够“代表大家讲话”，这个“大家”包括知识分子塔鲁、神甫帕纳卢、公务员格朗、新闻记者朗贝尔，以及形形色色的奥兰的居民。医生虽然与他们有思想上的分歧和认识上的差异，但是他理解他们，爱他们，赞赏他们的勇气和美德，他愿意和他们“爱在一起，吃苦在一起，放逐在一起”，因为他们有一个共同的信念：与鼠疫做斗争。但是，“这些市民中间至少有一个人，里厄医生是不能代表他讲话的”，这个人就是商人科塔尔。塔鲁在笔记中写道：“鼠疫对他有好处。鼠疫使这个不甘寂寞的人成了它的同谋者。”他是一个有前科的人，是鼠疫给了他“从零开始”的机会，别人在鼠疫中煎熬，他却在鼠疫中如鱼得水，大发横财。他实际上是和鼠疫站在一条战线上的，“具有一颗愚昧无知的心，即一颗孤独的心”，“他从心底里赞成那种导致孩子和成人死亡的东西”，他是恶的化身。医生对他没有同情和理解。在加缪看来，“愚昧”和“孤独”是人类最严重的缺欠。他说：“世界上的罪恶差不多总是由愚昧无知造成的。没有见识的善良愿望会同罪恶一样带来同样多的损害。”而“孤独还是友爱”正是他毕生萦绕脑际的疑问。他在《鼠疫》中，以科塔尔的疯狂结束了这篇“纪事”，是有着深刻的寓意的。

《鼠疫》没有引人入胜的故事，没有瑰丽奇异的景色，没有慷慨激昂的音调，没有缠绵悱恻的情语，它的主要人物中甚至没有一个年轻的女性，这样一本情节并不紧张曲折，人物亦嫌平板单薄的小说凭什么能够成为一部深刻耐读的作品？人们可以对书中的观点有所保留，可以嫌它行文过于冷静平淡，也可以指责它的色彩有些阴暗，但是，很少有人读过它而无动于衷，更少有人否认它是一件朴素无华的艺术珍品。这是为什么？恐怕是加缪用了最简单的语言叙述了一些普通人面对一场灾难的一些最简单的行为吧。所谓“最简单”，就是一些“非做不可的事”，就是一些“理所当然”的事，唯其普通、平凡、琐碎，才使我们普通人读起来感到亲切，才具有持久长远的生命力。引人入胜、瑰丽奇异、慷慨激昂、缠绵悱恻，当然也会使我们感动，但是这种感动不大会持久。英雄，或英雄主义，只能引起我们的向往之情；真正能使我们的心灵深处燃烧起来的，还是战胜一场突如其来的灾难的平凡的、每日都在进行的工作。

20世纪70年代，一位文学批评家说加缪是一位“中学毕业班的哲学家”，语气中充满了讥讽与不屑，80年代，这位批评家改口道：“加缪如果不是唯一的，也是罕见的没有经过炼狱的一位20世纪的法国作家。”口吻中有一种悻悻的味道。不管左派和右派如何看待他，他不是一个“政治上正确”的作家，《鼠疫》是一个证明。

《堕落》：法官—忏悔者

法官—忏悔者？谁听说过？世上有当法官的，固守着自己的清白，来审判别人的罪孽。世上有做忏悔的，向别人披露自己的过失，以求得容忍和宽恕。既审判，又忏悔，一身而二任者，未之见也。

为法官者，总是居高临下，铁青着脸，“没有谅解”，“否认良好的动机”，否认“可以酌情减刑的情节”，“不祝福，不给予宽恕”，“同意任何一种拒不承认人是无辜的理论，同意任何一种把人视同罪人的实践”。而做忏悔者，总是矮人一截，低声下气，他所要求的恰恰是法官所拒绝给予的。两者形同水火，势若冰炭，短短的一横如何能把它们连在一起？然而，在加缪的笔下，这种荒诞得近乎可怕的组合居然在战后的欧洲实现了，那短短的一横完成了神奇的转化作用，造就了一位“当代英雄”：让–巴蒂斯特·克拉芒斯，《堕落》的主人公。

发表于1956年的《堕落》，可以看作一部对话体中篇小说。不过，在这场不算短的对话中，我们只听见克拉芒斯一个人在夸夸其谈，对话者却被隐去了，不着一字。但是，这对话者绝不是一个消极的、沉默的空白，克拉芒斯不能不回答他的疑问和反诘，时而显出某种窘迫，时而还有些穷于应对，其声口之毕肖，使我们始终没有忘记有个对话者在。记住这一点并不是无关紧要的，因为这对话者也许正是作者本人，也许正是读者自己。由此而生出无穷的趣味，吸引着我们深入克拉芒斯迷宫一般的内心世界；也由此生出隐约的恐惧，因为我们越是深入，会越觉得把握不住他，生怕中了他的圈套。而克拉芒斯恰恰是不惜花费六天的工夫，摇唇鼓舌，试图把他的对话者诱入陷阱。他在声名狼藉的“墨西哥城”酒吧间里，在阿姆斯特丹油腻的街道上，在大雾弥漫的运河畔，在地狱般了无生气的玛尔肯岛上，在洗衣盆一样冒着气的须德海上，在坚硬的荷兰床上，以最厚颜无耻的口吻讲述着自己的卑劣行径和阴暗念头。他第一天就亮出了“法官—忏悔者”的牌子，但是直到第六天方才和盘托出，泄露出这古怪的职业究竟是干什么的。那中间的一切曲折、躲闪、回避、掩饰、影射、试探，甚至恐吓，都只是为了隐藏起他的秘密而让对话者认同他的卑劣。他大概是第一次碰上了一位如此“挑剔的主顾”，他不能不“深入地”向他“解释方法”。这方法并不深奥，原来就是“尽可能经常地进行公开忏悔”，以便诱使别人与他“竞相忏悔”；就是“当忏悔者，以便能够最后成为法官”；也就是“我越是认罪，我越是有权审判你们”。于是我们明白了，对于“法官—忏悔者”来说，忏悔是假，审判才是真；当忏悔者是手段，当法官才是目的。不过，我们只能说忏悔的行为是假，却不能说忏悔的内容是假，否则，人人都做假忏悔，人人都当真法官，审判对象安在？克拉芒斯“确信自己比所有的人都聪明”，才想出了这样巧妙的方法，以假忏悔引起真忏悔，然后反客为主，“高踞于人类这蚁群之上”。这是“倒过来推理以求胜利”，其用心可谓良苦。然而克拉芒斯果真胜利了吗？似乎不那么有把握。他最终发现对话者也是个律师，与他同操“这一美妙的职业”，焉知此人不会青出于蓝，来个以其人之道还治其人之身？如果是，克拉芒斯的“法官—忏悔者”的地位就岌岌乎危哉了。他将不得不让位给新来者，而新来者之后又有新来者，如此往复至于无穷，世界可就要陷入一片“大混乱”了。这就是克拉芒斯的没有把握的胜利向我们透露的前景。世界之小，一个“法官—忏悔者”就够可怕的了，难道还容得下一个又一个新的“法官—忏悔者”吗？在加缪看来，前景的确是不容乐观的。幸好眼下我们还只认得克拉芒斯，我们就来谈谈他吧。

克拉芒斯说：“法官泛滥成灾……”尽管如此，要当法官，还得先当忏悔者，那么，克拉芒斯究竟要忏悔什么？我们检点他的行为，似乎也找不出什么很大的劣迹。他曾经是巴黎的一位“颇有名气”的律师，“专门承揽所谓高尚的诉讼，为寡妇和孤儿辩护”。他的礼貌是“出了名的”，帮助别人给他带来了“巨大的欢乐”。他“也被认为是慷慨大方的”，乐善好施给予他的喜悦“经久不衰”。他是“一个不知疲倦的舞客，又是一个审慎小心的学者”……总之，他“正值盛年，体魄强健，天赋极厚，体力活动和脑力活动一样敏捷，不穷不富，睡得香甜，对自己由衷地满意，而表现出来的却是极其随和”。可以说，他的生活是“成功的”。金钱、地位、女人这些资产阶级价值体系中最引人注目的东西，他自然是有的；而“良心安宁”这种现代人最为珍视也最感缺乏的东西，他竟也有，难怪他“觉得自己有些超人的味道了”。经历过两次浩劫的欧洲，早已对传统的价值观念失去了盲目的乐观，其中，把人类的残暴推向极端的第二次世界大战更是深深地撼动了资产阶级知识分子久已不平静的心灵，使他们陷入痛苦的反思，深感不能在一个业已被宣判死刑的世界中保持清白。所谓“良心的安宁”，成了他们苦苦追索、永远在地平线上闪动的目标。为恶者自然已经和它绝了缘分，行善者亦不能确信受到了它的垂青，“既无力作恶又无力为善”的人们则径直把它视为虚妄，列为嘲讽的对象。因此，所谓“良心的安宁”就成了许多自以为拥有它的人拼命维护或加以炫耀的一种精神财富。然而，这种东西并不是那么牢固的。果然，克拉芒斯的良心安宁就是一件易碎品，经不起任何轻微的晃动。某夜在桥上，他“正要点燃一支满足的香烟”，背后突然响起“一阵笑声”，竟使他“昏头昏脑，呼吸紊乱”，他的良心安宁顷刻间土崩瓦解了。这神秘的笑声无影无踪，并不是哪一个人发出的，但似乎唯其如此，它才更让人出一身冷汗，更具有一种震撼灵魂的神力。这种使人警醒的笑声，大概只能发自内心深处那个最鲜为人知的角落。因此，尽管那是一种“善意的、自然的，几乎是友好的笑声”，仍然在克拉芒斯的内心中激起了无边的涟漪。首先是他的微笑“似乎具有两重性了”，接着，他的身上“出现了某种沉默”，然后，他莫名其妙地“感到虚弱，难以恢复好兴致”，更为严重的是，那笑声使他“重获记忆”，并且“发现了回忆”。我们这才知道，他为什么每每说到“晚上”“桥上”“滨河路”之类的字眼，就立刻打住，“王顾左右而言他”地支吾过去，就像阿Q一直要忌讳“灯”“亮”一类的词一样。原来他在某天夜里走过塞纳河上的王家大桥时，听任一年轻女子投水而竟不救。从此，一条蛀虫就深深地蛰伏在他的心中了，虽经百般的努力而终不能忘却。记忆真是个可怕的地方，有多少人们羞于启齿的隐私被悄悄地打发到那里去，像弃物一样地堆着，然而，树欲静而风不止，一旦那地方被搅动了，天知道会有什么不洁的精灵乘风而起，飞出来攫住人的灵魂。克拉芒斯就是这样地被震动了，他清醒了，承认自己有“两副面孔，是个可爱的贾努斯”，以往的一切不再是单一的了。在这种两重性中，那一枚光彩夺目的徽章呈现出极不光彩的另一面。他自许寡妇和孤儿的利益的捍卫者，实际上是为了博取他们的感恩以满足自己的虚荣；他热衷于帮助盲人和弱者，实际上是哗众取宠以抬高自己；他表面上谦虚随和，实际上“精于轻蔑”而视他人如草芥。他“离不了统治别人和被别人服侍”，他从来只记着他自己，他时时“做着压迫人的美梦”，对于女人，他“更经常地利用她们而不是为她们效劳”，他一生中只有一种伟大的爱情，其对象就是他自己。一言以蔽之，“虚心佐我闪光，谦卑助我制胜，德行辅我压迫”，一副两面派的嘴脸暴露无遗。于是，笑声起时，“音乐中止，灯光熄灭”，克拉芒斯从“顶峰”上跌落下来。他终于离开了巴黎，流落到阿姆斯特丹，那里的“同心的运河好像地狱之圈”。他就在这里做起了法官—忏悔者的营生。克拉芒斯的堕落当然不自那阵笑声始，但那笑声打破了他的迷梦，使他一下子明白了，他一直在堕落，而他为了消弭那笑声所做的种种努力，无非是使他进一步堕落下去而已。加缪在《西绪福斯神话》中说："蛀虫存在于人的心中。"在克拉芒斯，是一阵笑声唤醒了那条蛀虫，在别人，也许是一声哭泣，一记枪响，一个眼神，一种突如其来的疑问，或别的随便什么东西。总是有那么一个时候，在那么一个地方，由于那么一种原因，人突然从混沌中醒来，发现自己在堕落。有人说这是加缪的悲观，有人说这是加缪的深刻，无论如何，就克拉芒斯来说，这总是加缪所揭露的具体时空中的可怕的真实。这使我感到，与其说克拉芒斯在忏悔，毋宁说他在暴露，他实际上指出了所谓良心安宁是一种虚妄，他实际上撕破了掩盖某种犯罪感的种种假象。他让人想起了巴尔扎克的伏脱冷。

克拉芒斯是战后巴黎知识界的一种典型，其典型性不在于他意识到一种普遍的堕落和犯罪感，而在于他痛切地感到末日审判的来临，力图摆脱恶在人的良心上所形成的那种不堪忍受的重负。在一个信奉《圣经》的世界中，最令人忧虑和恐惧的也许莫过于《启示录》中所说的“末日的审判”了。死了的人无论大小，都站在生死册前，按照各人所行或受审判，或升入天堂，或沉入火湖。对于这个疯狂、动乱、腐化，人人“争先恐后地清扫别人”的世界来说，末日似乎正在迫近，按照克拉芒斯的说法，人们竟不必等待末日审判了，“它每天都在进行”。生活在这个“为了灭绝而组织起来的”社会中，就是生活在恶之中；接受了这个恶为主宰的世界，就是接受了恶；因此，“无辜已经死去”，人人都是有罪的。这种恶的普遍存在，这种集体的犯罪意识，使得克拉芒斯的忏悔（或称暴露）成为可能。然而，克拉芒斯的清醒带来的并不是真正的悔恨，而是更迅速的堕落，所以他不可能止于忏悔。加缪在1953年的一则日记中写道：“人最难忍受的是被审判。”克拉芒斯深明此理，并且进一步注意到，“人们为了自己不被审判，就匆匆忙忙地审判别人”，于是他说“问题在于逃避审判”“问题在于中止审判”。但是，如何才能逃避审判？如何才能中止审判？他想出来的办法就是当法官—忏悔者。克拉芒斯之可鄙，虚伪尚在其次，有意识地利用自我指控才是攀上了卑鄙的顶峰。我们看到他“上下左右，全面地认罪”，其目的在于绘制“一幅既是所有的人，又不是任何个人的肖像”，然后把这一幅肖像变成一面镜子，让所有的人都在这面镜子前露出真面目，这真面目自然与克拉芒斯一般无二。克拉芒斯的狡黠在于，他的忏悔真真假假，朦胧晦涩，不难集恶之大成于一身，正如他的自供所言："我把涉及我的事与涉及别人的事混在一起。我博采共同的特点，一同经受过的痛苦、共有的弱点、时兴的气派、时下的名人，如同它在我身上和在别人身上存在的那样。"所以，克拉芒斯的肖像既是他自己，又是他的同代人，而他在这种巧妙的过渡中，发现了一座他"独自攀登"的"高峰"，感到了"自己是上帝"。听听他说什么吧："我既是结局，又是开端，我宣布法律。"这不活脱是《启示录》的口吻吗？"我是首先的，我是最后的，我是初，我是终。"克拉芒斯终于摇身一变，成了最后的审判者。然而，他的胜利究竟是没有把握的，他要审判的别人的罪，正是他自己曾经犯过的，他只能"将审判扩及所有的人，以减轻它在我肩上的重量"。请注意，这里说的是"减轻"，而不是"摆脱"，可见，无论克拉芒斯以怎样严厉的法官的面孔出现，他实际上是终身背负着恶的重压的，何况在他之后还可能有更严厉的法官出现呢。因此，他所说的"逃避审判"或"中止审判"，充其量只能是一种托词，他真正要求的是"能够为所欲为"，而"为所欲为"只不过是"堕落"的代名词罢了，说到底，他所要求的是生活在恶之中而不受良心的谴责。那么，堕落的只是克拉芒斯吗？当然不是。且看他对他的同胞所下的断语："对于现代人，一句话足矣：通奸和读报。"读报者谁？自然是知识分子。我们有理由认为，加缪的这部《堕落》，主要说的是欧洲文明及其知识分子的堕落，尤其是某些加缪颇有微词的左翼知识分子。

关于《堕落》，萨特曾经说过，这也许是加缪“最美的，也最不被理解的一本书”。我常常觉得纳闷，不知道萨特为什么说这本书“最不被理解”。自《堕落》问世以来，评论界中有人认为这是加缪的自述，有人认为是加缪的忏悔，有人认为是加缪对存在主义者的清算。自述、忏悔、清算，三者之间当然有一种微妙的差别，但其内涵则可能是同一种东西，因此，评论界一致的意见是：《堕落》一书的写作与加缪和萨特1951年围绕着《反抗的人》所进行的论战有关系。当年攻击加缪最有力的弗朗西斯·让松评论《堕落》时写道：“对加缪来说，这是一种说‘我们彼此彼此’的方式，是一种株连他人的悔过，是一种通过忏悔把他人也拖入犯罪感以求自己解脱的企图。”让松本人当时是紧紧追随萨特的存在主义者，我们不难明白他说的“他人”指的是哪些人，也不难明白他为什么说《堕落》是加缪的悔过。我想，只有存在主义者才能说出这种话来，因为他们是敏感的，他们感到了加缪的矛头所向。那么，萨特为什么竟做出浑然不觉的样子？是他有意避开自己，还是他别有深意？他在悼念加缪逝世的文章中指出他是法国源远流长的警世作家系列的杰出代表，接着写道：“他顽固的、狭隘又纯粹的、严峻又真实的人道主义向当代那些巨大而丑恶的事件展开了一场含含糊糊的斗争，但从另一方面说，他在我们这个时代中，又通过顽强地拒绝针对马基雅维里主义和现实的金钱崇拜，重新肯定了道德事实的存在。”也许，我们从这番话中可以对《堕落》获得一种接近正确的理解。准此，我们一方面可以把“爱好精致的袜子并不一定意味着有一双肮脏的脚”，“在他们身上有一种不可抵抗的审判别人的倾向”，“……那些专门的咖啡馆，那儿聚集着我们的职业人文主义者”等语句看作对存在主义者的反驳、揭露和影射，另一方面，我们也可以把加缪的矛头所向扩大到整个西方世界的知识分子，把对个人的谴责转向对时代的谴责，从而获得一种广泛的社会批判。假使萨特的意思是不应将这本书归结为个人恩怨的纠缠，那么我认为他的见解是深刻的。这并不是我凭空的引申，只要我们看看书中大量存在的关于当代政治变动的影射，就可以明白，《堕落》实际上是一位关心人类命运的作家对当代重大问题的严肃的思考。法西斯的屠杀，抵抗运动，集中营，原子弹威胁，难受牢房和唾沫牢房，等等，这些骇人听闻的东西不是都出在我们这个世纪吗？克拉芒斯对自己有个极好的描绘：“这正是我，栖身荒漠，那里乱石嶙峋、大雾弥漫、臭水纵横，这正是我，平庸时代空虚的预言家，没有使命的以利亚，遍体发烧，满肚烧酒，背靠着发霉的门，手指向低矮的天，满嘴是无法无天、不能忍受任何审判的人的诅咒。”这是怎样一种阴暗死寂的“负面之景”啊！这是怎样一个走投无路的沉沦之人啊！加缪的不可救药的忧虑正是从这种可怕图景中产生的。

然而，克拉芒斯的形象是复杂的，加缪对他的态度也是复杂的。他身上既有作者本人的影子，又带上了以萨特为首的存在主义者的特征，同时又打上了另外一些左翼知识分子的印记，最后又什么具体的人也不是，成了一种滋生在战后欧洲资本主义世界中的知识分子的精神综合体。加缪对于他，是厌恶的、批判的、嘲讽的，同时又企图通过对他的揭露和鞭挞使自己获得某种净化，使自己从他的堕落中解脱出来。因此，我们看到，克拉芒斯的忏悔是一种很奇特的忏悔。它既不是那种声泪俱下的悔恨，也不是那种捶胸顿足的自责；既不是那种低声下气的讨饶，更不是那种慑于上帝的震怒的招供。它是一种表白，语虽坦率却并无惭愧之意；它是一种炫耀，大有“众人皆醉我独醒”之慨；它甚至是一种控诉，矛头直指一代资产阶级知识分子。因此，我们又看到，克拉芒斯并非没有自己的向往。他向往希腊：“那儿的空气是贞洁的，大海和娱乐是明朗的。”他憧憬“扶桑国”大海上的岛屿：“在那些岛屿上，人们死的时候疯狂而幸福。”他梦寐以求的是：“全心全意的完全的爱情，日日夜夜，在不间断的拥抱之中的、享乐的、令人狂热的爱情，就这样连续五年，然后死去。”有的评论指出，这是一个人孩童时代的写照，表明克拉芒斯不能忘怀童年的纯洁和无辜。在悲观中牢牢地抓住哪怕是极微弱的希望，这是加缪加给人生的一点亮色。

但是，克拉芒斯毕竟是长大了，成年以后的克拉芒斯“失去了光明，失去了早晨，失去了那个自我原谅的人的纯真”。尽管他也会生出某种悔恨之心，希望那年轻女人再往水里跳一次，给他一个救人和自救的机会，但是那种根深蒂固的自私和懦弱，使他不可能产生任何积极的行动，即使时间倒转，给他一个补救的机会，他也仍然要退缩。“哎哟……水这么凉！”这句话、这种反应，多么生动、多么深刻地勾勒出他那不可救药的软弱的灵魂啊！“现在太晚了，将永远是太晚了”，这位“当代英雄”只能带着这无可奈何的慨叹沉入无底深渊，永远地失去了上升的希望。战后的西方知识分子普遍地具有一种颓废意识。所谓颓废意识，就是一种世纪末意识，即意识到一个时代行将结束。但是，结束同时也是开始，开始了两种前景：一种是继续沉沦下去至于虚无，堕入永世的黑暗；一种是“峰回路转，柳暗花明”，旧去新来，进入另一个时代。克拉芒斯属于前者，加缪则属于后者。

《堕落》：一幅当代知识分子的画像

在荷兰，在声名狼藉的“墨西哥城”酒吧间里，在阿姆斯特丹油腻的当拉克街上，在大雾弥漫的运河畔，在地狱般了无生气的玛尔肯岛上，在洗衣盆一样冒着热气的须德海上，在坚硬的荷兰床上，一个巴黎律师正滔滔不绝、厚颜无耻地讲述着自己的经历。对话者的地位很特别，读者只见其人，不闻其声。这是一个狡猾、聪明、有着相同的文化修养的对话者，其质疑、诘难、反驳（在这位律师的自白中反映出来）引起了他的辩解、说明、进一步的表白，于是，他的一生便昭然于天下了。他同读者看得见而听不见的人的对话，时而显得志得意满，时而显得刚愎自用，时而显得飞扬跋扈，时而显得锋芒毕露，时而又显得躲躲闪闪、底气不足、寡廉鲜耻和心绪烦躁。他是一个法官—忏悔者，他想尽办法留住他的对话者，诱其入彀，终于在第六天向他的对话者和盘托出“法官—忏悔者”的精义：“上下左右，全面地认罪”，目的在于绘制“一幅既是所有的人，又不是任何个人的肖像”，然后把这幅肖像变成一面镜子，让所有的人都在这面镜子前露出真面目，于是忏悔者摇身一变，成了法官。“既然人不审判自己就不能判决别人，那就得自己攻击自己以获得审判别人的权力。既然任何一位法官有朝一日都得成为忏悔者，那就应该走相反的路，当忏悔者，以便最后能够成为法官。”这就是忏悔者成为法官的逻辑，他坚信，他的对话者最后也能和他一样，那时，他将变成一个读者听不见的对话者，对昔日的对话者说：“我将怀着深厚的博爱之情倾听您的忏悔。”原来这个对话者也是巴黎的一位律师，焉知不是因为这个律师圆滑狡诈，循循善诱，克拉芒斯才入其彀中，跌进他的陷阱，一步步敞开他的内心世界呢？真是强中更有强中手啊。

这是阿尔贝·加缪的小说《堕落》，小说发表于1956年，他曾经想把小说题为《当代英雄》。1951年，他与萨特为首的存在主义者发生了激烈的争论，一方面导致了友谊的全面破裂，一方面也使他清醒地认识了法国的左翼知识分子。有评论说，《堕落》是加缪的自述、忏悔或者清算，无论如何，说这本书是对存在主义者的一种不算完整的描绘，总是没有错的。1957年10月17日，加缪获得了诺贝尔文学奖，原因是“他的重要文学作品透彻认真地阐明了当代人的良心所面临的问题”。据说，在法国，加缪被称作“《局外人》的作者”，而在外国，特别是在英语国家，他被称作“《堕落》的作者”，以此见出两部作品在法国和法国以外的地方的地位。在我看来，两部作品难分伯仲，一部是加缪二十九岁时出版的，一部是他四十三岁时写的，《局外人》冷静的笔触难以掩盖年轻人的激情，而《堕落》则表达了中年人洞悉世情的悲观，两部作品都反映了现代社会的虚伪、冷酷与无情。虽然两部作品的风格有所不同，但是有一条秘密的通道把二十九岁的加缪和四十三岁的加缪连在了一起，这条通道是对当代人或当代知识分子的批判。

加缪在为这本书所写的“读者须知”中说：“在《堕落》中说话的人沉湎于一种算计好的忏悔。流落在阿姆斯特丹这座运河与冷光之城中，他扮演着隐居者与预言家的角色，这位先前的律师在一家可疑的酒吧里等待着百依百顺的倾听者。他有着一颗现代的心，也就是说，他不能忍受被审判。因此，他急忙控告自己，为了能够更好地审判别人。他最终把自照的镜子转向了别人。忏悔从哪里开始？指控从哪里开始？在这本书里说话的人控告自己，还是控告时代？总之，在这个精心设计的镜子游戏中，唯一的真理是：痛苦，以及痛苦所许诺的东西。”加缪的话暗示，痛苦许诺了希望。

在《堕落》中说话的人的名字叫让-巴蒂斯特·克拉芒斯，独身，四十岁，原先在巴黎当律师，目前流落在阿姆斯特丹，从事着一种很奇特的职业：法官—忏悔者。一天夜里，他走上塞纳河的艺术大桥，周身涌起“一种功德圆满的巨大感情”，正准备点起一支“满足的香烟”，突然“一阵笑声”在他背后响起，然而四周空空如也，既无人，亦无船，只有塞纳河水滔滔西去。紧接着，他又听见了那笑声，那笑声却顺流而下，渐行渐远……他回到家里，又听见窗子下有人在笑，打开窗户一看，原来是“有些年轻人在快活地告别”。他进了浴室想喝杯水，他的脸在镜子里微笑，然而，他的微笑“似乎具有双重性”了。良心的拷问，从来都是在夜深人静的时候。正是这笑声打破了克拉芒斯良心的平静，把他从精神的亢奋与傲慢中拉回来，逼迫他回顾自己的事业和生活，回顾的结果是他一直过着双重的生活：表面上道貌岸然，实际上男盗女娼；表面上气壮如牛，实际上胆小如鼠；表面上乐善好施，实际上刻薄寡恩；表面上豪侠仗义，实际上见死不救；表面上夸夸其谈，实际上蝇营狗苟；表面上宽宏大量，实际上睚眦必报；表面上是忏悔者，实际上是法官……他终于认识到，“我长期生活于普遍和谐的幻境中，满面春风，无所用心，来自各方的审判、利箭和嘲笑都遇我而消融殆尽。从自我警觉的那一天起，我清醒了，同时遍体鳞伤，一下子失去了力量”。这笑声是他在夜里听见的，然而为什么是在桥上？为什么笑声顺流而下？

这不是正常的笑声，与克拉芒斯的判断相反，它是“神秘的”，它来自他的心中。不过，他的感觉是对的：“笑声渐渐微弱，但我还是在背后听得清清楚楚，除了水里，这声音不会来自任何地方。”原来这“水”与他不幸的根源有关，难怪他在谈话的第一天就宣称：“我夜里从来不过桥。”事情发生在他听见笑声之前的两三年：半夜一点钟，克拉芒斯走上王家大桥，一个身腰纤细、身着黑衣的女人正凭栏“望着流水”，他只在深色头发和大衣领子之间的“后脖颈”前“犹豫了一下”。他过了桥头，走上滨河路，却“听见身体跃进水里的声音”，他“立即站住了，但未回头。几乎同时”，他“听见一声呼叫，重复了好几次，顺流而下，然后戛然而止”。“夜色突然凝固”，他“觉得随之而来的寂静无边无际”。他“想跑，却仍伫立不动”。软弱，或缺乏行动的能力，使他只能想：“太晚了，太远了……”他“冒着细雨，走远了”，他没有把这件事“告诉任何人”。他可以不对人言，但是“蛀虫”已然在他的心中住下了，并开始长大，开始噬咬。终于，两三年之后，它发展成了无缘无故的“一阵笑声”，在他的内心深处激起无边的涟漪。首先是他的微笑“具有双重性”了，接着，他的身体上“出现了某种沉默”，然后，他莫名其妙地“感到虚弱，难以恢复好兴致”。更为严重的是，那笑声使他“重获记忆”，并且“发现了回忆”。我们终于明白，他为什么在“重获记忆”之前每每说到“晚上”“桥上”“滨河路”之类的字眼，就吞吞吐吐、支支吾吾，或打岔，或沉默，或“王顾左右而言他”，就像阿Q一样，一直要忌讳到“灯”“亮”一类的词。记忆是一个深渊，是个可怕的地方，有多少人们羞于启齿的隐私被悄悄地打发到那里去，像弃物一样地堆着，然而，树欲静而风不止，一旦那个地方被搅动了，天知道会有什么圣洁或不洁的精灵乘风而起，飞出来攫住人的灵魂。克拉芒斯就是这样地被震动了，他清醒了，承认自己有“两副面孔”，是个“贾努斯”，以往的一切不再是单一的了，一枚光彩夺目的徽章呈现出极不光彩的另一面。加缪在《西绪福斯神话》中早就说过："蛀虫存在于人的心中。"在克拉芒斯，是一阵笑声唤醒了那条蛀虫，在别人，也许是一声哭泣，一记枪响，一个眼神，一句突如其来的疑问，或别的随便什么东西。总是有那么一个时候，在那么一个地方，由于那么一种原因，人突然从混沌中醒来，发现自己在堕落。记忆或回忆，是《堕落》的基本主题。

有人问加缪，他最喜欢的十个词是什么，他答道："世界，痛苦，土地，母亲，人，荒原，荣誉，贫穷，夏天，大海。"这十个词的确是经常出现在《局外人》《鼠疫》《婚礼集》《夏天集》等作品中，但是我们看看《堕落》，经常出现的却是另外一些词，如羞耻、衰老、死亡、冰冷、运河、审判等等。那十个词表明，加缪在批判社会的同时，还对世界存有希望，土地上生活着母亲和男人，痛苦中有荣誉，荒漠上有阳光，夏天里有大海；而在《堕落》中，人们对双重性感到羞耻，冰冷的河水带走了令人心惊胆战的笑声，阿姆斯特丹的同心的运河好像地狱之圈，一圈深似一圈，法官泛滥成灾，每个人都想着"清扫"别人。加缪对《局外人》中的默而索还充满着同情，而对克拉芒斯则怀有复杂得多的情感。

克拉芒斯是第二次世界大战之后巴黎知识界的一种典型，其典型性不仅仅在于他意识到一种普遍的堕落和犯罪感，而且还在于他痛切地感到末日审判的来临。他辗转腾挪，力图摆脱恶在人的良心上所形成的那种不堪忍受的重负。在一个信奉《圣经》的世界中，最令人忧虑和恐惧的也许莫过于《启示录》中所说的“末日的审判”了。死去的人，无论大小贵贱，都须站在生死册前，按照个人所行接受审判，或升入天堂，或沉入火湖。对于这个疯狂、动乱、腐化、人人“争先恐后地清扫别人”的世界来说，末日似乎正在迫近，按照克拉芒斯的说法，人们竟不必等待末日审判了，因为“它每天都在进行”。加缪在1953年的一则日记中写道：“人最难忍受的是被审判。”克拉芒斯深明此理，并且进一步认识到：“人们为了自己不被审判，就匆匆忙忙地审判别人。”于是他说“问题在于逃避审判”“问题在于中止审判”。但是，如何才能逃避审判？如何才能中止审判？他想出来的办法就是当法官—忏悔者。克拉芒斯的狡黠在于，他的忏悔真真假假，朦胧晦涩，不难集恶之大成于一身，正如他的自供所言：“我把涉及我的事与涉及别人的事混在一起。我博采共同的特点，一同经受过的痛苦、共有的弱点、时兴的气派、时下的名人，如同它在我身上和在别人身上存在的那样。”所以，克拉芒斯的肖像既是他自己，又是他的同时代人，而他在这种巧妙的过渡中，发现了一座他“独自攀登”的“高峰”，感到了他“自己是上帝”。但是，无论克拉芒斯以怎样严厉的法官的面目出现，他实际上是终身背负着恶的重压的，因为在他之后还可能有更严厉的法官出现，例如他的对话者。因此，他所说的“逃避审判”或“中止审判”，充其量只能是一种托词，他真正要求的是“能够为所欲为”，而“为所欲为”只不过是“堕落”的代名词罢了，说到底，他所要求的是生活在恶之中而不受良心的谴责。那么，堕落的只是克拉芒斯吗？当然不是。且看他对他的同胞所下的断语：“对于现代人，一句话足矣：通奸和读报。”读报者谁？知识分子也。我认为，加缪的这部《堕落》，主要说的是欧洲文明及其知识分子的堕落，尤其是某些加缪颇有微词的左翼知识分子，特别是那些存在主义的信徒。

克拉芒斯的形象是复杂的，加缪对他的态度也是复杂的。他身上既有加缪本人的影子，又带上了以萨特为首的存在主义者的特征，同时又打上了另外一些左翼知识分子的印记，最后又什么具体的人也不是，成了一种滋生在战后欧洲资本主义世界中的知识分子的精神综合体。加缪对于他，是厌恶的、批判的、讥笑的、嘲讽的，同时又企图通过对他的揭露和鞭挞使自己获得某种净化，使自己从他的堕落中解脱出来。因此，我们又看到，克拉芒斯并非没有自己的向往。他向往希腊：“那儿的空气是贞洁的，大海和娱乐是明朗的。”他憧憬“扶桑国”大海上的岛屿：“在那些岛屿上，人们死的时候疯狂而幸福。”他梦寐以求的是：“全心全意的完全的爱情，日日夜夜，在不间断的拥抱之中的、享乐的、令人狂热的爱情，就这样连续五年，然后死去。”有的评论指出，这是一个人孩童时代的写照，表明克拉芒斯不能忘怀童年的纯洁和无辜。在悲观中抓住哪怕是极微弱的希望，在痛苦中蕴藏着一线希望，这是加缪给人生的一点亮色。但是，克拉芒斯毕竟是长大了，成年以后的克拉芒斯“失去了光明，失去了早晨，失去了那个自我原谅的人的纯真”。他尽管也会生出某种悔恨之心，希望那个年轻女人再往水里跳一次（多么荒诞的希望啊！），给他一个救人和自救的机会，但是那种根深蒂固的自私、虚伪和怯懦，使他不可能产生任何积极的行动，即使时光倒转，给他一个补救的机会，他也仍然要退缩。“哎哟……水这么凉！”这句话、这种反应、这种感觉，多么生动、多么深刻、多么尖锐地勾勒出他那不可救药的软弱的灵魂啊！“现在太晚了，将永远是太晚了！”这位“当代英雄”只能带着这无可奈何的感叹沉入无底深渊，永远地失去了上升的希望。

《流放与王国》

1957年，阿尔贝·加缪发表了一部短篇小说集，题为《流放与王国》，四年之后，他在一次车祸中猝然丧生。以出版的时间论，这部小说集成了他最后的重要作品。《流放与王国》包括六篇短篇小说，与短篇小说集的一般命名法不同，集中并没有哪一篇叫作《流放与王国》，可以想见，作者另起一个总名有深意存焉。对此，加缪自己有个说明：这部集子只有一个主题，就是流放。确实，小说中的主人公们都像是被流放到了一个陌生的地方，感情不能得到自由的表达，行动不能得到正确的理解，精神上失去了依托，陷入了一片茫然、惶惑、悔恨和苦恼之中，仿佛人来到这个世界上，并非如鱼得水，有一个适于生存、可以得到幸福的环境，而是离乡背井，陷于流放之中。然而，那家乡、那王国，究竟在什么地方？加缪说，王国并不在这个世界之外，就在流放之中，“流放以它特有的方式向我们指明了通向王国的道路，只要我们在流放中既拒绝被奴役，又拒绝主宰他人”。人在这个世界上流放，也在这个世界上进入王国，流放的痛苦和王国的幸福互相渗透。获得了自由、尊严和正义的人虽然也免不了流放的命运，却可以在流放中获得相对的幸福。

于是，我们看到了二十年前的一个“黑脚”[1]法国人。他贫穷，然而骄傲，他连普通人所拥有的健康也没有，却在死亡的阴影中尽情地享受着他唯一的财富：阳光和大海。因为在阿尔及利亚，“阳光和大海分文不取”。这位二十四岁的年轻人出版了一本薄薄的散文集，叫作《反与正》，以阿尔及尔的一个贫民区为背景，展示了一个既有正面又有反面的世界，那里交织着痛苦与欢乐、黑暗与光明、贫穷与尊严、死的威胁与生的意志。面对着这世界上美好和丑恶的东西，这个年轻人说：“睁开眼睛，既望着光明，也望着死亡，这才是大勇……在这世界的正面和反面之间，我不愿意进行选择，我也不喜欢人们有所选择……我不喜欢人们弄虚作假……我以我全部的行动依恋着这个世界，我以我全部的怜悯和感激之情依恋着人类……看，这是天空的微笑，这是应该爱的人们的眼睛和声音。我并不抱怨，因为我眼看着自己一天天长大。此时此刻，我的王国在这世界上。”正面与反面，王国与流放，虽相反而相成，虽对立而一体，“没有对生活的失望，就没有对生活的爱”，人的幸福和欢乐存在于现实的世界中，而不在遥远的未来和虚幻的天堂之中。

1　俗称出生在阿尔及利亚的法国人。

这个年轻的“黑脚”法国人不是别人，正是阿尔贝·加缪。阳光和贫困，大海和牢狱，自由与专制，尊严与奴役……这种种的对立和矛盾，就是他的作品的灵魂。

《反与正》《流放与王国》相隔二十年，一个是加缪最初的重要作品，一个是他最后的重要作品，遥相呼应，首尾衔接，思想表现出惊人的一致，说明加缪是多么忠于他最初的思想，那从贫穷中获得的经验和古希腊中庸平和哲学的巧妙结晶。然而，这并不是说，加缪的思想是一潭死水，一经形成便不再变化；而正如他本人所说的那样：“一种深刻的思想是不断发展的，吸收生活的经验，并在其中形成。”从荒诞到觉醒，从觉醒到反抗，从反抗到革命，从革命到改良，始终贯穿着人类与世界、人生与命运的搏斗，这是资产阶级人道主义在20世纪头五十年动荡不安、迷惘惶惑的世界中的一条发展道路。这正是加缪的思想所呈现的发展轨迹。他原本是厌恶一切体系的，却也把自己的哲学称为“荒诞哲学”。他也许是想以此来显示他与存在主义者的区别，却没有料到“荒诞”二字后来的确成了个“运蹇时乖的词”，把众多愿意理解他的人引入迷宫，也给他自己带来无穷的烦恼。

说清楚加缪的“荒诞哲学”大概需要一本厚厚的专著，绝非拈出一两句警语所能济事的，如“世界是荒诞的”，“人生是没有意义的”之类。我这里只想指出，“荒诞哲学”不是一种否定世界、否定人生的消极出世的虚无主义哲学。“荒诞”二字只是说世界的存在和人生的存在都没有先验的意义，而两者的关系又是不协调的，是对立的，是分裂的，简言之，是荒诞的。荒诞不在世界，亦不在人生，而在两者之间的关系，即是说，人的追求幸福、追求理性的愿望在这个不可理喻的世界上得不到满足或者完全的满足。所谓荒诞感，就是人对这种关系的认识；所谓荒诞的人，就是那种清醒到足以认识到此种关系的人，而并非蔑视理智或丧失理智的人。在“荒诞哲学”中，荒诞只不过是问题的开始。加缪把人发现和获得荒诞感称为“觉醒”。觉醒是个起点，觉醒之后要行动。加缪说："对我来说，唯一的已知数是荒诞。问题在于如何走出去……意识到生活的荒诞性不能成为一种目的，而只能是一种开始……令人感兴趣的不是这种发现，而是其后果和人们从中引出的行动准则。”所以，更为重要的是，人一旦认识到这种荒诞性，就应该设法寻求解决的途径，因为人只能承认荒诞，正视荒诞，而不能在荒诞中生活。解决的途径有二：自杀或反抗。加缪认为自杀不足取，应该反抗，反抗不利于人的生存的环境（自然的和社会的）。但是，反抗并非无限的，反抗过了头，就会引起新的反抗，如此则循环不已，因此，没有限制的反抗势必导致虚无主义，又会回到荒诞。基于这种认识，加缪反对革命，认为革命破坏了反抗的最初的纯洁性。所谓限制，就是古希腊哲学所主张的相对、中庸和节制。

严格地说，“荒诞哲学”并不具备完整、严密、统一的理论形态，它只是一种人生智慧，一种伦理道德。加缪不是哲学家，是道德家、思想家。他试图教人以一种生活的哲理，其精义是："学习生，学习死，做人，不做神。"意思是说，人应该充分享受现有的一切，而不应该为了太遥远的未来失掉现有的一切，因此，人的命运是不幸的，而人在具体时空中的生活可以是幸福的。世界不只有丑恶的反面，也有美好的正面，流放可以指明通向王国的道路。只要人保持清醒，不走极端，拒绝恶，幸福是可能的。总之，"王国在这世界上"。

加缪一向视小说为"形象化的哲学"，因此，他的小说往往有很深的寓意和象征蕴含其中，而他的哲学思想就成了理解他的小说的钥匙。

《局外人》是加缪的成名作，不少论者认为这是加缪最重要的作品，是第二次世界大战以来法国最重要的小说。小说的含义究竟是什么？四十余年来，似乎并没有一致的结论。加缪的结论是："这个社会需要在母亲下葬时痛哭流涕的人。"因为默而索在安葬母亲时没有哭，所以他被判处了死刑。不过，加缪紧接着就说："我看还可以得出其他十种结论。"但无论如何，我们至少可以把小说看成"荒诞"（"荒诞哲学"的第一阶段）的形象化的说明：处于自然状态的人，即尚未受到或拒绝所谓文明熏染的人是如何为文明社会所不容，因为他不按照流行的价值观念行事，例如默而索不知道向别人表示他爱母亲是多么重要，他不知道要对老板表示他对事业有雄心大志，他不知道娶一个女人时要说爱她，他也不知道在法庭上要寻找有利于自己的辩护，总之，他想真诚地表示自己的看法，他不愿说谎，不愿做戏，因此他成了一个与人异趣的人，与社会格格不入的人，使社会感到危险的人。这是他被判死刑的根本原因。于是，人与世界之间的关系的荒诞性得到了形象的写照。然而，令人惊异的是，当默而索即将离开这个世界的时候，他留给这个世界的不是仇恨，而是某种依恋之情，他“面对着充满信息和星斗的夜”，“第一次向这个世界的动人的冷漠敞开了心扉”。与神甫向他许诺的天堂相比，他在这个世界上还是幸福的。这不正标志着默而索的觉醒吗？

《堕落》发表于1956年，以写作的时间论，这是加缪的最后一部作品。萨特认为，这部作品也许是加缪“最美的，也最不被理解的一本书”。的确，《堕落》是一部相当奇特的作品，主人公克拉芒斯那狂妄、狡狯、厚颜无耻的口吻，强烈地吸引着读者，时而引起愤怒，时而引起赞美，时而引起警觉，时而引起迷惘，最后竟会不知所之，任他牵着鼻子走，弄不清楚他是在自责，还是在责人。如果他是在自责，读者可能会感到宽慰；如果他是在责人，读者也许就会感到紧张了。克拉芒斯是20世纪巴黎知识界的一种典型。他的虚伪、傲慢、自私、怯懦、厚颜无耻和狂妄自大，是一种特定的历史环境的产物。加缪最初曾把这部作品题作《当代英雄》，后来接受了马丁·杜伽尔的建议，将其定名为《堕落》。我们不妨理解为“堕落的当代英雄”。他把揭露和讽刺的矛头指向了克拉芒斯之流，也指向了在那种环境中生活的一切知识分子，同时也指向了那个时代：那里只有荒诞、流放、“负面之景”和堕落的人们。这是加缪最悲观的作品，也是他最深刻的作品。他曾经在《堕落》的一个底稿上写下了莱蒙托夫写在《当代英雄》序言中的两句话：“……‘当代英雄’确实是肖像，但不是某一个人的肖像。这个肖像是由我们这整整一代人身上充分发展了的缺点构成的。”无论《堕落》包含着多么复杂的层次和内容，这段话都可以成为我们理解和判断的基础。

《流放与王国》包括六个短篇小说：《不贞的妻子》、《叛教者》、《沉默的人们》、《来客》、《约拿》和《生长的石头》。这六篇小说从不同的角度表现了人的流放状态。在颠簸困顿的旅途上，在异教徒酷热灼人的盐城里，在狭小简陋的工厂中，在荒凉不毛的高原上，在巴黎古老破旧的街区里，在巴西偏远闭塞的小镇上，到处都弥漫着一种空虚、冷漠、隔阂、误解、孤独和愚昧的气氛，令人感到窒息、恐惧、压抑、悲哀、惶惑和愤懑。雅妮娜也曾是个充满活力、有着美妙憧憬的少女，但是丈夫的庸俗猥琐终于有一天使她感觉到生活是多么的平淡乏味；那个叛教者原以为可以到异教徒中传播福音，却在暴力的逼迫下改了宗，正当他想为新主人效劳的时候，新主人却又向他的旧主人屈服了；工人们曾经与老板有着良好的关系，但老板毕竟还是为了保持利润而拒绝了他们的要求，尽管他们因老板的小女儿生病而胸中充满了同情，却一句话也不肯说；小学教员达吕把自由给了一个杀了人的阿拉伯人，却悲哀地看到后者自己走上通往监狱的道路，而更大的悲哀却是，他因此受到那人的亲友的怀疑和威胁；画家约拿曾是那样淳朴真诚，成功并未给他带来友谊，他自己反而被所谓荣誉和尊敬压垮了，不明白人与人之间的关系究竟是友爱还是孤独；为了逃避欧洲文明而深入巴西修筑水坝的法国工程师见到的是似曾相识的不义与压迫，只有当他替土著朋友背负巨石还了愿的时候，他才能稍许减轻人们对他的冷淡和排斥……看起来，这里只有流放，并没有王国。即便“流放以它特有的方式向我们指明了通向王国的道路”，加缪也只是通过一道狭窄的缝隙向里面张望了一下，里面是怎样一个天地，能不能进得去，都还是一个很大的疑问。然而，加缪根据自己的经验描绘了人的流放，而没有凭空去编织王国的神话，这毕竟是加缪的真诚。名著不一定好读，但是一定耐读，含英咀华，经得起品也不一定有很多读者，但是一定有许多反复阅读的读者，常读常新，仿佛作品的意义不可穷尽。加缪的小说，初读时感到，《局外人》刻意的枯燥，《堕落》寡廉鲜耻的口吻，《不贞的妻子》的神秘，《叛教者》满含毒液的唠叨，《沉默的人们》的质朴，《来客》的平淡，《约拿》的粗放，《生长的石头》的朦胧，究竟有何深意？有何趣味？有何妙处？然而，重读之，细读之，就会体会到其中深刻的寓意在于：枯燥中流露出对此生此世的依恋，聒噪中暗藏着深入的解剖和尖刻的抨击，神秘中有摆脱平庸猥琐的现实的愿望，唠叨中透出进退维谷的窘迫，质朴中跳动着一颗充满同情的心，平淡中包含着不被理解的痛苦，粗放中亦庄亦谐，左右为难的悲哀溢于言表，朦胧中蕴含着新生的喜悦。耐人寻味的是，加缪的小说既耐读，又有很多读者，其中又有很多反复阅读的读者。有何奥秘？是他的小说的语言形式吸引人吗？加缪固然是一位语言大师，他可以根据内容的需要，或枯燥，或生动；或晦涩，或明朗；或繁复，或简练，得心应手、运用自如，但这些显然不是吸引读者的主要原因。那么，是他的小说的故事性强吗？加缪的确深知故事的重要性，他说："对故事的兴趣将与人本身共存亡……"但是，他也深知写小说并不就是讲故事，因此他紧接着又说："但这并不妨碍我寻找新的讲述方式。"事实上，加缪并不把巧妙地编织故事作为他写小说的秘诀。他的小说几乎是没有故事的，即使有，也没有什么能够特别吸引人的。加缪的小说之所以拥有众多的读者，我想原因就在于他的小说蕴含着深刻而谦逊的哲理和丰富而含蓄的象征，这种哲理和象征扎根于真实而平凡的现实生活中，用质朴无华的语言表达出来，使千千万万普通读者感到亲切、可信、息息相关。1957年，瑞典科学院授给他诺贝尔文学奖时说：他的重要作品"阐明了当代人的良心所面临的问题"。假如我们不斤斤于"人类"一词的含义的话，假如我们把加缪放在法国、欧洲、西方世界这个有限的范围内的话，应该承认，这种评价是并不过分的。一位并不欣赏加缪的作家也承认:“我不知道还有哪一位作家比加缪更忠实地反映了他的时代。”关心他所生活的时代，试图回答时代提出的问题，这是加缪的小说自问世以来一直拥有大量读者，受到专家学者重视，赢得普通读者喜爱的根本原因。

加缪说过，他这一代“承继的是一个腐朽的时代，在这个时代里，革命堕落了，科技发疯了，神祇死亡了，意识形态也筋疲力尽了”。他有着艺术家的良心和活动家的觉悟，真诚地、坦率地、勇敢地回答了这个时代提出的重大问题。他的回答肯定是不完善的，也肯定有许多错误，但他从未自认为一贯正确，他也从未自认为发现了根治百病的灵丹妙药，这正是加缪可贵的地方。

我读《不贞的妻子》

贞洁的妻子都是相似的，不贞的妻子却各有各的不贞。加缪的短篇小说《不贞的妻子》中的雅妮娜是在与大自然的默契和交流中铸成她的不贞的。

妻子不满于丈夫的平庸，追求另一种人格或向往另一个天地，终致反目，或离异，或出走，或私奔，或竟企图谋害以求解脱，这已是资产阶级文学中很古老的主题了。安娜、娜拉、爱玛、黛莱丝及其众多的姐妹们，自然还能够在世界文学的画廊中葆其美妙之青春，但是，她们的故事却经不起岁月的磨洗而越来越不新鲜了。今日虽然有人仍在试图重新讲述她们的故事，却终因其陈旧而见出大部分作家的浅薄。这浅薄，我以为是由于大部分作家只是黏滞于生活的表层，缺乏一种冷静清醒的洞察力。对于纷繁的人生诸相，他们往往停留在观察的水平上，局限在某种观念所架设的藩篱之中，因而不能在似曾相识中翻出新意，更不能深入堂奥，发掘出现代人生的底蕴。

但是，对于《不贞的妻子》，似乎不可作如是观，它提供了对于人生的一种新的经验和新的认识。

故事还是那个老故事，但讲法不同了。雅妮娜在一次陪着丈夫马赛尔所做的生意旅行中，突然意识到她结婚已经“二十多年”了，风沙、大漠、棕榈、帐篷、骆驼、游牧人……这陌生世界的一切，在不知不觉中映衬出她往日生活的单调乏味，唤起了她对“少女时代”的怀念，使她“忽然觉得有什么东西在等待她”。她终于明白了，她缺乏某种东西，只有这种东西才能解开她心中“岁月、习惯和苦闷结成的疙瘩”。这种东西不是财富和地位，也不是知识和品行，而是游牧人“贫穷然而自由”的生活所展现的那种境界。于是，她深夜独自登上城堡的平台，俯视广袤无垠的沙漠，仰观繁星密布的苍穹，身感心应，销魂于神秘的大自然之中。就这样，雅妮娜铸成了她的“不贞”。

难道这也称得上“不贞”吗？的确，除了当那个法国撒哈拉兵团的士兵“死死地盯着她”的时候，“她的脸一下子红了”之外，她并没有其他任何可以说得上“不贞”的行为或念头，而这“脸红”也许只是一种相当自然的反应，因为她知道自己“高大丰满、肉感、吸引人”。不，雅妮娜的“不贞”不是普通意义上的不贞，她钟情的对象并非哪一位不像她丈夫那么平庸的男子，而是“无边的原野”，是“土黄色和灰色的石头王国”，是“天地相接成一条清晰的细线的地方”，总之，是那个游牧人的天地，是那个“黑色的帐篷”和“兀然不动的骆驼”“在灰色的土地上用一种古怪的文字拼成一些深奥难解的符号”的“古怪王国”。雅妮娜的不贞是一种精神上的背叛，是对自身处境的一种觉醒：面对着这个可望而不可即的王国，她二十多年来无疑是处在流放之中。

然而，雅妮娜在这个突然发现的王国中的停留毕竟是短暂的，因为她不属于这个世界。兴奋过去之后，她知道“自己太高了，太胖了，对于她刚刚进来的这个世界来说，也太白了”。种族的隔阂，文明的差异，世俗观念的束缚，都使她在大部分时间里只能在这个世界的门外逡巡，而不能一劳永逸地结束她的流放状态。实际上，作为资产者的妻子的雅妮娜还没有充足的理由走上抛弃一切，与游牧人为伍的道路。她只是在百无聊赖之中，逢到偶然的机会，突然瞥见了外面的世界罢了。不过，这一瞥是重要的，无异于灵魂中所发生的一次地震，那颗近乎干涸的心仿佛受到阵雨的滋润，又勃发出新的生机。迷惘、怀念、遗憾、悔恨……种种的不满足一下子被惊醒了，纷至沓来，如潮水般冲击着习惯的堤坝，直到她觉得“她和他早就该分开了”。雅妮娜并非一个新婚未久的少妇，她的觉醒，当然也就不是一个充满幻想的女人心血来潮的产物了，这就更见出她的隐痛，既深且广。习惯的堤坝既已出现裂缝，就再难弥合，她将在今后依然单调乏味的日子里不断地咀嚼这新发现带来的喜悦。先前曾经是缺乏的东西，今后仍将是缺乏的，但她毕竟是有了对于这种新经验的回忆来缓解因缺乏而产生的饥渴。“少女时代”仍然可以成为怀念的内容，但新的经验由于和未来相联系而将在回忆中占据越来越重要的地位。雅妮娜第一次按捺不住的冲动，恰恰是她白天所看见的那个“古怪王国”触发的，其结果是她终于回答了那个“无声的召唤”，半夜里离开丈夫的床，一个人跑到平台上，“投入夜的怀抱”。

纵使是“投入夜的怀抱”，在雅妮娜从流放进入王国并沉醉其中的那个时刻里，她的“不贞”仍具有一般意义上的“不贞”在身心两方面表现出的某些特征。在她看来，“从古至今，在这片广袤的疆域的干旱、被榨得只剩下骨头的土地上，总有一些人无休止地来回迁徙。一无所有，却不仰承任何人的鼻息，贫穷然而自由，他们是一个古怪王国的主人”。做自由生活的主人，这不正是雅妮娜突然意识到缺乏的东西吗？而在二十五年前她还是个“气足得用不完”的少女时，她不正是“决定不了是过自由自在的生活还是结婚”吗？结婚的结果是她失去了自由，这自由并不是别的，而是生活的乐趣。是日复一日的单调所形成的习惯摧毁了他们的幸福使“夏天、海滩、散步，甚至天空都离他们远了”。习惯结出的果实自然是苦闷，苦闷则在雅妮娜的心中撒下“不贞”的种子，只待一阵春风吹来，幼苗就会破土而出。雅妮娜不知道为什么看见游牧人“使她的心头生出一股愁绪，这愁绪是那么甜蜜，那么浩茫”，我猜想这大概是由于沙漠的出现打断了她的习惯的链条，中止了日常生活的单调的流动，使她得以停下来睁眼看看另一个天地。这一看非同小可。加缪说过：“一切伟大的行动和一切伟大的思想都有一个可笑的开端。”（《西绪福斯神话》）正是在这偶然的“倏忽即逝的一瞬间”，她知道了那个“一直是许给她的”“永远不可能属于她”的王国。这不正是催动那粒“不贞”的种子萌发的一阵春风吗？果然，她倾心相许了。“她仿佛觉得地球已停止转动，从这个时刻起，人人都不老不死。”在这极乐的瞬间，她的确是从流放进入了王国，但也同时成了一个“不贞的妻子”。雅妮娜的不贞固然是一种精神上的背叛，但作者使用的极富暗示性的语句，又明白无误地表明：精神上的背叛是伴随着一种肉体上的满足的。请看加缪是如何描写那美妙的时刻的：“夜气如水，注满雅妮娜的全身，柔情缱绻，令人不能自持。它从她的身心最深处逐渐上升，汇成涓涓细流，一直流到她轻轻呻吟的唇边。刹那间，她倒在冰凉的地上，整个天宇在她的身上展开。”这既是灵的归依，又是肉的奉献，雅妮娜全身心地消融在大自然中了。由此看来，雅妮娜看见法国兵时的“脸红”，虽然可以是一种自然的反应，却也不排除一种肉体上背叛的意味。只是加缪没有就此大做文章，充其量让雅妮娜感到某种淡淡的失望，因为她原本盼望着法国兵在分别时对她“微笑或敬礼”的，“可他看也不看她就走过去了，随即不见了”。加缪就这样绕开了前人的窠臼，独辟蹊径，使人大有“柳暗花明又一村”之感。

然而，柳暗复柳暗，花明又花明，进得一村还有一村。雅妮娜在与大自然的默契和交流中度过了“柔情缱绻，令人不能自持”的一刻之后，又“蹑手蹑脚地回到房间”，上了丈夫的床，她没有就此出走，甚至没有对丈夫产生更深的怨恨，而是“哭了，哭成了个泪人儿，还止不住”，并且对丈夫说：“没什么，亲爱的，没什么。”这样的结局的确是出人意料。我们见过文明人抛弃城市，遁入野蛮人的森林；我们见过充满幻想的少女，跟着谈吐高雅的绅士私奔；我们也见过有些“才情”的少女，冲出家庭的囚笼，消失在大都会的人海之中；但是，我们没见过雅妮娜这样的女人，体味到精神上的解脱之后，却又乖乖地回到旧日的轨道上去了！是雅妮娜缺乏追求的勇气吗？是她向习惯的力量屈服了吗？还是加缪在劝人安分守己、苟且于无爱的婚姻？或是这平凡的、令人沮丧的结局蕴藏着一种更深刻的含义？

对于雅妮娜的哭泣，麻木迟钝的丈夫自然是“感到莫名其妙”，那么，一路紧紧跟着雅妮娜的读者就能够洞悉她的内心世界吗？怕也未必。雅妮娜为什么哭？她为什么还把丈夫叫作“亲爱的”？这似乎是难以明确回答的问题。也许是她对自己的激动感到悔恨？也许是随着激动过后肉体松弛而出现的正常反应？也许是因为不能永远留在那“古怪王国”中而感到失望？也许是她觉得唯一的出路仍旧是回到现实中去从而感到某种欣慰和解脱？也许她终于悟到在平凡的日常生活中也有温情和欢乐，从而丢弃了不切实际的幻想？我们检点雅妮娜“二十多年来”的生活，似乎这最后一种回答还差强人意。诚然，雅妮娜不大喜欢丈夫“那贪婪而短促的笑声以及鼓得太厉害的黑眼睛”，不喜欢丈夫只“对金钱怀有真正的热情”；在那个“妄自尊大”的阿拉伯军官面前，“她忽然感到自己很不幸”（她显然是拿他和自己的丈夫做了对比），她也感到丈夫“除了让她知道他少不了她之外，他没有给过她别的乐趣”。这一切促使她肯定，“他并不爱她”。尤其是当她看到游牧人无拘无束的生活时，就更加痛切地感到“她要得到解脱，即便马赛尔，即便其他人永远不得解脱”。然而，这并非雅妮娜二十多年婚姻生活的全部。当她静观那“一片虚空”，感到生命停顿的时候，她的心中却是有生命在活动的：“有一个人因痛苦和惊喜在哭泣。”这心中的哭泣和她夜登城堡之后的哭泣有什么联系？她的痛苦难道只是对往日生活的评价吗？她的惊奇难道只是对一个陌生世界的感觉吗？这痛苦和这惊喜是全然对立的还是交织在一起的？雅妮娜这种复杂的情绪不能不使我们注意到她对丈夫的感情同样是复杂的，非一个“爱”字或一个“恨”字所能概括。我们检点雅妮娜“二十多年来”的生活，发现她就在对丈夫有种种不满的同时，却“喜欢他和在此地定居的法国人一样具有生活的勇气”，她“乐得享受”丈夫的金钱，她也“因为有人需要她而感到心满意足”，她也在不知不觉中常常把丈夫当作“她最安全的避风港”。总之，“不管怎么说，她也需要他，需要他的力量，他小小的怪癖”。因此，她能够在感到“他不爱她”的同时，心里却在“叫他的爱称”，尽管这爱称已失去了“原来的含义”，而这爱称只是由于习惯的磨损才失去了“原来的含义”的。把雅妮娜的婚姻生活的正反两个方面合在一起，我们就看到了一对普通夫妻的日常生活。他们有种种的不如意，也有种种的小欢乐，只不过是一个浑然不觉，一个则由于偶然的机会听到了某种“无声的呼唤”。他们之间的距离实在是一种正常的、随处可见的距离。也许可以说，任何人在一生的旅途中都会有某个时候突然产生某种雅妮娜式的觉醒的。这种觉醒自然不会产生严重的后果，但它可能会促使人们去寻求某种改变。这也许比那种激烈的变故更接近现代生活的本质。

雅妮娜不是个清高绝尘的贵妇人，也不是个饱读诗书的女才子，更不是浪漫情调的追求者。她是个普普通通的商人妇，并没有过分纤细的感觉，也没有高扬绝世的想象力，她只是由于偶然的机会才挣脱了习惯的锁链，在那个小小的缝隙中窥见了一个新世界，从而心向往之。如果说雅妮娜的遭际是一出悲剧的话，那也只能是一出人人都可以有的小小的悲剧，生活中原本不会缺少的悲剧。正因为如此，她才没有走上她那些姐妹们的老路。雅妮娜固然是又回到了流放之中，但谁又能肯定她那些姐妹们就进入了王国呢？加缪在《西绪福斯神话》中写道：“如果智者一词可以用于那种靠己之所有来生活，而不把希望寄托在己之所无的人的话，那么这些人就是智者。”雅妮娜也许正是一个这样的智者呢。

雅妮娜又回到了平凡的丈夫的身边，在平凡的日常生活中寻求生之乐趣。这就是一个老故事的新结局。这是一出生活悲剧毫无悲剧色彩的结局，然而，正是这种平淡无奇的结局有可能蕴藏着一种更丰富、更深刻的含义。一方面，它可能对生之悲哀提供了一种更现实、更清醒的解决；另一方面，它也更尖锐地突出了人生的悲剧性。也许正是在这个意义上，加缪才可以说："我对人从不悲观，我悲观的是他的命运。"

《叛教者》的参照

一片意识的流动！那沙漠上空的太阳，从发出“挺柔和的光晕”到“无休止地喷吐出一条条火河”，渐渐地将这泛滥的意识之流加热，直到使它沸腾；那对于“群星清冷、泉水幽暗的夜”的渴望，一碰上这滚烫的急湍便化作一团水汽，顷刻间消失……我每一次读加缪的《叛教者》，眼前都仿佛浮现出这样的幻象。“真乱，真乱呀！”“真热，真热呀！”就像那个“精神错乱的人”，我也几乎要这样喊出来。

加缪的《叛教者》，你一旦读过，你将被迫再读。你明明知道这是一枚难啃的坚果，然而你将在迷茫中感到一股巨大的吸引力。你仿佛站在深渊的边缘，虽有眩晕之感却仍想贴近些，甚至深入进去，看个究竟。那叛教者的意识的流动是那样紊乱，那蜂拥而至的种种形象是那样诡异，那改宗的喜悦是那样浅薄，那怀旧的痛苦是那样深重……这一切都逼着你像那位叛教者一样试图在这一团乱麻中理出个头绪，“来点儿条理”。于是，你将一而再、再而三地读，直到重建他那望不到尽头的精神历程。

幸好，我们不是在须德海上[1]，我们有所参照，能够把握住叛教者的意识之流的始终、曲折和急缓。我们有“太阳”作我们的时间参照，我们有“崩塌的乱石”作我们的空间参照，我们有“忍耐”和“等待”作我们的心理参照。

叙述始于黎明。众多的形象中，太阳最为鲜活有力，并且无处不在，它的起落、移动与叛教者的精神活动同步，仿佛它的热力加速或减缓了叛教者那错乱的大脑的运转。

当荒原上“天刚刚亮”的时候，叛教者想起了“在家”的情景，他想躲避粗鲁的父亲，野蛮的母亲，又酸又凉的酒，“还有漫长的冬天，寒冷的风，成堆的雪，讨厌的蕨类植物”，他要“到有阳光和清水的地方去生活”，于是他离开“新教控制的地方”，进了修道院，接受了天主教的信仰。从新教到天主教，其实已隐含叛教之意了，因为在神甫们的眼中，他的到来“无异于升起了奥斯特利茨的太阳”。然而更令人惊异的是他的狂热，他那样地“痛骂自己”，连他的导师都“很不理解”。他“喜欢赎罪”，“对平庸发火”，“愿意受人污辱”，他要到野蛮人那里去传教，让他们通过他“向上帝致敬”。虽是锋芒初试，却已然露出了叛教者的嘴脸。

当“野蛮的太阳”升起来，但还只是发出“一圈挺柔和的光晕”的时候，叛教者的脑海中响起了“塔卡萨”这“铁一般

1　加缪在《堕落》中写道：“须德海是个死海，或者差不多是个死海。它的海岸平直，消失在雾中，不知道它始于何处，止于何处。因此我们的航行没有任何参照物……”

的名字”。那是一位从那里归来的半瞎的老教士告诉他的，他于是就“梦想着灼热的盐和天空，梦想着偶像堂及其奴隶们”，他的使命感被“野蛮居民的残忍”唤醒，他已不满足于“使一些一时迷途的老实人改宗”，他要征服最顽固、最野蛮的人。他相信自己的信仰：“对手越是盲目、残暴、自信、信仰坚定，其招供就越是宣告了促使他失败的那种东西的优势。”他看到了榜样的力量，他的决心已定。

“太阳又升高了”，在他那“发烫的额头里”，他又一次到达“黑人疆土和白人国家交界的地方”。那是一幅多么酷烈的景象啊：“无边无际的棕色的石海，像是千万面冒火的镜子，又烤人，又晃眼。”迎接他的是一顿毒打。盐城的形象在一片光与火的海洋中赫然屹立，阳光反射，仿佛地上“突然冒出灼人的长矛”，盐城则似“滚烫的白色地狱”，“静止不动的大火接连几个钟头在那些白色的平台上熊熊燃烧”，两相比照，犹如烈火烹油，见出叛教者意识流动的迅猛。

温度继续上升，“阳光照射，像锤子砸下来一样地射在石头上”，这时，叛教者回到了另一个正午，他在“他们”的严厉的目光下屈服了，“哭了”。他被拖进偶像堂，每天只“一碗发咸的水”“一把米”，如此十二天，终于有人来扭住他的嘴唇直到撕开，让他目睹巫师的暴行，身受种种的侮辱，强迫他望着偶像，直到他知道他“已经宣誓为它效劳”。饥饿和暴力震慑、征服并且改造了他，信仰的力量看来抵不过肉体的折磨。

接着，“太阳略微偏过正午”，到了一天最热的时候，太阳把如炽热的金属一样的天空“熔出一个洞”，“在单调的沙漠上空无休止地喷吐出一条条火河”，于是，叛教者的意识之流也达到了沸点，他再一次经历了“割舌发狂的那一天”。那是“一下锋利而清凉的抚摸”，他的舌头被割掉了，这意味着他背弃了他“迄今所信仰的一切”。他那“空空如也”的嘴说：“我变了，他们也知道我变了，我遇见他们时就吻他们的手，我成了他们的一员，崇拜他们没个够，我信任他们，希望他们也割掉我的同胞们的舌头，就像他们割掉我的一样。”他的背叛终于完成了，他将不惜一切地维护和拯救他的“新信仰”。凡改宗者总要对新的信仰表现出更多的热情，甚至狂热，于是，在“阳光晃得什么也看不见”的一天的“傍晚时分”，当叛教者听见他的新主人已屈服于他的旧主人的武力之时，他就决定杀死前来取代他的那个神甫，试图以新的背叛来逼迫新主人坚持信仰。

最后，“热气退了一点，石头也不颤动了”，叛教者从藏身的乱石中走出来，新的神甫也终于来了，并且倒在他的枪口下。然而就在他感到“大功告成”的时候，他的新主人们却“像一群黑色的鸟朝这边飞来”，痛打之余还要对他“施行四马分尸”。当黎明再现的时候，叛教者又陷入新的悔恨之中……

太阳从初升到降落，走完了一天的路程，叛教者也在精神上一步步地将其背叛重新经历了一遍。过去的酷热和现时的酷热彼此对应，使叛教者的回忆变得如同亲历。他不是坐在那里冥想，他简直是活生生地又被割了一次舌头。作为时间的参照，太阳在天空中的移动为我们勾画出叛教者意识流动的轨迹。

我们的空间参照是“一堆崩塌的石头”，叛教者藏身其中，“坐在一支老枪上”，等着新来的神甫。这是荒原上的一堆乱石，它既可充作隐蔽之地以利谋杀，又可遮挡阳光以避酷热，谋杀使他想到旧主人，想到前面是法国中央高原和欧洲大陆，酷热则使他想到新主人，想到后面是相距“一个钟头的路程”的塔卡萨，坐落在“热气腾腾的小盆地里”的盐城。意识的流动以乱石为原点，既可前瞻又可后顾，前瞻是怀旧，轻淡却执着；后顾是向往，狂热却虚弱。

叛教者看起来信誓旦旦，义无反顾，“生平第一次把全身心交给了它，赞同了它的作恶的秩序，崇拜它恶的世界原则”，然而他究竟还有不能忘怀的东西。当“野蛮的太阳”使荒原“失去了仙客来花那样的颜色”的时候，他心中浮现的是故乡的“群山，还有那雪，温柔的软绵绵的雪”；当“周围的石头发出沉闷的毕剥声”时，他感觉到“只有枪管才是清凉的，像草地、像夜雨那样清凉”，他怀念的是“以前，在晚上，汤慢慢地烧着”，他不能不承认：“我父亲和我母亲等着我，有时他们对我笑笑，我也许爱他们。”当他“忍受不了这没完没了的酷热”的时候，他竟暗自希望“那个传教士还耽搁未到”，他好“看到夜降临到沙漠上，弥漫天宇，群星如金色的葡萄从幽暗的中天垂挂下来”。这“汤”，这“葡萄”，这都是唯有法国人才能在怀念中想象出来的东西啊。当他终于杀死前来代替他的那位神甫时，他有的却是这样的举措：“胜利了！我向天空张开双臂，天似乎也感动了，在对岸隐约出现了一个紫色的影子，啊，欧洲之夜，祖国，童年，为什么我得在这胜利的时刻流泪呢？”这泪水来自他暂时沉在心底的怀念，这怀念仿佛苹果中的蛀虫，暗暗地噬咬着叛教者的灵魂，而最隐蔽又最顽固的蛀虫恰恰是他所背弃的“上帝”，基督教的上帝。他可以说：“上帝，温情的上帝，一听到他的名字我就气得翻白眼，我背弃了他，因为现在我认识他了。”但是，他不能否认他的存在，他被割了舌头之后想到的是耶稣的受难；他杀死传教士后遭到新主人的毒打，他想到的又是耶稣的受难，说他“喜欢这把我钉上十字架的击打声”。他甚至对被士兵制服的巫师说：“扔掉这副恨的面孔吧，变得仁慈吧，我们都错了，我们要重新开始，我们将重建慈悲之城，我想回家。”他确乎是精神错乱了，他想变得比他的新主人还要崇拜恶和恨，然而他内心深处潜藏不去的怀念似乎又播下了新的背叛的种子。

以那一堆乱石为原点，塔卡萨恰好处在相反的方向上。这是一座仿佛切出来的城市，有的是致密的盐，有的是方正和极端。盐能使一切“都闪烁出一片耀眼的白色”，方正加白色使居民的房屋变成立方体的“雪屋”，而气候则是没有过渡的酷热和严寒：“白昼的酷热使人们彼此间没有任何接触”，夜间的严寒又“使他们一个个蜷缩在他们的岩盐贝壳里不动，这些干燥的大浮冰上的居民们，这些黑色的爱斯基摩人，一下子又在他们的立方体雪屋中打起寒战来”。总之，“这是一座有秩序的城市，直角、方屋、僵硬的人”，正如真理，因为“真理是方的、沉的、密的”。这就是叛教者所追求的秩序和条理，一种扼杀了人的生命和自由的秩序和条理，而隐藏在其中的正是那“无懈可击”的“恶的统治”。叛教者所渴望的“绝对”在这里得到了满足，然而可悲的是，他的新主人似乎并不像他希望的那样“绝对”，他们居然在法国士兵的刺刀面前屈服了。这是改宗者的悲剧，他总是面临着新的背叛。他想做这个城市的“充满仇恨、备受折磨的公民”，然而他却没有一间属于自己的“雪屋”，他只能在偶像堂中忍受酷刑并为新主人效劳。这偶像堂“比其他房子稍微高些，围了一堵盐墙，没有窗户”。新主人每天“喂鸡似的”扔给他一把米，而他虽然“挖了个坑埋粪便”，却总是闻到“一股兽穴的气味”。他除了挨打，目睹种种可怖的景象，就是这样如野兽般地吃喝。他感到“岁月仿佛在酷热和盐墙的阴险的反射中溶化了，时间不过是一种急缓无定的汩汩声罢了”。他失去了时间观念，他也失去了记忆，他的新信仰只是崇拜“恨的不灭的灵魂”，只是蜷缩在偶像堂的一角“发誓不惜一切代价地背叛”，以便拯救他“独裁的上帝”。

因此，他深夜溜出偶像堂，意味着他又开始一次新的叛教的行为。塔卡萨这地方象征着一种“没有过渡”的极端，一种理性的极端，一种“到达极限”的恶，叛教者终于在这里获得了新的信仰，他不再相信“善”，不再相信“义人”，不再相信“善良的主人”。然而，正如小说的副标题指出的那样，这叛教者乃是“一个精神错乱的人”，他的新信仰自然也是“精神错乱”的一种产物。

那一堆“崩塌的石头”正处在法国中央高原和沙漠中的塔卡萨之间，前者是没有“阳光和清水”的地方，后者是盐和烈日造成的“白色地狱”。作为过渡的这一堆崩塌的乱石，暂时地为叛教者提供了藏身之地。他站在这里，往前可以眺望“紫色的”欧洲，往后可以顾盼“盐山里雕出来的不毛之城”。然而，叛教者不想“处于善恶之间，无所适从”。他选择了恶，然而他竟不能最终地建立起恶的统治。他希望通过“作恶”来跻身于主人之列，但是他终究还是个“卑鄙的奴隶”，甚至没有舌头的嘴也免不了被“一把盐塞住”。作为空间的参照，这一堆乱石为我们标出了叛教者精神演变的转折点。

这世界本是一个混沌模糊、在怀疑中沉沦的世界，然而叛教者却渴望着明晰、肯定和条理。当他的头脑中生成一锅烂粥时，当他那无舌的嘴里“像一颗滚动的石子儿发出的声音”时，他终于明白，只有一件事是肯定而明晰的，那就是他“一直渴望着条理”，他痛感“脑袋里的东西该整理整理了”。对于条理的渴望，实际上是对于绝对的渴望。一切都将从这里开始。他三番五次地嘟囔着“等待”“忍耐”，其实都是为了实现这渴望，我们因此就有了这忍耐和等待作为观察他的心理参照。

他先是投入基督教的怀抱，追求绝对的善。他以令导师惊恐的极端和狂热崇拜上帝，甘愿受尽一切侮辱去最野蛮的人那里传教，通过忍辱含垢的方式证明“绝对的权力”，证明上帝的绝对的善。他越是贬低自己，就越是崇拜他的信仰；他越是崇拜他的信仰，就越是鄙视他周围的教士。于是，他把“使一些一时迷途的老实人改宗”视为“平庸”，而他则要“用言语制服”那些最野蛮的人，让刽子手承认他的权力，因为唯独他才有信仰。这时的叛教者是傲慢的，也是专断的，他那种大无畏的勇气中隐藏着某种无情的冷酷。然而他得等待，他得忍耐，他“还不成熟”。当他不再忍耐、不再等待、“逃离修道院”的时候，他脚下的路正是一条通向极端、通向绝对的路，他将对一切相对、过渡、中间状态采取不宽容的态度。

然而，他一出马便不利，野蛮人的暴力和大自然的严酷立刻就使他败下阵来。他连野蛮人的目光都承受不住，先就在精神上垮了，而偶像堂中十二天的饥饿和殴打则彻底摧毁了他的信仰。当他的舌头（这“言语”的工具）被割去之后，他就完全背弃了过去所信仰的一切，回转来效忠新的主人和新的信仰。这时，他相信“善是梦幻，是个竭力追求而不断推迟的计划，是个永远不可达到的极限，它的统治是不可能的”。他所追求的绝对只能在恶的一边，因为“唯有恶的统治才是无懈可击的”，“唯有恶能达到极限，能绝对地统治”，所以，他“应该为恶效劳，以便建立起它的王国”。决定叛教者的转向和改宗的，原来就是这样实用的考虑。他于是进入了一个像塔卡萨这样极端、绝对、有条理的地方。这里的一切都没有过渡，非冷即热，非黑即白，非直即方，没有“沙漠上本来就稀少的短暂的花朵”，也没有“太阳和沙漠都曾见过的一片怪异的云，一场急而猛的雨”，总之是排除了一切“或吉或凶的偶发之事”。叛教者所追求的绝对和条理，实际上就是这样一个非人的恶的世界。所以，他一旦做了奴隶，就以为可以“打倒欧洲，打倒理性，打倒荣誉，打倒十字架”了。然而不，他还得等待，还得忍耐，因为他的新主人已经屈服于“十字形的短剑”，“恶的统治将被推迟，怀疑将依旧存在，人们还要浪费时间去梦想不可能的善，还要毫无结果地费尽气力，而不是去加速可能的世界的到来”。于是叛教者又一次背叛，又一次以失败告终，同时也又一次陷入等待和忍耐之中。

当我们确定了时间、空间、心理这三个参照之后，我们不难发现，《叛教者》是以极严谨的结构和极清晰的陈述限制着一种杂乱如麻的思想的奔涌，引导着一股狂荡不羁的意识的流动。加缪曾经把叛教者称为“进步传教士”，也曾不无戏谑地称他为“基督教进步主义者”。这称谓中的两种成分很自然地诱使批评家做宗教和政治方面的猜测和探索。加缪当然不是一位为艺术而艺术的文学家，也不是一位耽于玄想的哲学家，然而这并不意味着我们必须将他的思想在某种特定的主义上坐实，方才能够看破这篇小说的意蕴。叛教者无疑具有思想家的特征和卫道者的品格，他们为了追求生活的意义而不惜抽去生活的鲜活汁液，这倒应了加缪在1938年说过的一句话："人有一种奇特的虚荣，本来他向这世界要求着爱，却自以为是在追求着一种真理。"

《沉默的人们》与现实主义问题

阿尔贝·加缪作品的七星版（即批评版，1962年出版）的编者罗杰·吉约写道："有一天，加缪赌气地对我说：'我也想搞一搞社会主义现实主义。'"果然，他写出了短篇小说《沉默的人们》，时在1955年。说"赌气"，是因为加缪从不认为真正的文学创作有现实主义一说，更不用说社会主义现实主义了。

早在1952年，加缪就有了《沉默的人们》的构思，他在《笔记》第一卷中写道："罢工失败后，工人回到工厂（桶业）。他们不说话。车间里的一日。下午，老板半身不遂。工头告诉了一个工人。工人没有说话。下工后不久，他哭了，双臂支着桌子。'尽管是这样，尽管是这样。'"劳资双方本来是对立的，但是对立的双方由于面对死亡的相互一致性而化解了他们的矛盾。尽管老板拒绝了工人的要求，罢工失败了，但是老板瘫痪了，死亡威胁着每一个人，工人还是应该说点儿什么，这是加缪构思的最初用意。从构思到作品，从区区几十字到洋洋数千言，变化的是细节，不变的是精神，变与不变，其含义都有所丰富和深化，丰富的是故事，深化的是思想。

加缪在1955年写成了这篇小说，成为《流放与王国》这部小说集的第三篇，小说集于1957年出版。值得注意的是，小说集共包括六篇小说，其中并没有哪一篇名为《流放与王国》，这说明小说集的构成并不是某种随意的组合，而是有深意存焉，即每一篇小说都是一种流放的形式，至于通向王国的道路或意图则各有不同。小说是构思的发展与深化，与构思相异的只有一点，即老板半身不遂变成了老板的小女儿突然发病，被送进了医院。工人则一言不发，并非他们无动于衷，而是不知道如何表达他们的感情。小说发表之后，长时间不得重视，评论寥寥，不但加缪本人表示过困惑，因为当时的工人读者不曾有过积极的反响，甚至罗杰·吉约也在有关这篇小说的介绍文字中表示："几乎没有任何象征的意图。"不过，近年来情况有所变化，加缪与劳工世界的关系引起了评论者的注意。在美国，有人编了一本《20世纪短篇小说精选》，《沉默的人们》赫然名列其中。于是，《沉默的人们》成为评论界关注的对象，它是否是现实主义小说，也成了一个聚讼纷纭的问题。

小说借助一个工人的眼睛，叙述了罢工失败后复工的第一天所发生的事情：伊瓦尔是一个熟练的制桶工人，"优秀的制桶工人为数很少，他得会装配弯曲的桶板，在火上用铁箍箍紧，不用棕毛或麻就箍得差不多滴水不漏。伊瓦尔会，并且颇为自豪"。在"一大早就活跃起来"的城市里，他一边蹬车，一边想：他已经四十岁了，感到体力大不如前，大海也不如他二十岁时那么有吸引力了，尤其是罢工的失败增加了生活的艰难，“两大片面包中间只夹着奶酪，而不是他爱吃的西班牙式煎蛋或油炸牛排”。他不由得想到黄昏那“甜蜜”的时刻，海湾里水色稍许深了一些：“他下了班，坐在自家的平台上，怀着满意的心情穿着费南德熨得平展展的干净衬衣，喝着茴香酒，那杯子上还蒙着水汽呢。”如今罢工失败了，那是一次“出气的罢工”，失败在所难免，可是老板却说：“工厂不开工，我还省两个钱呢。”还说什么“爱干不干”，然而“一个人是不能这么说话的”，工人的尊严受到了严重的伤害。费南德问他：“你们要对他说什么？”他骑上车，摇摇头说：“什么也不说。”“他骑着车，始终咬着牙，心里憋着一股阴郁的冰冷的怒气，仿佛天也阴了下来。”果然，他对老板“什么也不说”，他的工友们也是“什么也不说”，他们成了“沉默”的一群：对于像战败者一样进厂感到耻辱，于是，“他们不说话”；当工头说：“动手吧？”“他们不说话”；当工头提醒工人，“没有人吭声”；当老板向工人问好，“没有人搭理”；当老板看着一个最小的工人干活，“他一声也不吭”；当老板向马尔库打招呼，“马尔库不理”；当老板大声地说：“你们怎么啦？”“马尔库站了起来，举起桶底，用手掌试了试薄薄的圆边，带着非常满意的神情眯起了无精打采的眼睛，然后一声不响地朝一个正在装配木桶的工人走去”；老板把马尔库和伊瓦尔叫去，解释他为什么不能同意工人的要求，“马尔库望着外面。伊瓦尔紧咬着牙，想说话，但说不出来”；老板的小女儿突然发病，可能是一种致命的病，他们还是没有说话，“伊瓦尔只是感到疲倦，他的心一直很难过。他真该说点什么，可是他无话可说，其他人也一样”；最后老板进来了，“头发有些散乱”，可是他们依旧没有说话，只是老板声音有些嘶哑地说了声“晚安”，“伊瓦尔心想应该叫住他，但门已经关上了”。可以说，复工的第一天是在沉默中度过的。然而这沉默，是有意味的沉默，胜过了千言万语的沉默。老板和工人的关系是一种雇主和雇员的关系，一切由合同管着，而合同的签订是自由的，双方都不可滥用各自的权利。然而，在现实生活中，这种自由要大打折扣，而受到损害的往往是雇员的权益，因为老板可以予取予求，而工人不能“正经地讨价还价”，所以才要有工会这样的组织为工人说话，当然也有“黄色工会”一说。这种不平等的关系，无论在资本主义国家，还是在社会主义国家，都是一种事实，不在于它们的标榜。这里，我们不能不佩服加缪的简洁、清晰、以小言大的风格，他在“沉默”中融进了愤怒、怨恨、痛苦、犹豫、向往等进退维谷的情绪。

如果没有一个契机打破这种沉默的话，沉默将一直持续下去，“沉默的时间越长，就越是不能打破”。然而，没有不能打破的沉默，生活之流总要继续向前，果然，小姑娘的发病使这种沉默发生了变化。一天的工夫，从上班到下班，工人们一直不说话，但是随着时间的推移，这沉默却在慢慢地，甚至微妙地化解着。开始的沉默，是一种愤怒的沉默，老板的强硬“封了他们的嘴”，而“他们是男子汉，不会去装笑脸，作媚态”；接着，他们想说话，但是无话可说，这时的沉默是一种无可奈何的沉默；最后，沉默变成了无言的同情，无论是老板，还是工人，同样面临着死亡。死亡威胁着每一个人，当老板的小女儿被送进医院的时候，工人们自然地生出一种怜悯之情，但是他们不知道如何表达，“粗糙的、使不上劲儿的双手垂在沾满锯末的旧长裤两侧”。有论者说，工人的沉默，此时已由捍卫尊严变成了“残忍”[1],这恐怕有些言过其实了。小说中有言：“在他们无言的脸上，只有悲哀和某种固执的表情。”悲哀，是指他们对于小女孩（包括她的父亲）的同情，而“固执”，则是指他们对老板的情绪还处在调整的阶段，完全是合乎情理的。工人和老板之间，是一种对立的关系，老板“爱给多少”就是多少，工人“只好忍气吞声”，而“那点儿钱是越来越不够用了”。老板可能“人并不坏”，他可以请工人“在厂里吃快餐”，可以在工人有事时，如生病、结婚、受洗等，“送一件银器”，可以过年时送给每个工人五瓶好酒，等等，“但是，他从不到工人家里去，他想不到”。“想不到”一语，看似不经意，却深刻地反映出老板与工人之间可能礼貌而实质冷淡的关

1　摩尔文·勒拜斯克：《加缪》。

系。这正是人与人之间的关系尚处在流放状态的一种表现啊。唯有打破沉默，方能走出流放，进入王国，可是，谁又能这样做呢，老板？工人？总之，老板和工人之间可能相互尊重，但不存在平等的关系，他甚至认为，“他是出于仁慈才让他们干活的”。尤其是一碰到利益攸关的时候，彼此的尊重可能会荡然无存。“人生而平等”，只不过是一种人们为之奋斗的理想罢了。罢工的失败并不是导致工人沉默的原因，而是老板说“爱干不干”时所表现出来的傲慢，这种傲慢冲破了工人人格尊严的底线。伊瓦尔说：“啊，全怪他！”他怪的是老板。难道他们是两种不相干的人吗？看来不是，把他们连在一起的是死亡。人终有一死，人为的隔阂取消不了自然的联系。其实，活着，他们也是连在一起的，只不过活着乃是一种常态，人们习焉不察而已。

这种沉默反映了老板和工人之间交流的障碍：老板不理解工人的困难，只想到自己的“生意受到损害”，他的所谓“爱他的工人”在“利润”面前成了一句空话；而工人虽然要维持他们的生活，然而最重要的是葆有尊严，最让他们受不了的是“为老板效劳”这句话。加缪在1958年为再版《反与正》写了一篇序，希望返回滋养着他的创作的最初的“泉水”，即贫穷和光明的普通人的世界。1952年至1954年，在阿尔及利亚发生了一场手工业的危机，制桶业首当其冲，而加缪的一个舅舅正是制桶工人。有一张1920年拍摄的照片，照片上有加缪的舅舅及其工友，还有一些孩子，加缪正在其中，令人感兴趣的是，照片上还有一个阿拉伯人。加缪写下《沉默的人们》，说明他没有忘记那个贫穷和光明的世界。在小说中，一群法裔或西班牙裔的阿尔及利亚人中间，恰恰有一个阿拉伯人，他的名字叫作赛义德。赛义德虽然贫穷，但不缺少尊严，不肯接受伊瓦尔给他的面包。伊瓦尔对他说："你再请我好了。"他才笑了，"咬着伊瓦尔给他的面包，轻轻地，仿佛他不饿似的"。年纪最小的工人叫瓦勒里，也在照片上。此外，加缪对制桶业的工艺流程及技术术语，都相当地熟悉，"铁箍""木板""刨花""木楔""刨子""电锯"等词汇，运用起来都非常自然。尤其是"大家都闷头干活，渐渐地，一种热乎劲，一种生命力，又在厂里复苏了"，我们仿佛感到加缪的心也"热乎"起来，他的笔禁不住唱起了劳动的颂歌："明亮的阳光透过大玻璃窗，照亮了厂房。在金光闪烁的空气中，烟雾发出淡蓝的颜色，伊瓦尔甚至听见附近有只小虫在鸣叫。"加缪的笔下，阿尔及尔的工人虽然贫困，但他们还有大海和阳光，只有巴黎、里昂等大城市的郊区才是真正的人间地狱。这一切都说明，加缪能够写出《沉默的人们》，并不是偶然的，他有鲜活的回忆作为故事的支撑，他有自己的经历（即制桶工人和他们的劳动环境）作为想象的基础，他还有日后的经验作为对比的参照。

我们还记得，罗杰·吉约说过，《沉默的人们》"几乎没有任何象征的意图"，其实，这篇小说不乏暗示及象征的意味，一件小事或一个简单的形象，往往于轻描淡写中指向一个巨大的事件或一种普遍的现象，如小说写道："他四十岁了。……人到四十，还没有趴下，是还没有，但他早就在准备着了，只不过是稍稍有些提前罢了。"加缪写这篇小说时，已经四十二岁了，他感到创造力有所下降，与萨特等巴黎知识分子有关《反抗的人》的争论，从根本上摧毁了他的自信，再加上旧病，他的确觉得老之将至了。其次，"对于在这里干活的寥寥几个人来说，厂房早就显得过于宽敞了"。了解阿尔及利亚历史的人都知道，加缪写这篇小说的时候，一场深刻的手工业危机刚刚过去，制桶业至此一蹶不振，"破旧""凋敝"等词汇恰恰是适当的形容词。再次，"靠肌肉起作用的工作最终要受到诅咒，那时它也就成了死亡的先行；出过大力气的晚上，睡眠就恰恰和死亡一样。孩子想当小学教员，是有道理的，那些对体力劳动发表长篇大论的人并不知道他们谈论的是什么"。这最后一句，实际上是顺手牵羊，随手刺了一下巴黎的左派知识分子，说的是他们高谈什么"劳工神圣"，实则根本不了解什么是工人，什么是体力劳动。最后，"他真想变得年轻，费南德也变得年轻，那他们就要走了，到大海的那一边去"。大海是地中海，那一边是法国，他们真要离开生于斯长于斯的阿尔及利亚吗？他们真要离开大海和阳光不费分文的非洲吗？伊瓦尔只是想想而已，那里大城市的郊区没有"天空"，也没有"希望"，"阿拉伯人的极端的苦难也不能与之相比"，那才是"苦难和丑恶的双重屈辱”(《〈反与正〉序》)。他由青年时代进入成年，有了妻子和儿子，背上了生活的重负，“渐渐地，他抛却了老习惯，不再有那种激烈运动但却使人心满意足的日子了”。加缪写道:“天黑了，天空中一时间充满了一种温馨的气息，同他闲谈的邻居也骤然降低了声音。这时，他不知道自己是不是幸福，或者是不是想哭一场。至少，他此时此刻的心境是和谐的，他没有什么要做的，唯有等待，静静地等待，而他不知道在等待什么。”此情此景，人物心理微妙精细的刻画，让我们今天读来，仍不免有所动于衷。

《沉默的人们》充满了生动的细节，细节中洋溢着浓郁的生活气息，显示出作者和他笔下的世界有着非常熟悉的关系，这与加缪以往的小说给人的印象有很大的不同。“海堤的尽头，水天一色，明晃晃一片”，伊瓦尔有“一条瘸腿”，他想“三十岁的运动员就被称作老将”;“平展展的干净衬衣”，盛酒的杯子“蒙着水汽”，“奶酪取代了肉”；老板的房子“墙上长满了爬山虎，台阶上掩映着瘦弱的忍冬花”；工头“已经光着脚了”(只有他和赛义德是光着脚干活)，他的眼睛浅得“仿佛没有颜色似的”；工人们“都穿着旧毛衣和褪色的、打满补丁的长裤”；“刨子碰在木结上，发出吱吱声”；老板的“脸上瘦骨嶙峋，仿佛用刀削过”;“埃斯波西托就着滚烫的锅喝了剩下的咖啡，一面咂着嘴，一面骂骂咧咧”；大锯噬咬着新鲜的木板，“从咬开的地方冒出一股湿润的锯末”；洗澡时，埃斯波西托“这头大熊的确总是固执地要遮住下体”；伊瓦尔“推出自行车，上车时又感到了腰酸背痛”；等等。这一切或道出了老之将至的悲哀，或透出了平静生活的惬意，或反映出制桶业的凋敝，或暗示出工人的贫困，或表现出一个人或一件事的特征，总之，这些细节的描写使这篇小说显得很丰满，很滋润，展现出一副现实主义小说的模样。

加缪写有一篇“请予刊登”的文字，随《流放与王国》一同发行，这篇文字是这样说的："《堕落》在成为一则长篇故事之前，曾是《流放与王国》的一部分。这部小说集包括六篇短篇：《不贞的妻子》、《叛教者》、《沉默的人们》、《来客》、《约拿》和《生长的石头》。流放是唯一的主题，用六种不同的方式来处理，从内心独白到现实主义故事……至于题目中说的王国，它与某种自由、不加修饰的生活相吻合，我们正在寻找这种生活，以图再生。流放以它特有的方式向我们指明了通向王国的道路，只要我们在流放中既拒绝被奴役，又拒绝主宰他人。”其中所谓“现实主义故事”，指的就是《沉默的人们》。既然作者本人都承认《沉默的人们》是一篇现实主义故事，评论家们为什么还在一旁说是说非，甚至还可能争得面红耳赤呢？当然，评论者有权不理会作者的自白，尽可以有自己的理解和阐释，往往还能言之成理，这是批评史上常见的现象，但是，加缪一方面反对现实主义，一方面又说什么“现实主义故事”，这岂不是自相矛盾吗？

对于现实主义，加缪有他一贯的看法。1950年3月，加缪在《笔记》第二卷中写道："在艺术上，现实主义是一种绝对的神。"这里，我们想到了斯宾诺莎的名言："神，我理解为绝对无限的存在，亦即具有无限多属性的实体，其中每一属性都表现出永恒无限的本质。"1951年10月，他出版了《反抗的人》，集中地阐述了他对现实主义的观点："人们通常所谓的现实主义小说，就是最为直接的现实的再现。如果不加取舍地再现现实，这种办法可行的话，那么它无非是毫无效果地复制天地万物……现实主义就是猴子的艺术，因为猴子对于现存的事物都表现出心满意足，总要加以模仿。其实艺术永远不可能是现实主义的，虽说它有时企图成为现实主义的。如果要达到真正现实主义的要求，那么就必须无止境地描写事物。"（这里用的是已故冯汉津教授的译文。冯汉津教授英年早逝，本文作者在此对他表示敬意。）这里的关键是"心满意足"一语，于是他把"复制""模仿"等看作现实主义的要义，从而提出文学创作的根本在于"修正现实"。1955年1月，加缪在给罗兰·巴特的信中说："我不相信艺术上有现实主义。"同年，加缪在一篇为马丁·杜伽尔的作品写的序中说："那里有一条不能越过的界限，这条界限不支持任何绝对现实主义的意图，但是在现实和风格化相交的地方，艺术却可以渐渐地获得圆满的成功。"他所说的"界限"就存在于对现实的修正之处。1957年12月14日，他在斯德哥尔摩的演说中说："现实主义是不可能的。专制在这里和在别处一样，是一针见血的：在它看来，现实主义首先是必要的，其次是可能的，条件是它愿意是社会主义的……换句话说，社会主义现实主义的真正对象，恰恰是还不是现实的那种东西。”加缪反对资产阶级的现实主义，认为那是一种黑暗的文学，也反对社会主义现实主义，认为那是一种“教诲”的文学，这两种文学都背离了“真实”。然而同时，他又不止一次地申明，“现实主义的抱负是合理的”，艺术不能“服从现实”，也不能“脱离现实”，因为“在某种意义上说，艺术是对世界中流逝和未完成的东西的一种反抗：它只是想要给予一种现实以另一种形式，而它又必须保持这种现实，因为这种现实是它的激动的源泉”（《艺术家及其时代》）。其实，这种矛盾是一种表面的矛盾，其根源在于对现实主义这一概念理解上的分歧，我们完全可以有另外一种定义。

一种思想，一种观念，一旦与主义挂上了钩，必成为一把双刃剑，有其利，亦有其弊。利，在于它从此获得了一种说服、控制和动员的力量；弊，在于它必然产生并捍卫一种直到僵化的教条主义。思想界不能没有主义，但是，一个主义泛滥的思想界，必然是一个日渐枯萎的思想界。一个标榜某种主义的作家，可能是一个好作家，但绝不可能是一个伟大的作家。即以现实主义论，可以略知一二。从起源处说，例如法国，不过是几个作家和画家在19世纪30年代针对浪漫主义而提出的一种创作思想或方法，1855年画家库尔贝用“现实主义”一语统领他的作品。从此，现实主义大行其道，原来它是指只从事物的物质方面获得表现的意义，于是，现实主义文学出现了底层社会灰暗、猥琐，甚至丑恶的场面，所谓“乡村的、粗俗的，甚至粗野的、无礼的”（波德莱尔语）。《恶之花》出版后，被官方指责为“现实主义”，受到严厉的惩罚，就是一个著名的例子。现实主义成了一顶指责、批评、谩骂，甚至惩罚的帽子。此处不能细说现实主义的历史，只可以说，到今天为止，将近两百年的历史中，继现实主义之后，又出现了批判现实主义、革命现实主义、积极的现实主义、社会主义现实主义、无边的现实主义、开放的现实主义等不同的名目，人们根据不同的需要和认识，赋予它以不同的含义和内容。随着外延的无限制的扩大，现实主义也变得越来越模糊了。批评家或具有理论野心的作家可以使用现实主义这个概念，或阐释，或批评，甚至攻击；但是，若一个作家在创作过程中使用或标榜现实主义，那情况可能不妙。请以社会主义现实主义为例。《苏联作家协会章程》（1934年1月）明文规定：“社会主义的现实主义，作为苏联文学与苏联批评的基本方法，要求艺术家从现实的革命发展中真实地、历史地和具体地去描写现实。同时艺术描写的真实性和历史具体性必须与用社会主义精神从思想上改造和教育劳动人民的任务结合起来。”这是关于社会主义现实主义的经典论述，其具体内容包括真实性、典型性、人民性、理想主义等。别的不说，就真实性一条，《沉默的人们》就不符合，因为按照社会主义现实主义的观点，老板和工人的矛盾是你死我活的矛盾，根本不存在“好心”的老板，也不存在“同情”的工人，因此，就整个的倾向来说，《沉默的人们》根本算不上社会主义现实主义小说，加缪的确是在“赌气”。然而，从物质层面、细节描写、人物关系、生活本质上说，《沉默的人们》又确确实实是一篇现实主义小说，他有理由说它是一个“现实主义故事”。这篇小说描绘了真实的生活场景，再现了生活的本来面目，颠覆了“老板欺压工人”这样的教条，暗示了放之四海而皆准的现象是不存在的。如果一定要使用现实主义的概念的话，《沉默的人们》是一篇真正的现实主义小说。

批评家可以视现实主义为一件分析和评价的利器，作家如将其作为创作的指导，那就可能是一个紧箍咒了。其实，一部作品是否是现实主义的，并不重要，问题的关键在于它是否表现了生活的真实，在这一点上，批评家和作家的意见往往不一致，例如，被认为现实主义大师的斯丹达尔、巴尔扎克、福楼拜等人，其作品就不是现实主义所能概括的，他们都有着浓厚的浪漫主义色彩，而福楼拜就根本不承认自己是现实主义者，他说：“我憎恨被众口一词地称作现实主义的东西，虽然人家把我派作它的大祭司之一。”可以毫不夸张地说，凡是能用一种主义范围的作家，或者自我标榜某种主义的作家，绝不是一位伟大的作家。

我读《来客》

初读之下，加缪的《来客》与一般的现实主义小说没有什么不同。它有典型环境：故事发生在阿尔及利亚的一片荒凉的高原上，更准确地说，是在一座孤零零的小学校内外。它有深广的背景：阿尔及利亚战争迫在眉睫，“大家都在说要发生暴乱了”。它有典型人物：小学教员达吕是一个出生在阿尔及利亚的法国人，自认“离开了这个地方……不能真正地生活下去”，在这场殖民地人民争取正义和尊严的斗争面前，他感到进退维谷，无所适从。它有相当生动的情节：收放阿拉伯犯人的过程，称得上一波三折，引人入胜。它也有大量准确的细节：警察和犯人的上山，达吕和警察的对话，达吕和犯人共居一室，犯人的举措，达吕的思索，还有关于自然环境的描绘，等等。这些还不足以构成一篇现实主义小说吗？足够了。然而，掩卷沉思，似乎还有什么东西让人牵肠挂肚，疑窦丛生：这小学教员为什么离不开这个并不亲切的地方？那犯人为什么舍弃自由而自投监狱？他的亲友为什么要威胁并不与政府站在一起的小学教员？文中反复提到太阳，究竟有何寓意？这些问题并非没有答案，然而令人为难的是，答案很可能不是一个，而是好几个。这些问题会使人禁不住再读一遍、两遍，乃至许多遍。于是我意识到，《来客》不只是一篇现实主义小说，它有寓意，有象征，似乎更可以说它是一篇富于象征的哲理小说。

我读《来客》，反复咀嚼，心中突然冒出了一句话："藏大千世界于芥子之中。"这是人们谈论微雕艺术时常常借用的一句话。我突然想到它，看似没头没脑，但想想也有些道理。不是吗？举凡阿尔及利亚战争，殖民统治的恶果，殖民地人民的贫困，移民的惶惑，移民与土著的矛盾，人与大自然的关系，人与人交流沟通中的误会，选择的痛苦，决定的艰难……从日常生活中的偶然到形而上学的思索，都包容在这篇万把字的小说中了，这岂不是芥子之中藏大千吗？然而细想下去，小说究竟与微雕不同。一件微雕作品是可以通过放大镜来欣赏的，面对《来客》，放大镜却不济事了。一片荒原，放大了仍然是一片荒原；一轮烈日，放大了依旧是一轮烈日；"又矮又胖"的小学教员，放得再大也还是"又矮又胖"……放大镜只能对实存的东西发生作用，对虚有的意蕴却无能为力，因为它只能放大，不能透视。把"藏大千世界于芥子之中"这句话用于《来客》，充其量只能说明它笔墨经济、内容丰富，却不能解决它给读者留下的疑问。意义含混，幽微难明，是现代小说的特点。加缪的这一篇既有现代小说的多义性，又具传统小说的明晰性，两相纠结，往往使浅尝辄止的读者半途而废，难以登堂入室，留下入宝山空手而返的遗憾。所以我说，读《来客》放大镜不济事，需要的是一种穿透力，透过表面的明晰平淡，洞幽烛微，看到内里的意蕴。

未雨绸缪的阿尔及利亚战争，法国教员达吕对这片土地的难解难分的留恋，阿拉伯犯人的愚昧和软弱，他们之间的那种天然的却不能发展的友爱之情，人与人之间理解的困难，殖民统治的不义和土著居民的穷困，这些都曾经被某些论者指为作品的主题，但我以为这些都还只是作品的物质外壳，里面还藏有更深刻的内核，而这是需要穿透外壳才能发现的。那么，我们靠什么来穿透这层坚硬的外壳呢？

《来客》是加缪的短篇小说集《流放与王国》中的一篇。这部小说集包括六篇短篇，其中并没有哪一篇叫作《流放与王国》。加缪用这样一个总名统摄全集，其用意是明显的。他用流放和王国这两个概念说明人的两种生存状态，流放是现实的状态，王国则是理想的状态。他认为，人来到这个世界上，并非如鱼得水，有一个适于生存、可以得到幸福的环境，相反，他仿佛离开了家乡，处于流放之中，但他又无时无刻不向往着家乡，向往着王国，即“自由的、赤裸裸的生活”。那么，流放和王国是绝对对立的吗？却又不然。王国并不在这个世界之外，就在流放之中。“流放以它特有的方式向我们指明了通向王国的道路，只要我们在流放中既拒绝被奴役，又拒绝主宰他人。”人在这个世界上流放，也在这个世界上进入王国，流放的痛苦和王国的幸福是互相渗透的，获得了自由、尊严和正义的人虽然免不了流放的命运，却可以在流放中获得幸福，相对的幸福。说到这里，我们似乎已经找到了一把钥匙，可以用它来打开《来客》厚密的外壳。

小学教员达吕是处在流放之中吗？是的。他的学校位于“荒凉”的高原上，被“又白又脏的雪”团团围住；若是出了太阳，周围的土地又“像焙烧过似的”，“干得像烧过的石灰”，而“耕耘只是为了收获石头”。他感到的是“孤独和寂静”，看到的则是“在阳光下流浪、衣衫褴褛、骨瘦如柴的人们”。他被迫解送一名犯人，良心上受到谴责，决定的艰难又使他焦躁苦恼。当他终于下了决心，刚尝到一点如释重负的喜悦时，又立刻受到报复的威胁，因为他的行动并未得到人们的理解。他真是进亦忧，退亦忧，左右为难，岂非不得其所，处于流放之中吗？

然而，他也毕竟有自己的王国。他有充足的给养，不怕大雪封山。他“所求无多，安于淡泊艰苦的生活”，“觉得自己像个大老爷”。他可以像主人一样“待客人”（那犯人不就是“来客”吗？）。他终于卸下了良心上的重负，“兴奋的心情油然而生”。他也能够尽情地“啜饮清凉的阳光”，因为他维护了自己的“荣誉感”，把选择的自由给了那犯人。仿佛沙漠中的一块绿洲，达吕在流放中为自己找到了一个小小的王国。当然，这并不是一个绝对的王国，只是因为他“生于斯，长于斯，到了别的地方，他就有流落之感”。

人如此，环境亦然。流放与王国是一种象征，更确切地说，是象征了一个世界的正反两面。《来客》中的许多形象也是象征，象征了一个世界的正反两面。看那小学校的教室，门朝东，通向政府的监狱，窗朝南，通向游牧人的牧场；奴役和自由在这里交会。小学教员是有尊严的自由人，杀了人的阿拉伯人是被凌辱的囚犯，他们夜间共居一室，彼此间产生了“一种奇特的联系”：一种“友爱之情”。一个是外来的法国人，一个是本地的阿拉伯人，然而，“离开了这个地方，他和他都不能真正地生活下去”。对太阳的描绘，尤其值得玩味。一方面，它照见了“沙漠的门户”，再过去就是游牧人的自由天地了；它可以清除路上的积雪，让孩子们上学；它有时是“温柔而明亮”的，使不毛之地变得“亲切辽阔”；在雪后初霁的时候，它又是“清凉”的，让鸟儿“发出一种欢快的鸣叫”，人也会感到“兴奋”。另一方面，太阳也会“抖威风”，“烧烤”着大地，带来干旱，使“羊只成千成千地死去”，使“一些人咽气”；它也可以使平原上升起“热腾腾的水汽”，晒得人的“前额火辣辣的”。同一个太阳，可以给生活带来便利，也可以给生活带来困难；既能使生命繁盛，又能使生命枯萎。总之，温暖和酷热，善良和凶恶，给予和夺取，可亲和可憎，一正一反，集于一身。而人的处境似乎就是如此，他始终处在正反两种力量的作用之中。

流放与王国，两条道路摆在人的面前，但是他有选择的自由和决定的能力吗？小学教员达吕可以“所求无多，安于淡泊艰苦的生活”，但是他不能阻止警察把一名犯人交到他的手中，让他承受起决定的重负；他可以把粮食“分给那些家庭遭受旱灾的学生”，但是他不能不看到这样一个事实，即“灾难落到了他们每一个人的头上，因为他们都很穷”；他可以感到他和共居一室的阿拉伯犯人中间“必然生出一种友爱之情”，但是“当前的情势”却不允许他培育这种关系；他可以把选择的自由给予那犯人，但是他不能料到后者会自投罗网；他可以“咒骂自己的同胞”，因放走了阿拉伯人而维护了自己的“荣誉感”，但是在阿拉伯人的同胞的眼中，他依然是向政府“交出了”他们的兄弟。他是有自己的小小的王国，然而这王国是多么虚弱啊！一点点变故就可以使它遭到破坏。这正是加缪的悲哀。他认为，人类的命运是悲观的，个人的生活却可以是乐观的，用他评论一位诗人的话说，人生是“悲剧性的乐观”。就《来客》说，他对这乐观是不大有自信心的。

在加缪的小说中，《来客》是颇为特别的一篇。它不仅充满了准确的细节描写和心理刻画，而且不乏波澜，尤其是结尾，横生枝节，出人意料，于不经意中淡淡几笔，使人在不胜惊讶之余，陷入沉思，不能不去探索全篇文字的深层意蕴。但总的说，《来客》还是表现出加缪小说的一贯风格。他于小说中追求哲理，但并不故作高深，堆砌概念，而是处处以平实语出之。用形象图解观念或是居高临下地教训读者，是哲理小说极易犯的毛病，加缪的小说却无此病。他总是以朴素无华的语言和老老实实的态度说出他之所想，自信而不狂妄，谦虚而不自卑。《来客》虽然以其情感的流露、故事的曲折和细节的丰富使一些熟悉加缪作品的读者感到生疏，但是耐心又细心的读者仍会发现，加缪既打动了读者的心灵，又开启了读者的智慧。

《约拿》别解

读《约拿》，常令人扼腕。那画家百般腾挪，就是摆不脱种种的羁绊，终被逼进“一个又高又深但很狭窄的阁楼一类的东西”里，幽居独处之难，竟至于斯。细读《约拿》，作深一层想，又常使人有解脱之感。那画家钻进阁楼，几天几夜，不吃不睡，在烛影摇曳中作了一幅空无所有的白画而后虚脱，真有达摩面壁的意味，总是悟到了什么。

《约拿》乃《流放与王国》中的第五篇，副题为《工作中的艺术家》，大约作于1953年，据说是加缪深为创作力衰退所苦而“练手”[1]的作品。说是“练手”，其实一出手即不凡。其语言看似粗放，实则极为简约；其内涵看似单纯，实则所蕴极厚；其结构看似平直，实则颇多内部的曲折；粗线条的描写，大跨度的叙述，看似匆匆忙忙，实则有疏能走马、密不透风的气度；尤其是结尾，看似荒诞不经，实则含不尽之意于言外，使人不能不作深一层想。其貌不扬，其神能远，内秀也。

1 加缪：《戏剧、小说、短篇小说》，伽利玛出版社，1962年版，第2039页。

然而，《约拿》这篇小说似乎并没有在批评界激起多大的热情。从不多的评论看，批评家们又多是浅尝辄止，更有“足将进而趑趄，口将言而嗫嚅”者，终不能探到作品的底蕴。究其原因，“练手”之说固然不能辞其咎，但“自传”之说也许设置了更大的障碍，使批评家们忙于在作者加缪和主人公约拿之间寻找异同，满足于体会加缪当时的苦恼或者（扩大一点说）成名的苦恼，虽心有戚戚，却不能窥其堂奥。

如副题所示，小说讲的是一位艺术家的故事。约拿“自认为福星高照”，先是在父母的“漫不经心”之中度过童年，接着“没有经过特别的努力就结束了学业”，很快又不费力气就精于绘画，随后就“一心扑在了绘画上”。其用心之专且诚，竟把恋爱也挤了。幸亏他出了车祸，“右手缠上了绷带不能动，心里烦闷”，才找上了路易丝。他身为画家，却认为自己完全不必读书，因为有路易丝替他读，“使他知晓当代新发现的大概”，如存在主义的“自我选择”等等。他是个“淳朴的画家”，“不大懂当代人画的东西”，因此常感到“窘迫”。然而他成名甚早，很快被大群的崇拜者包围。他甚至在不知不觉中开了宗立了派，因此弟子们蜂拥而至。然而，受人倾慕和接受友谊是要付出代价的，他又天生一副好脾气，于是，在他家里清谈竟日的朋友们剥夺了他的时间和空间，希望得到鼓励和赞扬的弟子们则用自己的草图“享受最好的光线”，甚至“上流社会的人现在也纷至沓来”，结果，“他的朋友愈是变得有趣，他的作品反而愈见其少”。加上结婚生子，住房狭小，他竟落到只能晚上在厨房里作画的地步。还有电话、信件、饭局、签名、约稿等数不清的要求使他穷于应付，得不到片刻的安宁。“他只能幻想一种新的安排，将友谊的乐趣和烦恼的好处调和起来。”然而一次又一次的安排竟不能奏效，他终于“精神涣散、疲惫不堪、想入非非。他想绘画，想他的天职，就是不想画”。他只有逃避一途，逃到酒和女人中去，然而这又恰恰给他带来新的烦恼：有人说他“抵抗不了成功”，有人说他“完了”，有人说“如果他不再微笑了，那是因为他对自己很满意”，还有人发表“有保留的文章”，“有几篇措辞之恶毒令他心碎”。最后他躲进“阁楼”（实际是他自己扛来木板搭成的吊铺），在“如同沙漠和坟墓一般”的黑暗中“倾听着自己的心跳”，直至昏厥，留下一幅神秘的画。那是怎样的一幅画啊，“上面空空如也，只是在当中，约拿写了一个非常小的字，可以看得出来，但不知应该读作solitaire（法文，孤独的）还是solidaire（法文，友爱的）”。这就是约拿的故事，身为名累，人为物役，算不得新鲜。如果把作家加缪认同于画家约拿，把约拿看作是加缪的自画像，让他当一回传声筒甚至出气筒，那么，纵使加缪那亦庄亦谐的调侃每每使阅读的人绽出快意的微笑，渐进而浑然无迹的口吻转换终于使阅读的人产生了深切的同情，也至多不过让人慨叹“做人难，做名人更难”或者痛感“名声之虚妄”。那阁楼，那白画，将被当作走投无路的讽刺和创作无能的隐喻而供浅尝者一笑，其深意遂失焉。

对于《约拿》，批评第一步就踏上了歧途。《约拿》一面世，批评家们很快就在约拿身上看到了加缪，并以日记、书信及同时代人的回忆作为支持。随后，持精神分析方法的学者则将其著作的一章径直书为《约拿——工作中的加缪》[1]，传记作者甚至将小说中主人公找的房子证实为当年加缪在巴黎第六区塞吉尔街上的住所[2]。在1987年出版的一本著作中，作者明确写道："具有很强自传性的小说《约拿》开出了一个差不多是完整的清单，历数50年代使加缪不堪其苦的那一切。"[3]小说的自传性质很快为批评家们所接受，并几乎成为一种共识，小说的主题于是变得了然："加缪开始感到不安的那种名声的悲剧，所求甚苛的友谊的悲剧，家庭生活及创作贫乏的悲剧，这就是《约拿》带着一种挖苦人的微笑向我们述说的一切。"[4]显然，这种建立在自传之上的概括是把《约拿》的主题归结为艺术家对孤独的追求及对友谊所感到的幻灭。然而，细心的阅读会使我们感到，《约拿》的主题并非如此单纯，更非如此明了。文笔的澄澈并不意味着内容的浅显，也许它倒是预示着一方静水深潭，其下有活跃而神秘的鱼龙变幻。

1　阿兰·高斯特：《阿贝尔·加缪或未来之言》，巴约出版社，1973年版，第206页。

2　赫伯特·R.洛特曼：《阿贝尔·加缪》，瑟伊出版社，1978年版，第522页。

3　罗杰·格勒尼埃：《阿贝尔·加缪：阳光与阴影》，伽利玛出版社，1978年版，第274页。

4　加缪：《戏剧、小说、短篇小说》，第2054页。

果然，已经有批评家注意到《流放与王国》的“含混”，指出集中“所有的小说几乎都以含混结尾，而且可以说是一种确定的含混”，尤其是《约拿》，其结尾之含混最为“确定”。这位批评家接着写道：“画家精疲力竭，从‘阁楼’上下来，告诉家人一大消息：杰作已完成。然而，他画了些什么？仅一词耳；我们不知道这个词是‘孤独’还是‘友爱’。然而我们确信那不是一种微不足道的结果，因为与克拉芒斯[1]不同，约拿并不在一种普遍的混乱中沾沾自喜，他知道如何限制和确定基本的含混。”[2]执着于自传说的批评家们正是在“含混”面前止步的。他们过于热心地在小说主人公的身上寻找小说作者的身影，怀着对加缪的同情解释约拿的遭遇，故小说只能停留在文字的表面，并且完全不能解释小说的结尾。

自从1930年英人燕卜荪《含混七型》以来，无论有多少争议，含混作为批评概念永久地告别了往日的贬义，成为批评家剖析作品的利器，并且日益冲破语言特征的范围而扩展到作品的宏观形象，打开了崭新的批评视野。就《约拿》而言，以燕卜荪的含混概念立论的批评家取用的是含混的这种类型：“所指仅为一物，但所暗示的乃是好几种可能的态度。”[3]这就是说，对于画家约拿平凡的悲喜剧，我们可以而且应该有作者自传以

1 加缪的小说《堕落》中的主人公。

2 彼得·克利勒：《批评结语：流放与王国》，米纳尔出版社，1973年版，第29页。

3 同上，第19页。

外的理解。

小说用的是第三人称，这有利于作者转化为叙述者，拉开了他与主人公之间的距离。叙述者以调侃的，甚至滑稽突梯的口吻介绍成名前的约拿。行文中往往有刺，举凡约拿的父母、经历、恋爱、住房等等，无一不被或轻或重地刺中，当然，约拿也未能幸免，每每被刺得很疼。约拿的父亲仅仅因为妻子热衷慈善事业就自认奥赛罗，说是“受够了穷人的欺骗”，遂以“男女关系问题”为由离婚，这的确是一种“特殊的奸情”，难为他想得出。他作为法国最大的出版家，坚信“人们读书愈少，买书愈多”，并专门出版以性为内容的书，因为“性是永远具有现实性的唯一题材”。这里显然有当时担任伽利玛出版社阅稿人的加缪的切身体验，其讽刺可谓一针见血。而约拿呢，是“福星高照”，事事顺遂，虽专心绘画、不肯旁骛而险些误了婚姻大事，却终于因祸得福，有了闲暇去爱上一位“小蚂蚁”，这小蚂蚁果然勤快，除了替他收拾床铺、买衣送花之外，还替他看书，甚至拖着他“跑美术馆和画展”。叙述者于是顺便在存在主义的屁股上踢了一脚，我们在这里听见了加缪得意的窃笑。至于那房子，叙述者更是不肯轻轻放过。他用了不少诸如“平行六面体”之类的技术术语，将其本应具备的宜室宜家的性质扫荡殆尽，当然也不失时机地挖苦了一番房主的精于算计。这房子非同小可。约拿的童年、学业以及习画的过程，皆以叙述出之，时间跨度很大，疏疏朗朗几笔，就匆匆到了约拿成家立业的时候。独独对这房子，叙述者却腾出手来，细细地描绘了一番且笔下常常流露出讥讽，妙在种种不便都被主人公憨态可掬的宽容抵消，甚至化消极为积极，不乏总能转败为胜的阿Q的风采。那房子陈旧吗？不要紧，“艺术的创新要在陈旧的环境中进行”，约拿深信这一“法则”。那房子太狭小吗？没关系，其独特乃在于“在狭小的面积上给人提供大量的空气”，虽然“空气容量大”并不曾少算钱。窗户太大，但可使“阳光充足”；窗户太多，却不必都挂上窗帘，因为他们“没有什么要遮遮掩掩”；淋浴室太小，但人可以“一动不动”地接受水流；厨房亦可充当餐厅，只要人肯站着；等等。房子占了如此多的笔墨，因为它事关重大，约拿的画室从大房间搬到小房间，搬到卧室，搬到走廊，搬到浴室，再搬到厨房，最后搬到那阁楼一样的东西里，他差不多不出房门就走完了整个的人生旅程。孤独也好，友情也好，都在这套房子里得到和失去。笔笔写房子，笔笔也在写人。实际上，叙述者说到房子，口吻已经有了变化，暗中调侃开始向严肃转化，约拿的阿Q精神因环境的迫促和外界的袭扰渐渐引起读者的思索和同情。叙述口吻转化的完成，是在约拿成名之后，此刻的讽刺不露声色、若有若无，而且放过了约拿，只对着他的周围。约拿生性随和，喜欢会见朋友，他“喜欢晚上出去”，无奈“大部分时间，朋友只是请吃中饭”；朋友们整天泡在约拿家里，一边还“请求约拿继续工作”，因为他们知道“艺术家的时间的价值”；他的弟子们更使他惊讶，因为他很快明白，“一个弟子并非一定是某个想学习什么东西的人。相反，更为经常的是，人们做弟子，是出于教导先生的无私乐趣”。果然，他的意图要有弟子向他揭示，他画了什么要由弟子向他指出，在弟子的“丰富”之前，他竟是如此地“贫乏”。他还必须忠于由他的弟子们确立的“他的美学”，因为他们不允许他“随心所欲”。为了使渴望得到鼓励的弟子们满意，他还“建立起一个评语的武器库”，以使他的赞扬“因人而异”，并且“惯常的可亲”还不行，“要做到可亲得巧妙”。谁能不佩服潜移默化的力量？这“心地纯洁”的约拿居然也学会了虚伪！然而，我们对于约拿，有的只是惋惜和同情。到了约拿“名声跌落”而被逼进阁楼的时候，叙述者调侃的口吻就消失殆尽了。我们在慨叹“身为名累、人为物役”之余，焦急等待的怕只是约拿的福星能否“走出这晦暗的迷雾”了，而其成败之关键则在于他能否摆脱种种的“妨碍”，找到他在孤独中进行沉思的一方净土。然而约拿内心一直是惧怕孤独和寂寞的。他也不是一个喜欢沉思的人，他渴望的是友谊、爱情和理解。他不曾料到的是，他所得到的嘈杂、热闹和不真诚的趋奉竟迫使他反转来向往孤独，而这孤独偏不可得。团结乎，孤独乎，人与人？约拿茫然了。

约拿的不幸乃是日常烦恼不断蚕食的结果，并没有什么重大的变故使他的命运发生突然的转折。他天生的乐观虽然能够在种种真实的不利中发现种种虚假的有利，却终于不能使他挽回事情越变越糟的大趋势。这是一种极普通的人生情境，却足以断送一个人的事业和幸福，思之能不令人悚然以惧？其实，约拿始终在“孤独”与“友爱”之间徘徊，似乎并不清楚他究竟要什么。他几乎可以说是幼失怙恃，但是他得到了“交织着钦佩和恩赐的友谊”。他除对绘画外“似乎对什么都不感兴趣”，“对日常生活中的人和事，他只是报以善意的微笑，免得关心”。他淳朴到了简单的程度，原本没有孤独或是烦恼这类哲人的烦恼。他第一次体会到“孤独”的价值，是在他不得不“做出努力去跑商店”之后，这种努力的奖赏是夫妇俩“一小时的孤独”。除此之外，尽管有朋友和弟子的叨扰，他仍然想不到要抱怨，纵使他觉得工作受到了影响，他也总能找到理由使自己释怀。“人们愿意和他一块儿吃中饭、闲聊”，他是“又惊又喜”。朋友们在他家里越来越随便，每每“谈至深夜”，虽然误了第二天早上的阳光，他“也很高兴一个晚上知道那么多东西”。他的弟子“向他长时间地解释他所画的东西及其缘由”，他竟有“一丝骄傲之感掠过心头”。明明是信件多到不能及时回复，他却“总是感到误了时，犯了罪”。他的时间和空间已经这样被蚕食净尽，而当他不能与朋友见面时，他仍感到“心里难过”。“他对一切人都有感情”，只是“生命短促，光阴飞逝。他的精力也有限”。于是他只能叹息：“难的是既要描绘世界和人，又要同时和他们一起生活。”他甚至同情妨碍他画画的那些画家朋友，原因是他们也“孤独”。他从不怨恨他们，他只要他们给他“一点儿爱”。他爱妻子，孩子们的快活健壮使他“感到幸福”，而“没有了他们，他只会发现空虚和孤独”。在种种干扰和妨碍面前，谁听见约拿抱怨过一声？没有，他只是躲避和逃跑。即使他最后被逼进了那“如同沙漠和坟墓一般”的地方，他也只是“微微一笑”，而且仍然听见了外界传来的种种声音，尽管都像“压低了一半”。看起来，“友爱”所意味着的人与人的交往对他更为重要，他只是在不堪其负时才想到“孤独”的可贵。可以说，躲进阁楼之前的约拿是消极地徘徊于友爱和孤独之间，他不愿进行选择，又不能进行选择。然而他确实在追寻着一种平衡，尽管他只能如一只倦飞的夜鸟，“绕树三匝，无枝可依”。他虽然已被逼入绝境，却仍在朦胧中期待着“真相在一片白光中出现在他的眼前”。约拿的不幸提出这样一个问题，即白光能够在对于“友爱”和“孤独”的执着中出现吗？所谓“真相”究竟是什么？这恰恰又是以“含混”立论的批评家止步的地方。可见，满足于“含混”，仍有浅尝辄止的危险。我们不能五十步笑百步，我们必须对约拿的遭遇给予进一步的解释。

约拿自入阁楼始，到留下一幅白画止，不多几日便成就了人生一大转折，其间种种，最堪玩味。我们且来看约拿在那阁楼里做了些什么。细细算来，他似乎什么也没做，他只是屏息静气，面壁“思考”。他思考什么，似乎也是语焉不详，或竟根本是子虚乌有。他只是躲开了“刺眼的光亮”，在阁楼的

"阴暗"中"感到舒适"。这是他从未有过的体验。他身处如同沙漠和坟墓一般的黑暗之中,"他倾听着自己的心跳"。他面对的不再是外物,他面对的是自身。他开始摆脱外在的羁绊,无论是"友爱",还是"孤独",都"从此与他无关"。他进入一个圆融无碍的新境界,身心俱空,无偏无执。外面传进的"压低了一半"的种种声音,"急切而执着"的电话铃声,都在他的内心的沉寂中消失了。"他在自己身上听着这寂静。"寂静而可听,几类"禅定"。何谓禅定?六祖惠能有言:"外离相为禅,内不乱为定。外若著相,内心即乱;外若离相,心即不乱。"[1]约拿此刻心中,一种充满喜悦和自在的澄明之境渐渐露出端倪,洋溢着活泼泼一片生机。他终于明白,他坚信却又捉摸不定的"星辰"(他的"福星")正"准备着在这些空虚的日子的一片混乱之上,重新升起,钻出云层"。他千寻百索的"真相"就要出现了,尽管"他还得思考更长的时间"。这里,叙述者又一次让约拿"思考",其实这里本没有"思考"插足的地方。约拿不是在思考,他是在体验。叙述者是西方人,尤其是笛卡尔主义者,总以为人在静默中一定是用理性和逻辑来思考,殊不知此时的精神活动已与理性和逻辑无涉了。约拿的问题,理性和逻辑解决不了,这正是他一次又一次地"安排"却终于不

1 《六祖坛经·坐禅品第五》。

能奏效的根本原因。果然，“除妄得真，寂而忽照”[1]，“一天晚上……灯第一次点着了”。这是约拿的心灵之光点燃了蜡烛。中国古人云：“凡有体验处，皆是悟。”[2]约拿莫非是悟了？约拿乃一利根人，早有绝圣弃智的风范，如今万念俱灰，形如槁木，只是恢复了本来面目。庄子《大宗师》颜渊自道坐忘曰：“隳肢体，黜聪明，离形去知，同于大通。”约拿庶几近之。他找回了“自我”，即瓦莱里所谓“我之妙静本体”[3]，这就是他所期待的“真相”，也就是禅宗所谓人人皆有的纯净不垢的“自性”。其实此种经验“不必为宗教家言”，“艺术家之会心，科学家之格物，哲学家之悟道，道家之因虚生白，佛家之因定发慧，莫不由此”[4]，约拿当之亦无愧。且看此时的约拿：“他筋疲力尽，他在等待，他坐着，手放在膝头上。他自言自语，他永不再画了，他感到幸福。”这不是活脱脱一副“意思消散，不复与外事相关。忽然如睡，涣然而兴”[5]的模样吗？再看那世界，依旧是旧时模样，风光却已自不同，因为约拿的心境变了：“世界还在，年轻而可爱，约拿听着人们发出的嘈杂声离得那样远，不会阻挡他身上的这股快乐的力量，他的艺术、他的

---

1 钱锺书：《谈艺录》第八十八节，第279—286页。钱锺书于此节对“除妄得真，寂而忽照”之“不必为宗教家言”辨析甚明，引证亦甚详。

2 同上。

3 同上。

4 同上。

5 同上。

思想，这说不出来的、永远沉寂的思想，在一片自由的、有生命的空气中，将他置于万物之上。”惟信禅师说：“老僧三十年前未参禅时，见山是山，见水是水。及至后来，亲见知识，有个人处。见山不是山，见水不是水。而今得个休歇处，依前见山只是山，见水只是水。”[1]约拿的体验不是有几分像吗？朋友还是那些朋友，弟子还是那些弟子，然而约拿已非昨日之约拿了。

约拿之入阁楼，不啻“悬崖撒手，绝后再苏”；其留白画而虚脱，几类“大死一番，再活现成”。约拿无疑已脱胎换骨，得到新生，他那幅白画确有深意存焉。这幅“空空如也”的白画，实在是应该被看成一幅完成了的作品。老子曰：“道之为物，惟恍惟惚。惚兮恍兮，其中有象。恍兮惚兮，其中有物。窈兮冥兮，其中有精。其精甚真，其中有信。”[2]这幅白画暗示的“道”，乃是超越。画中的那个“非常小的字”，叙述者说不知应该读作“solitaire”还是“solidaire”。也许正如马丁·杜伽尔所说，这是个小小的“花招”[3]。那两个字母t和d，断无不可分辨之理。叙述者站在主客对立的立场上，硬要做个非此即彼的判断，岂能识得？其实，这里约拿所写，既非solitaire，亦非solidaire，或者说，既是solitaire，又是solidaire，它们是一

---

1 《五灯会元·卷第十七》。

2 《老子·二十一章》。

3 彼得·克利勒：《批评结语：流放与王国》，第173页。

而二，二而一，互斥互含，相反相成。值得注意的是，已经有批评家注意到这一点，他指出："也许不应该将这两个字看作矛盾的，如同它们一开始呈现的那样。恰恰相反，是重新发现并获得的孤独使约拿再次与这个'年轻而可爱'的'世界'联系在一起。"[1]这是知音之言，惜乎语焉未详，似乎未搔到痒处。说句透底的话，这幅白画意味着开悟的画家对形象（或文字）的超越。约拿在面壁的过程中克服了自我分裂、主客二元的偏执，从而进入了一个圆融无碍的浑然境界。他先是不能和不愿在团结与孤独之间进行选择，现在不必了，他可以身处风暴眼中而怡然自得。"维摩会上，三十二菩萨各说不二法门。文殊曰：'我于一切法，无言无说，无示无识，离诸问答，是为菩萨，入不二法门。'于是文殊又问维摩：'仁者当说何等是菩萨，入不二法门？'维摩默然。文殊赞曰：'乃至无有语言文字，是菩萨真入不二法门。'"[2]约拿之白画岂非维摩之"默然"？这白画的蕴含，只有"心中充满感激之情"的约拿知道，那个主要是在物质上帮助约拿的拉多自然是"不知道应该读作solitaire还是solidaire"。恐怕约拿自己也不能够跟他解释清楚，"此中有真意，欲辨已忘言"，约拿只能留下一幅白画。

批评家们对《约拿》的结尾有不同的看法，多数说是悲观

1 鲁斯·雷切贝格：《阿贝尔·加缪：一种神圣的解读》，尼塞出版社，1983年版，第152—153页。

2 《五灯会元·卷第二》。

的，少数说是乐观的。持悲观论者中，有的误以为约拿已死，有的将约拿的白画比作马拉美的“白纸”，象征着创造力之衰竭。持乐观论者中，有的认为这结尾使人对未来抱有希望，有的则认为这结尾表明艺术家重新对社会发生兴趣。相比之下，以“含混”立论的批评家较为通达，他指出：“最终的含混的基本作用之一是调和，甚至综合不同的倾向，并且避免因简单化而对复杂的现实进行选择。”[1]此说虽“较为通达”，仍嫌不够透彻。其实，《约拿》以一幅白画结尾，以虚含实，蕴含极深，有“篇终接混茫”之慨。苏东坡诗云：“静故了群动，空故纳万境。”唯此白画，方能结束一个旧的生命；亦唯此白画，方能打开一个新的天地。悲观乐观云云，仍是有偏有执，不曾打破人的内在精神的迷惑。“万物静观皆自得，四时佳兴与人同”，等待着走下阁楼的约拿的，将是此种境界。

《约拿》并非一篇复杂深奥的小说，但容易让人浅尝辄止，发生疑惑，虽说只隔着一重纸，但也要捅破才行。

1　彼得·克利勒：《批评结语：流放与王国》，第171—172页。

《生长的石头》：一块西绪福斯的巨石

在加缪的短篇小说中，《生长的石头》是最长的；它的篇幅长，读起来也觉得长。记得初读时，总觉得自己是置身于昏黑的夜里，茫然一片，不辨东西，只好紧紧地跟着主人公亦步亦趋，深一脚浅一脚，所见不出他的视野。反复数过，方能稍稍拉开距离，所见亦渐渐由混沌变得清晰，种种自然的和人的形象才慢慢地释放出它们的寓意。我于是想用两个词和一句话来加以提炼和概括，这两个词是：沉重、幽邃；这一句话是：那个从法国来到巴西的工程师在流放中通过交流和友爱看见了王国的入口。

沉重，说的是小说的氛围。这氛围是湿漉漉的，仿佛到处是水的弥漫和浸透：森林、大河、红土、山洞、茅屋……笔触所到，无非种种沉而重的意象：汽车的拐弯是“笨重”的，红土路是“泥泞”的，森林是“黑沉沉”的，河水是“黑乎乎一片”，夜色则是“浓重”而“凝固”的，连星星也“蒙上了水汽”，在吸水的空中“游动”；没有人语，只有盈耳一片“汩汩的”流水声，夹杂着“牛蛙的稀疏的鸣声和鸟儿奇特的叫声”……这样的景象，谁看了都会感到“沉重”。即便在晴时，没有云彩的蓝天也“紧贴着暗淡的屋顶”，直压得人喘不过气来，更不要说“潮湿的热气炙烤”了：“有几只毛色发黄的黑秃鹫热得一动不动，正在睡觉。其中有一只突然抖了抖身子，张了张嘴，明显地摆出了要飞的架势，却只见它拍了两下沾满尘土的翅膀，飞离屋顶几公分高，立刻又落下睡着了。”这是另一种“沉重”。那么人呢？主人公达拉斯特有“巨人般宽大的身躯”，有“巨大的背影”，他“沉”得能够压得床“吱吱直叫”，最后还变得“突然高大无比”……这篇小说的沉重是一种极富质感的沉重，精神和肉体都能感到它的分量。

幽邃，说的是小说的寓意。这寓意是深远的，仿佛静水深潭，无人知道里面会有什么样的鱼龙变幻，却又如象征无处不在，深藏在经过精心选择的行为和景观的细节之中，一一向着无限远的地方辐辏。例如：“那个人望着这片巴西莽林的缺口，这条河就从那儿钻出来，朝着他们奔泻而下，流到这里宽达数百米、互相挤压着、浑浊而光滑的水，撞击着木筏的一侧，在其两端散开，随即伸展开来，又变成一条强大的水流，穿过昏暗的森林，向着大海和黑夜缓缓流去。”这是生命的律动，骚动不安，却又总是一往无前。又如：“在邻近的大洋和这片林海之间，这几个人此时漂荡在一条荒凉的河上，仿佛迷了路一样。当木筏再次撞到码头上时，真好像是经过了多日骇人的航行，一下子割断了所有的缆绳，于茫茫黑夜中登上一个小岛一样。”这是生命的曲折，或许是无可救援的绝望，或许是义无反顾的逃遁。再如：“他一直倾听着那巨大而空阔的声响，自从他到了这儿，他就不断地听见这种声音，也说不准是水与水摩擦还是树与树摩擦。他到了岸边，向远处望着大海的那条隐约的线，望着几千公里孤独的水面，望着非洲，再望过去，就是他所来自的欧洲了。”这是生命的眷顾，仿佛迷惘中有不能忘怀的东西。总之，流水，凝视，凝视流水，这种种意象深藏着人对世界和生命的希望与惶惑。加缪在《反抗的人》一书中写道：“实际上人眷恋着世界，绝大部分人不想离开它。他们远非总是想忘掉它，相反，他们苦于不能足够地占有它；人是这个世界的奇怪的公民，他们在自己的祖国流放。除了一些稍纵即逝的令人感到圆满的时刻外，一切现实对他们来说都是未完成的。他们不能把握自己的行动，而无意中的所为又以意料不到的面目评判他们，仿佛坦塔罗斯河水向着不为人知的出口流去。了解出口的所在，控制江河的流动，最终如抓住命运一样地抓住生命，这就是他们在祖国最深入的地方所怀有的真正的思念。”这一段话乃是上述寓意的最贴切的印证。

就是在这种沉重的氛围里，在这种幽邃的寓意中，一个人一步步地，不知不觉地朝着一个新天地走去，我们也渐渐地认识了他，看清了他的面目，发现了他的等待，理解了他的行为，并且最终和他一起感动，分享他的喜悦。

他从欧洲来到巴西已经一个月了，然而他的心一直伴着满耳的涛声在孤独中骚动，既没有充实，也没有安宁。他在等待，“在那骄阳似火的潮湿的日子里，在那夜里密密麻麻的星光下，他在等待着一次奇遇，这场奇遇他是想不到的，但它在天涯海角耐心地等着他”。他不知道这场奇遇是什么，他等着奇遇，奇遇等着他，如此而已。他能主动地离开什么，例如欧洲；他却不能主动地拥抱什么，例如他脚下的新的土地和人民。他是被动的，他是消极的，他在流放中等待着而非寻找着机会打开王国的大门。其实，他缺乏的是一种友爱和交流，一种足够强烈的友爱和一种足够深入的交流。加缪说:“流放以它特有的方式向我们指明了通向王国的道路，只要我们在流放中既拒绝被奴役，又拒绝主宰他人。”他是在流放中，然而他是在通向王国的道路上吗?

他，一位法国工程师，其姓氏（达拉斯特，d’Arrast）表明他的祖上曾经是“老爷”。他因为在欧洲找不到自己的“位置”，或者由于他的“过错”，“一个人快要死了”，他离开了家乡，来到巴西的莽林修路筑坝。然而，从前骄傲的他，现在感到孤独，逃离不过使他从一种流放进入另一种流放。逃离并非一种解决，“逃离之后”乃是向着每一个逃离者敞开着的问题。那么，达拉斯特如何解决他的问题呢?

其实，我们很长一段时间内并不知道达拉斯特有什么问题。他在小说一开头就出场了，然而他的寡言向我们呈现出一个封闭的心灵，我们只能从种种“沉重”的景物和平缓纡徐的笔调中隐约感到这不是一个开朗的人，他的高大所暗示的豪放被对细节近乎烦琐的兴趣抵消了。他看见了一个黑人小姑娘："她的动作那么灵活，那么有生气，达拉斯特心头一动，想叫住她。"这也只是微微地透露出他对生命活力的渴望。就是在泉水公园里看那块"生长的石头"的时候，我们也只知道他"在等待着，站在山洞前，冒着细雨"。"他不知在等什么"，我们亦不知。不过，此时我们已经看出，他的内心是空荡荡的，他仍然没有找到他的"位置"。直到他结识了那个"又矮又胖又敦实，皮肤黑里透黄"的黑人厨子，有了一次比较深入的谈话，我们才知道他不满"警察和商人"的统治，他是"孤独"的，他觉得厨子那张朝他微笑的脸"开朗而俊美"，"这张脸上充满了信任，黝黑的面皮透着健康和生气"。我们模模糊糊地感到，他需要的是交流和友爱，而且是一种足够深入的交流和一种足够强烈的友爱。

然而，这交流和友爱，达拉斯特在欧洲没有得到，在巴西就能得到吗？若能，会是一件轻而易举、自然而然的事情吗？达拉斯特在伊瓜贝遇见的名流显贵个个都显得矫揉造作，滑稽可笑：市长有"一张可爱的黄鼠狼似的小脸"，小脸上还"戴了副金丝眼镜"；法官"身材优雅，面庞清秀"，却时时"显出一副少年人吃惊的样子"，他"姿态优雅地躲避着积水"，他那滔滔不绝的空洞的欢迎词，都使达拉斯特"不敢再想一个法官和一座水坝有何相干"；"相貌丑恶"的警察局长拿他的护照找麻烦，在法官的呵斥下，他竟“神情活像一个犯了过失的孩子”……这些人是名流，然而他们的浮华、肤浅、虚伪和斯文只让达拉斯特感到格格不入，他所寻求的交流和友爱显然不在他们一边。那么穷人呢？通向这一边的道路似乎并不平坦。达拉斯特和黑人司机索克拉特的关系是良好的、坦诚的，甚至是亲密的，但是仅此而已，他们之间从未有过稍许深入的交谈。他们过河时遇见的那几个船夫“一直不说话”，只在告别时跟司机用葡萄牙语说了几句，不过是“送汽车上路”罢了。达拉斯特去“察看低洼的地区”，那里的黑人也“不说话”，只有孩子们睁大“圆圆的眼睛”。他们不欢迎他参观茅屋，“目光中充满了敌意”，而那个他“心头一动，想叫住”的黑人小女孩也转瞬间消失在人群中，“他已经认不出她是哪一个了”。不过，我们已经看出，达拉斯特所寻求的交流和友爱多半是在他们中间了，只是他要走的路还很长，第一步还没有迈出。

达拉斯特结识黑人厨子，这是重要的一步。他们之间有过一次相当深入的谈话，涉及个人的历史和宗教信仰，甚至有政治的影射。他们多少是以心相见了，此后的事情似乎进展顺利，仿佛一条船进入了航道。当然，纵使顺水行船，也免不了闯几道险滩，甚至不排除搁浅的危险。达拉斯特随厨子参加当地穷人的舞会，既是他了解他们的一次机会，也是他们对他的一次考验。果然，舞会中，舞会后，他的精神进入了某种深刻的怀疑和犹豫之中。他先是“两臂交叉，靠墙站着”；接着他不由自主地受到跳舞者的疯狂的感染，“觉察到自己也摆动着沉重的身躯跳了一会儿了，不过脚还未离开原地”；随后，“他由于长时间在原地跳舞而感到筋肉扭结在一起，由于不出声而感到窒息。他也感到眩晕。……达拉斯特顺着墙蹲下，忍着不呕吐出来”。就在这时，他欣喜地发现了那个黑人小女孩，“她那俊俏的头在纤细的身躯上轻轻摇晃，稍向后仰，睡着的脸上反映出一种天真无邪的忧郁”。于是，“达拉斯特被这种动作舒缓的舞蹈迷住了，他出神地望着这位黑色的狄安娜”。舞会上的这一切表明，达拉斯特面对一块新的土地上的新的人民，一方面受到不可抗拒的吸引，一方面又感到完全融入的艰难，只有某种程度的文化认同，才使他摆脱了“呕吐”的压力。所以，当达拉斯特离开舞会走出茅屋的时候，首先感到的是“一阵沁人心脾的清新”，旋即又“感到一阵恶心”。“他觉得他该唾弃这个国家才是，唾弃笼罩在它巨大的土地上的忧愁，唾弃它的森林青绿色的光亮，唾弃它荒凉的河流在夜里发出的汩汩声。”达拉斯特一时间陷入一种两难之境：“那边，在欧洲，是羞耻和愤怒。这里，却又是流放和孤独。”然而说到底，达拉斯特究竟是已然“割断了所有的缆绳”，义无反顾地“登上”了这个“小岛”，所以，“那睡美人发出的受伤的鸟儿的鸣声，依然穿过了湿润的、充满了植物的香气的夜空，传到了他的耳畔”。他在不知不觉中已被牢牢地拴在了这块新的土地上，只待一个新的行动来证实。

机会终于来了，达拉斯特要帮助那个厨子还愿：“用头顶着一块五十公斤重的石头参加游行仪式。”这机会是自己来的，或者是别人送来的，也许是他鼓励别人送来的，总之不是他主动地去寻来的，他甚至还“模模糊糊地感到恼火”呢，不知道“这个荒谬的诺言跟他有什么关系”。的确，他已经被裹进了对厨子许下的诺言之中，欲罢不能，他在人头攒动的游行队伍中关切地、焦急地寻找厨子的踪影。他“连个招呼也没有打”，丢下那些名流显贵，“一阵风似的离开阳台和房间，奔下楼梯，来到街上”。他“横冲直撞”，他“所向披靡”，他“狂暴”，他“在人海中冲出一条路来”。他终于看见了“已经筋疲力尽”的厨子。他“不知怎么搞的”就“站到了厨子的右边”，他鼓励他，帮助他，“俯身用手替他拂去肩上的血和尘土”，又“对着他的脸说了几句话，像是要把他自己的力气吹进去似的”。这一段写得细腻、逼真、有声有色，读起来惊心动魄，不由人不分担起达拉斯特的关切和焦急来。然而，厨子到底“败了”。呜呼！此时的达拉斯特面对“遍身血污”“惊恐不定”“大滴大滴的眼泪在他那不成样子的脸上静静地流了下来”的厨子，能想些什么？能说些什么？能做些什么？

达拉斯特“不知说什么好”，似乎也没有工夫想什么，他只是突然地“从一个人手中夺过软木板，朝石头走去”。他要替厨子还愿，还是要兑现自己对厨子许下的诺言？我们不知道，我们只觉得仿佛他的心中有一种神秘的冲动推着他，让他顶起石头，冲开人群，朝“教堂和圣人遗骸盒”走去；然而就在穿过广场中心的刹那间，“他突然向左边拐，离开通往教堂的那条路”，沿着“那条他同厨子一同走过的街”，向河边低洼的地区走去。这时，我们看见了西绪福斯，上山的西绪福斯。加缪在《西绪福斯神话》中这样描写过：“对于他的神话，人们只看见一个人全身绷紧竭力推起一块巨石，令其滚动，爬上成百的陡坡；人们看见皱紧的面孔，脸颊抵住石头，一个肩膀承受着满是黏土的庞然大物，一只脚垫于其下，用两臂撑住，沾满泥土的双手显示出人的稳当。”这与走向茅屋的达拉斯特何其相似：“此时，石头压在他的头顶上，他感到疼痛了，他需要使出两只粗大的胳膊的全部力气来减轻它的压力。……下坡很滑，他的肩膀上已经鼓起了包块。……他把石头在软木板上放稳，小心翼翼地下坡了，步伐依然是坚定的，直到茅屋区。他到了，却开始喘不过气了，扶着石头的胳膊也发抖了。……他朝茅屋跑过去，一脚踢开门，一下子把石头扔在屋中央，砸在还冒着红光的火上。”我们当然知道这石头不会“从山顶上滚落下去”，因为它已经“半陷进土中”，茅屋的主人（也就是先前“目光中充满了敌意”的那个人）已经接纳了他，但我们仍感到他就是西绪福斯，他那“纷乱的幸福之感”就是西绪福斯的“全部沉默的喜悦”。“登上顶峰的斗争本身足以充实人的心灵”，达拉斯特的确感到了充实：“他闭着眼睛，愉快地欢呼他自己的力量，又一次欢呼生命重新开始。”这就是他等待的

"奇遇"啊。他终于在伊瓜贝的穷苦黑人中间实现了交流，体验了友爱。总之，他找到了他的"位置"："厨子的兄弟稍稍挪了挪，朝达拉斯特半转过身去，没有看他，却对他指了指空出来的地方，说：'坐下，跟我们在一起吧。'"我们没有听见达拉斯特的回答，但我们猜想他一定是坐在了他们中间，围着那块"半陷进土中"的石头。

这块半陷进土中的石头让我们想起山洞里那块"生长的石头"，那块石头似有灵气，其来历颇堪回味："有一天，一尊耶稣塑像从海上逆着河水来到这里。渔民们发现了它。……他们把它洗干净放进山洞"，后来"山洞里长了一块石头"。这与达拉斯特从欧洲漂洋过海来到巴西，不是一种巧合甚至暗合吗？这达拉斯特高大有力，几如超人；他又头顶巨石，真有一种基督担荷人类苦难的气概。他最后舍教堂而就茅屋，真似神来之笔，含义深远。小说原本有另外一种结局，写的是："外来人搬起石头，越过教堂，朝大河走去。他把石头装上一条长长的木船，溯流而上，消失在原始森林里。"

《生长的石头》这篇小说是根据亲历写成的。1949年6月至8月，加缪访问巴西。6月的一天，加缪在黑人演员阿布迪阿斯的陪同下，到距里约热内卢四十公里的一个叫作卡克西亚斯的村子里参加玛孔巴舞会。然后又参加了一种叫作孔东布雷的非洲宗教仪式，在那里看见一少女舞蹈，称为黑色的狄安娜。8月初，加缪又在法国文化专员的陪同下驱车前往伊瓜贝，参观宗教仪式游行。他在这个具有殖民地风格的小城市里看了“生长的石头”，在仪式中看见一大胡子男子头顶一块六十公斤重的石头进入教堂，因为他在一次沉船事故中侥幸逃生，以为是仁慈的耶稣救了他，遂许下诺言。

亲历化为小说，自然会有许多变动。显然，最大的变动是结局：先是外来人载石于船，消失在原始森林中；后是法国工程师达拉斯特顶着石头进入厨子的兄弟的茅屋。这一改动有画龙点睛之妙，使小说的含义顿时升华，有“篇终接混茫”的悠远意趣，不仅意味着达拉斯特终于找到了自己的位置，而且暗示出他把穷人的茅屋当成了自己的圣殿，这无异于表明达拉斯特对基督教的拒绝。那块“半陷进土中”的石头更与山洞里那块“生长的石头”相映成趣，令人生出无穷的遐想。山洞里的那块石头虽然被选作小说的题目，文中却着墨不多，寥寥几笔而已，达拉斯特也只是前去看了看，随后就被弃置不顾。相反，他扔进茅屋的那块石头却“半陷在土中”，仿佛扎了根，日后的生长已在暗示中。加缪无意中把前来筑坝的达拉斯特比逆水而上的耶稣，这同样是对基督教的拒绝：人取代了上帝。

加缪论卡夫卡时指出：“卡夫卡的全部艺术在于迫使读者反复阅读。”这可以看作加缪的夫子自道。反复阅读的动力来自蕴藏在丰富、准确、现实的细节中的象征，所以有论者认为《生长的石头》乃是一篇神话。

《反抗的人》：敢于抵抗一时风气的人

暮色渐浓，检点本世纪的辉煌与暗淡、光荣与耻辱，笃信进步与革命的人们多半会叹口气，嘟囔一声："咳，又亏了！"近百年来，人类的良知经受了巨大的考验，战争与和平、民主与专制、革命与发展，相继成为历史运动的主旋律，又都以不同的变调和强度贯穿始终，在希望与挫折的交织中构成了一个问题丛生、动荡不安的世纪。人类将带着多少财富和多少债务进入21世纪？这是每一个在世纪末思考人类命运的人不能不怀有的疑问。

人并非只是到了世纪末才有一种冲动，仿佛结账的时候到了，感到有瞻前顾后、重整旗鼓的必要，早在四十多年前，法国作家阿尔贝·加缪已经算过一笔账，其结果不免令人担忧甚或丧气。这个世纪五十年间流放、奴役或者杀害了七千万人，如何评断它？如何理解它？目的的合理性能否保证手段的合理性？美好的未来能否要求牺牲几代人目前的生活？人类处境的改善能否以社会的进步为至上的标志？社会的进步能否以经济和科技的发展为唯一的动力？经济和科技的发展是否必然地给人带来幸福？20世纪的确是一个问题的世纪，是一个怀疑的世纪，是一个令人失望的世纪。对此，加缪在他的长篇哲学随笔《反抗的人》中，提供了“某些历史参照和一种解读的假设”，尽管“这种假设并非唯一的可能，亦远远不能阐明一切”。然而它可以部分地解释我们这个时代的方向，几乎可以完全地解释其“失度”（la démesure）[1]。四十多年过去了，历史的经验表明，加缪的谦逊并没有减弱他“读解”的力量。世界上的任何地方，凡是不断地修正前进的方向，不断地警惕和减少其失度，就会有希望的曙光闪现。今天，面对人类新的生存环境以及政治、经济、军事和文化的新格局，本来就聚讼纷纭的《反抗的人》一书更闪烁着一种异样的光彩，从书里到书外都洋溢着奇特的冲击力，使任何阅读的人都不能无动于衷。

吾生也晚，实难想象当初《反抗的人》这本书激起的普遍谴责和有限赞扬包含着怎样激烈的情绪，尤其在法国这个知识界传统上左倾的国家里，身为左派知识分子的加缪的这本矛头指向马克思主义的苏联化即斯大林主义的书，简直形同叛逆，似乎人人可以口诛而笔伐之，直至“革出教门”。来自法国共产党的责难最为尖刻，从嘲讽到谩骂到宣判无所不用其极。《人道报》称这本书表现出“自命不凡的无知”，“思想贫乏得可悲”，所用材料乃是社会民主党的“箱子底儿”。有论者把加

1 加缪：《反抗的人》，伽利玛出版社，1965年版，第420页。

缪看作压迫者，“绝望地试图保住已被人民的行动打得粉碎的压迫的石板”。还有人指责加缪参加了讨伐马克思主义的“十字军远征”，与北大西洋公约组织一起发出了“反苏反共的恐怖主义的号召”。总之，“加缪为了在世界上保住‘人道’，实际上想让工人阶级永远受剥削，受侮辱，受苦”[1]。法国共产党人的责难自有其理由，这里无须详论。来自资产阶级左派知识分子的批评尖刻不让法共，只是多了一重居心的险恶。如果说弗朗西斯·让松的批评断章取义，徒具捍卫马克思主义的面目，竭力维护苏俄革命的恐怖手段，充满了政治激情从而歪曲了加缪的思想，那么作为让松的老师、加缪的朋友的萨特的批评则是一篇极尽讽刺、挖苦、训斥、教诲之能事的杰作，包藏其中的则是对方的论旨根本不值一驳或者论敌根本不具备智力和学力的资格这样一种自视甚雄的傲慢。加缪的论点固然不乏可议之处，但是萨特的批评往往在情绪的驱使下进入歧途，例如，他因为指责加缪用“没有闸的自由”这样的用语批评存在主义的“自由”概念，便在“闸”这个字上大做文章，什么自由“没有轮子”呀，“没有爪子，没有颌可放嚼子”呀，等等，于是“自由是不能被限制的”[2]，哪里有放闸的地方？说得滑稽可笑令人喷饭，其实查遍加缪的文章也找不到“没有闸的自

1 让-伊夫·甘蓝：《加缪与政治》，拉马唐出版社，1985年版，第10页。

2 萨特：《答加缪书》，《境况种种》第四集，伽利玛出版社，1964年版，第108页。

由”这种说法的影子。不过这没有关系，奚落论敌并将他的脸抹黑的目的达到了。这个小小的例子说明，人们对明辨是非、严肃地讨论问题并不感兴趣，最重要的乃是明确意识形态的分野，划清拥共和反共、亲苏和反苏、左派和右派的界限，并对逆我者发泄革命的义愤，尽管萨特及其朋友们还只是法国共产党的同路人。

《反抗的人》激起的争论当然不是知识分子之间的文字游戏，掩盖在激烈的情绪之下的乃是人类良知面对当代重大问题时所感到的恐惧和惶惑，以及由此所进行的思考和选择。第二次世界大战结束之后，取得了反法西斯斗争胜利的人们惊愕地发现，等待他们的并非一个正义、自由、民主与和平的新时代，而是美苏两大集团的对峙和“冷战”。对于法国知识分子来说，美国是个唯利是图的拜金主义国家，并且拥有原子弹和称霸世界的野心，对世界和平构成了最大的威胁，而苏联则是反法西斯战争的头号功臣，在国内又建立了社会主义制度，宣称工人阶级当家做主人，为全人类展示出一个无比美好的远景。因此，一向以伸张社会正义、维护百姓利益为己任的知识分子倾向于苏联、倾向于共产党、倾向于马克思主义，似乎是一件顺理成章的事情，无可非议。然而，一枚硬币偏偏有另一面，远自战前就开始不断有消息传来，说那边并不是人间天堂，而战后更有证据表明，那边居然也有骇人听闻的集中营，且关押的人数听起来也令人咋舌。这不能不让人们对苏联的社会性质、运作手段和指导思想等发生疑问，也不能不在左翼知识分子中间引起波动、混乱并造成分裂。于是，无条件支持苏联的法共知识分子或者根本否认集中营的存在，或者把一切有关的消息统统称为反动派的污蔑，或者竟把集中营称为苏联的“伟大功绩”；法共的同路人则认为那是不得已而采取的手段，称其为“革命的暴力”或者“进步的恐怖主义”，而“为了不使法国的工人失望”，“在基层活动分子中造成混乱”，就有意地回避一切对苏联不利的消息；还有为数不多的人认为集中营就是集中营，纳粹的还是苏联的，并没有什么区别，都应该加以揭露和反对，并把矛头指向苏联以及斯大林主义。这第三种人既反对美国的帝国主义，也反对苏联的社会主义，试图形成第三种力量，走第三条道路，即“民主的社会主义”。这“第三种力量”的口号是“武装的和平不是真正的和平”，要求建立一个独立于美苏两大集团的“中立的欧洲”，以便“拯救和平，建立社会正义，维护自由”。然而，国外朝鲜战争的爆发，国内立法选举的失利，很快在“第三种力量”中造成了分裂，原来宣扬“进步恐怖主义”的梅洛-庞蒂慨叹“大炮响了，我们只好闭嘴”，从而脱离了政治活动，萨特则发表了《共产党人与和平》一文，并以成为法共的同路人而自豪，也就对极左时期苏联的集中营讳莫如深了，这表明他终于“选择”了斯大林主义，当然也有一部分人转而支持北大西洋公约组织，从而倒向了美国，加入了右派的行列。只有加缪特立独行，以知其不可为而为的勇气坚持第三条道路，也正是“第三种力量”的解体和内部的矛盾促使加缪完成了多年以来对“反抗和革命”这一问题的思考，终于写出并发表了《反抗的人》，时在1951年10月。

加缪继承了笛卡尔的传统，他的哲学是一种生活哲学和道德哲学，他在任何时候的任何思考都有一个原初的、唯一的出发点，即作为个体的人的生命和死亡。早在《西绪福斯神话》一文中，加缪就尖锐地指出：“只有一个真正严肃的哲学问题，那就是自杀。判断人值得生存与否，就是回答哲学的基本问题。”[1]于是死亡成为判断人生价值的首要前提，自杀或者杀人成为否定人生的最深刻的理由。人发现了荒诞，就发现了世界，并从此与之共生共存，而自杀或者杀人也就同时取消了世界，所以人既不能自杀，也不能杀人，否则就意味着虚无主义统治了世界。然而加缪“感兴趣的不是荒诞的发现，而是其后果”[2]，荒诞只不过是一个“已知数”，加缪从中推论出的后果却是反抗、自由和激情，也就是说，意识到荒诞的人从此有了一条行为准则：义无反顾地生活，穷尽现有的一切，知道自己的局限而不为永恒徒费心力。因此，发现了荒诞，只能说明人的清醒，只有进行反抗，才能说明人真正地进入了生活。人类的历史和现状表明，反抗就存在于荒诞的发现之中，从荒诞到反

1　加缪：《西绪福斯神话》，伽利玛出版社，1965年版，第99页。

2　同上，第109页。

抗，乃是从个人进入集体，从哲学进入历史，即从抽象的思辨进入具体的行动。荒诞和反抗同为不可置疑的“我思”，所以加缪才能说：“我反抗，故我们在。”[1]也才能说：“在荒诞的经验中，痛苦是个人的。从反抗的行动开始，痛苦才意识到它变成了集体的，成了所有人的遭遇。因此，一个感觉到了陌生性的人的第一个进步乃是认识到他和所有的人分享这种陌生性，认识到实存的人从总体上都对此种相对于自身和世界的距离感到痛苦。一个人感到的病痛成了集体的瘟疫。”[2]这意味着，思考始于自杀和荒诞，还必须面对着杀人和反抗继续进行，其结果是：荒诞排除了自杀的理由，也排除了杀人的理由，因此，反抗作为对荒诞的超越，并不是没有限制的。这其中包含着一个深刻的疑问：“人是唯一拒绝其现状的生物。问题在于知道，如果反抗是在使普遍的杀戮合法化之中完成的话，这种拒绝能否将其引向毁灭其他生物及其自身，或者相反，如果不以一种不可能的无辜为念，反抗能否发现一种合理的罪孽的原则。”[3]因此，反抗只存在于主人和奴隶，即统治和奴役的关系之中，发生于主人对奴隶的驱赶和压迫之时，故只有奴隶的反抗，没有主人的反抗，反抗也只是“转身”而已。反抗“否认无限的权力”，反抗的人“要求承认有人的地方就是自由的界限，而界

1　加缪：《反抗的人》，第432页。

2　同上。

3　同上。

限正是此人反抗的权利”[1]。所以，反抗不是无限制的，也不仅仅是否定和破坏："何谓反抗的人？一个说不的人。然而如果他拒绝，他却并不放弃，因此他从第一个动作始，又是一个说是的人。”[2]这就是说，并非任何价值都与反抗相关，但是，任何反抗的行动都必然指向一种价值。加缪是在形而上和历史两个层面上界定反抗的："形而上的反抗是人起而反抗他的状况和整个创造的一种运动。这种反抗所以是形而上的，是因为他对人及创造的目的提出异议。”[3]形而上的反抗必然地针对上帝，走向人的神化，人从此进入历史，并在历史价值绝对化的神话中成为历史的工具。反抗一旦脱离了原初的动力，走上意识形态至上、国家理由至上、历史规律至上的道路，就必然地发生蜕变和堕落，其典型的形式就是20世纪的革命，其普遍的内容就是杀戮的体制化与合法化。从反抗到革命，从形而上到历史，从呼吁正义到颂扬暴力，从反抗的普罗米修斯到专制的恺撒，20世纪从心灵到面目都使人感到惶惑和震惊，《反抗的人》正是加缪对此提出的一份沉痛而严峻的总结。然而，这份总结并非全然的灰色，加缪在试图使革命回到反抗的源泉时，引进了一缕古希腊的阳光，即“关于界限的思想”，崇尚相对、平衡、自然和人性的地中海思想或者太阳思想。加缪说："反抗只

---

1 加缪：《反抗的人》，第688页。

2 同上，第423页。

3 同上，第435页。

追求相对，只能许诺一种源于相对正义的可靠尊严。它主张一种界限，在此界限上人类建立了一致性。反抗的世界是一个相对的世界。”[1]因此，反抗在形而上和历史之间为人类开辟了一条困难的道路，必然性为可能性所取代，矛盾既要被超越，也常常要相互依存。“历史绝对主义尽管节节胜利，却总是不断地碰上人性的顽强的要求，而人性的奥秘是由地中海掌握的，在那里，智力是明亮的阳光的姐妹。”[2]这种崇尚均衡和适度的希腊精神虽然已被长久地忽视，但是令人欣慰的是，“在欧洲之夜的深处，太阳思想，这种具有两副面孔的文明正等待它的黎明，不过它已然照亮了真正的控制的道路”[3]。

总之，加缪在《反抗的人》一书中描述了“欧洲之傲慢的历史”[4]，他曾经并继续迫使欧洲人思考和争论，而从中获益的显然不仅仅是欧洲人。

《反抗的人》引发了当代法国知识界最重大、影响最深刻的争论，不过触动了论战者的灵魂的并非加缪的思想多么高超和深刻，而恰恰是其清醒和明智及其表达的勇气。加缪在《反抗的人》一书中表达的思想可以概括为以下数端：历史没有至上的目的或意义；革命是反抗的蜕变和堕落，因而不可能实现

---

1 加缪：《反抗的人》，第693页。

2 同上，第702页。

3 同上，第703页。

4 同上，第435页。

人类建立地上天堂的愿望；20世纪的革命因为从政治和意识形态出发而必然导致建立新的专制；正义的世界需要价值，需要以均衡和适度作为保证；等等。放在人类思想史上看，这些思想未见有什么新鲜，也许只是合乎情理而已，然而在冷战的50年代初说出来，需要的不是多么深厚的哲学修养，而是诚实和勇敢。例如，人头不是韭菜，这个道理很多人都知道，然而说出来就不那么容易了，做起来可能就更难。加缪毕竟只是个知识分子，他不能做而只能说，他说了，而且是大声地说了，也许他的说就是做。当第二次世界大战结束的时候，经历过抵抗运动洗礼的加缪也曾经发出过"从抵抗走向革命"的号召，然而当他获知苏联存在着大规模的集中营的时候，当他看到"无产者战斗了，牺牲了，却把权力交给了军人或知识分子（未来的军人），转而受他们的奴役"[1]的时候，他陷入了沉思，融会个人的经验和历史的考察，提出了"反抗与革命"的辩证法，以最明确的语言说出了他对苏联社会主义、斯大林主义的看法。"是猫就叫它猫"，这有时候竟会变成一件很困难并且需要勇气的事情。例如，加缪称作"终身流放""集中营制度""苦役犯监狱"之类的东西，许多人却说成"反常""畸形""病态""赘疣""附加症状""极端的革命纪律""权力的粗暴运用""再教育机构""历史的必要性"等等，就是不肯说

1　加缪：《反抗的人》，第622页。

出那一个“猫”字。使用什么样的词语说话，当然不是无缘无故的。这一点，自幼就与文字打交道的萨特知道得最清楚，他就说过：“作家的职能就是把猫叫作猫。”[1]还说过：“我们作家的第一条责任就是恢复语言的尊严……我们的思想并不比我们的语言更有价值，人们判断我们的思想是根据我们如何使用语言的。”[2]只是萨特并没有说到做到，他自食其言，在意识形态的诱惑面前退却了。对于《反抗的人》引起的争论来说，将近半个世纪的事实已经判定萨特输了，虽然还有人赌气地说：“宁可跟着萨特错，也不跟着加缪对。”不过这种无可奈何的坚定充其量也只能博人一笑而已。

一种思想的价值并不完全在于它的正确，也许更在于它能提供一种参照，提供一种发人深省的动力，提供一次对某种思维定式产生疑问的机会。《反抗的人》在问世之初，同时受到共产主义、存在主义、超现实主义和基督教的抨击，来自右翼资产阶级的赞扬也掺杂着某种幸灾乐祸的得意，确实是一本让整个社会，尤其是左派知识分子不得安宁的书。加缪的思想超越于左右两种思想的对立，唯以揭露当代的虚无、极端和失度为务，自然会四面树敌，触怒所有的人。然而这正是加缪思想的价值所在，也正是加缪精神的伟大所在。在法国，自伏尔

1 萨特：《什么是文学》，载《境况种种》第二集，伽利玛出版社，1948年版，第341页。

2 同上，第342页。

泰以来，读者有待于作家的，就不仅仅是消遣，而是良心的指导；尤其自从德莱福斯事件以来，左拉的“我控诉”一声怒吼，在知识分子的心灵深处播下了“介入”的种子，并从此成为一种传统，到了第二次世界大战前后形成了一股强大的、广阔的潮流。然而无论左的介入还是右的介入，知识分子在介入的时候其实都有两种态度，即为了历史还是为了人而介入，为了抽象的观念还是为了具体的生活而介入。以二战前后的那一代法国知识分子而论，萨特可为第一种态度的代表，加缪可为第二种态度的代表，或者如许多人认为的那样，萨特是知识分子左派的代表，加缪是知识分子右派的代表。其实，左派和右派的称谓起源于法国大革命时期的政治斗争，至今仍是法国现实政治生活中使用频率最高的词汇之一，不过已经很难再把它们与革命和进步，或者保守和反动自然而然地联系在一起了。加缪在那封著名的《给〈现代〉杂志主编先生的信》中说：“人们不能根据一种思想是左派的还是右派的来确定其正确与否，左派和右派都不能决定一种思想是否是真理……总之，如果我觉得真理在右边，那我就站在右边。”[1]此种勇气不是人人都能有的。因此，“左”“右”这样的字眼用在加缪和萨特的身上似乎已经失去了意义，倒是他们之间的争论向知识分子的良知提出的诘问会成为一个长久的话题。

1　加缪：《反抗的人》，第754页。

《加缪笔记：1935—1959》（精选集）译后记

1935年5月，阿尔贝·加缪参与《阿斯杜里起义》的创作，时年二十二岁；1960年1月，加缪在前往巴黎的时候殒命于车祸，时年四十七岁。二十五年间，从初入文坛到猝然弃笔，加缪以近似笔记的形式写下了日记、思考，内容包括文学、哲学、政治、关于人类命运的观点、写作计划、构思、提纲、读书随想、花草树木、风景、游记、交往、偶尔听到的别人的对话、故事以及对本人作品评论的反应等，共写了九本学生用的练习簿，其中有些条目，例如第七本，还打印成册。这九本笔记本中的文字真实生动地表现了作为作家的加缪的创作经历、思想演变和精神历程，看似随手而记，实则精心结撰，何况事后还有修改、补充和删减等。伽利玛出版社于1962年、1964年和1989年分别出版了这九本笔记，分为三卷，总名曰《加缪笔记》（*Carnets*）。九本笔记，分别称为“笔记本Ⅰ”“笔记本Ⅱ”……直至“笔记本Ⅸ”，两千五百余个条目，短则一个词，长则两千字，有一段竟达三千字，可说是洋洋大观。本书选择了近一半的条目，舍弃了引文、提示性的词语以及因为不明就里而无从猜测的文字等，意在精彩也。

九本笔记本，加缪将作为一个艺术家的所见所闻、所思所想、所行所为通过简明扼要、澄澈如水的文字表现了出来，读来似清流样沁人肺腑，似雕刻般印上脑际。他是一个小说家、剧作家和随笔作家，然而他往往以艺术家自称，作家当然是艺术家，可是一位作家坚持称自己是艺术家，就不那么当然了。在笔记中，加缪说："要写作，在表达上永远应该稍稍不及（与过相比）。反正勿饶舌。""真正的艺术品是说得少的作品。"一个人写作时应该做到的"是学会自我控制"。这是加缪对自己提出的要求，也是他对文学写作提出的要求，往更远些说，是对人类文字表达提出的要求。加缪是一位"相信文字"的作家，是一位自觉追求风格的艺术家。他的作品是古典主义的大手笔，他的风格是一种"高贵的风格"，是一种"恰到好处""含而不露"的风格。他谈及自己的写作时，经常见诸笔端的是"限制""堤坝""秩序""适度""栅栏"等表示"不过分"的词汇，总之是"勿饶舌"。这种对于"度"的自觉意识，使加缪为文有一种挺拔瘦硬、冲淡清奇的风采。《加缪笔记》就是一个明证。

"饶舌"，加缪用的是"bavardage"，即为喋喋不休的闲话，译为"饶舌"，可谓恰当。文坛上确有一部分人，下笔如同呼吸，滔滔不绝，一泻千里，但是言不及义，难免产生一堆文字垃圾。加缪以为不可。笔记一类的文体，本来就要求简明扼要，开门见山，一击便中，但是加缪写作笔记，不单单是遵循为文的规矩，而且还有意简单，不说废话，言简而意赅。作为一个中国人，译者虽不才，但是与加缪不免心有戚戚焉。老子说："多言数穷，不如守中。"庄子说："天地有大美而不言。"孔子说："敏于事而慎于言。"这都是每一个中国人应牢记在心的古训。就为文而言，清人刘大櫆的主张就更与加缪跨越时空相视而笑了。他说："文贵简。凡文笔老则简，意真则简，辞切则简，理当则简，味淡则简，气蕴则简，品贵则简，神远而含藏不露则简，故简为文章尽境。"他把为文的"老""意""辞""理""味""气""品""神"诸般一一说到，最后归结为"文章尽境"，可以说是对"简"字的鞭辟入里、全面深刻的理解。可见无论古今中外，作文的道理是一致的，即"勿饶舌"。

如果说笔记体的文字要求当日事当日记，勿饶舌是其固有的品格，《加缪笔记》还不足以印证加缪的主张的话，那么试举小说《局外人》为例，以说明之。"勿饶舌"的主张是加缪在1938年8月（？）提出的，那时他已开始创作《局外人》了。实际上，远在1935年，加缪就有了写作一部关于"自由的人"作品的念头，到了1938年，《局外人》的大量的细节就出现了，1940年5月，书完成了，名之曰《局外人》，1942年由伽利玛出版社出版。这本书至今仍居畅销书之列，虽然它不是一般意义上的畅销书。从孕育到呱呱坠地，一件作品经过了七年的酝酿和磨炼，译成中文仅仅五万余字，可谓精练到了极致。《局外人》具有古典主义的澄澈，文笔老到，意图真诚，词语恳切，道理恰当，滋味清淡，气势蕴藉，品格高贵，精神深远而含蓄不露，无一废词缀句，所以甫一问世，即好评如潮，历七十五年而不衰，可以说是“勿饶舌”之典范。“真实的艺术品是说得少的作品。”《局外人》是一件真实的艺术品，它说得少，可它含义隽永，对它的解说连篇累牍，至今似乎还没有穷尽。

1957年10月，诺贝尔文学奖落在了加缪的头上，在此之前，他一直是贫穷的，但是他从不抱怨，不追求也不羡慕有钱人的生活，而是尽情享受大自然的不费分文的馈赠：阳光和大海，坚信“地上的火焰抵得上天上的芬芳”。他蔑视的是富人的炫耀，捍卫的是穷人的尊严。他在《笔记本Ⅶ》中写道：“我最喜欢的十个词，答案：世界，痛苦，土地，母亲，人，荒原，荣誉，贫穷，夏天，大海。”“贫穷”赫然位列其中。这可以说是从根本上概括了加缪的世界观和人生观。加缪对世人发出了这样的警告：“宁可贫穷而自由，不要富有而为奴。当然人人都愿意富有而自由，这就是有时候使他们既贫穷又为奴的原因。”他不想空洞地颂扬贫穷，只想自由地生活而甘愿贫穷，以保持精神上的独立。“贫穷是一种以慷慨为美德的状态。”慷慨者，不吝啬之谓也。这不禁让人想起了“箪食瓢饮居陋巷，回也不改其乐”的故事。这故事在过去是一桩美谈，不知今日变成了什么。现代人为什么不幸福？司汤达说，是因为我们“虚荣”。虚荣导致贪婪，贪婪引发逐利，逐利形成了灵与肉的分裂。信矣！

加缪从不攀附权贵，正相反，他以此为耻。1953年4月，他的妻子接受了法国总统奥里奥尔的午餐邀请，加缪得知后很生气，并在一次旅行中向母亲讲了这件事。母亲问他吃了什么，他说什么也没吃，因为他们拒绝了邀请。加缪的母亲说："这很好，儿子，这些人和我们不是一路人。”“不是一路人”，说得多好！加缪一向不理解巴黎有钱人的生活，他不习惯上流社会甚至知识界的生活，他只在印刷和排字工人中间感到自在，视他们为朋友。他在笔记的第七本中写道："在阿尔及尔，别墅区内的高墙上开满鲜花。这是另一个世界，我在那里感到被流放。”“另一个世界”，说得多好！这与他拒绝法国总统的午餐邀请出于同一机杼。加缪出身贫寒，但是他认为他的家庭“有一种高贵的气质”，身处有钱人的世界无异于一种流放。以一种平常心看待财富与地位，并不是每个人都能做到的，甚至有些以“民主”为标榜的人以见到废帝为荣，口称“皇上”，说不定还沾沾自喜呢。“巴黎是一座丛林，那里的野兽很难看。”所以，他获得诺贝尔奖之后，在普罗旺斯的卢尔马兰买了房子。

加缪是一位艺术家，坚信“是艺术和艺术家重建了这个世界，但永远是怀着一种抗议的背后意图”，所谓“背后意图”

乃是一个“反抗的人”对抗和批判一个“荒诞的世界”，最后达到“博爱”和“幸福”，而这种对抗和批判不能直接地说出来，因为“艺术的活动有其廉耻。它不能直接地把事情说出来”。所以加缪才说：“我为什么是一个艺术家而非哲学家？因为我根据词句而非概念来思考。”他从具体的事物出发，也就是说他从所见所闻、所思所想、所作所为出发来进行有血有肉的思考。在他的眼中，艺术具有至高无上的地位，“它（艺术）是我们这个无序的种族产生的有序的产物。这是千百个哨兵的呐喊，千百座迷宫的回声，这是人们无法遮盖的灯塔，这是我们可以对我们的尊严给出的最好的见证”。《加缪笔记》是否一种见证？我想起码加缪是怀着这样一种心情写出了攀登艺术高峰过程中的艰难的行走与攀爬。《加缪笔记》止于加缪刚过四十六岁的时候，所记录的正是这样的一种充满了痛苦与欢乐的旅途。令人扼腕的是，一个绚烂之后渐趋平淡的人竟然折戟于盛年，岂非荒诞乎？

……

瑞士阿尔卑斯山间的路旁常有一块牌子，上面写着这样一句话：“停一下吧，欣赏啊！”立牌子的人深谙旅游者的心理，他希望那些乘车的、骑马的、徒步的人，都暂时停下自己的脚步，喘一口气，好好观赏这雄浑而绮丽的风景：山间的湖泊，倒挂的瀑布，峰顶的积雪，碧绿的草场，绚烂的野花，挺拔的松柏，悠闲的牛羊……我很希望能有这样一块牌子，写上这句话，让你在这一部《加缪笔记》的选本面前，“停一下吧，欣赏啊！”在你一生的旅途上，或是一马平川，或是崎岖山路，的确需要喘一口气啊！当然，我愿意再加上一句：“理解啊！”

谁是“第一个人”？
——我读《第一个人》

（一）

1947年，阿尔贝·加缪三十四岁，他第一次到法国濒临大西洋的圣布里约，寻找父亲的墓地。他发现父亲年仅二十九岁就在第一次世界大战的战场上丢了性命，比他还要年轻。他惊诧不已，“一种想法猛烈地触动了他，身心都受到震撼”。什么想法竟至使他身心都受到震撼？他应该去了解、去询问这个默默无闻的人，他默默无闻地走过这片匆匆而过的土地，也许这个时候他萌生了写一本有关他的家庭的小说。

1953年，阿尔贝·加缪四十岁，他说：“还不算太晚，他可以探寻，去了解这个男人是谁，去了解这个他如今感受比世上任何人都更亲近的人。”对他来说，“父亲又复活了，以一种沉默无言的奇特方式，好像他要将他重新遗弃，让他独自伴着这无休止的寂寞长夜，他把他扔在这样的夜里，然后弃他而去”。他对他父亲的名字和这个日期“无法释怀”，就开始认真地构思《第一个人》这部作品，写下了小说的提纲：

《第一个人》

大纲？

（1）寻父。

（2）童年。

（3）幸福时代（1938年生病）。行动宛如一场欢乐的盛宴。结束时有强烈的解放感。

（4）战争和抗争（比尔哈吉姆之役及地下报纸两者交替）。

（5）女人们。

（6）母亲。

在小说《第一个人》中，加缪将主人公雅克·高麦利第一次见到父亲坟墓的时间从1947年后移了六年，即1953年，设在他四十岁的时候。

1960年，阿尔贝·加缪四十七岁，小说写了一百四十四页，他竟死于车祸，创作活动戛然而止，给人们留下了深深的遗憾和无尽的猜想。那是一本未完成的、写满了密密麻麻的蝇头小字的手稿，内容涉及作者的生活经历和对生活的思考。作者虚构了一个人物雅克·高麦利，小说始于他回忆寻找父亲的坟墓，止于四十岁的时候，文字未经修改、润色和充实，另有一些零散的插页。三十四年后，即1994年，伽利玛出版社作为加缪研究资料第七集，出版了由他的女儿卡特琳娜·加缪整理的这部手稿，加上了少许完整的、写在一个笔记本上的《第一个人》“笔记与提纲”，读者可以窥见或猜测小说自一百四十四页之后的发展，以及对已经写就的部分的修改和补充。小说采取了传记的形式，主人公雅克·高麦利的经历大体上就是阿尔贝·加缪的经历，他对生活的思考实际上是加缪的思考，因此，可以说是加缪的小说化的自传。说是小说，自然有虚构的成分，真实加虚构，是这部小说的特点。对雅克·高麦利来说，《第一个人》是自传化的小说；对阿尔贝·加缪来说，《第一个人》是小说化的自传。

法国当代著名哲学家阿兰·芬克尔克劳在一次法国电台的谈话节目中将《第一个人》的出版视为“奇迹般的出版”，因为它平复了因《反抗的人》的发表引起的论战之后果，例如萨特与加缪的交恶，加缪无论说出对某事的什么看法，都会引起误会或曲解，甚至恶意的攻击，等等。他因此说道：“（《第一个人》）是加缪死后发出的一个奇怪的信息，这大概还不是一件作品，可是它超越了单纯的资料或证据：人们可以看到它已经成为一部杰作了。”说一部未完成的、尚待修改和补充的作品已经成为一部“杰作”本身就是“奇迹”，难道是因为它是一部著名作家的自传性小说吗？还是因为它本身就已经具备了杰作的特点，例如它的内容及其表现形式？1999年10月份的《欧罗巴》杂志刊登了一篇文章，作者是彼埃尔·索昂杰，他说："《第一个人》是作者未完成的一部手稿，但是其内在的品质可以保证其被视为一部完整的作品。"在这里，"杰作"和"完整的作品"可以看作是对《第一个人》的预约式的评价。

（二）

黄昏，一辆简陋的马车在大朵厚重的云团驱赶下，正沿着一条从阿尔及尔到君士坦丁"满是石块"的公路疾驰，赶车的是阿拉伯人，乘客是一位年轻的"目光明亮"的法国人，他的怀有身孕的妻子和四岁的儿子（因为是未完成的、尚待修改的小说，所以五页之后，又说他留在了阿尔及尔的外祖母身边）。云团在大西洋上空生成，经过摩洛哥的山脊时被撕成碎片，又在阿尔及利亚高原上重新聚拢，朝着突尼斯边界前行，试图消失在第勒尼安海的后面。几千公里的奔突，终于来到了这片无名之地的上空。果真是"无名之地"吗？空中落下稀稀疏疏的雨点，砸在帆布篷上，发出了啪嗒啪嗒的响声，时不时地，从铁轮下或马掌下蹦出一两个火星。这位法国人的祖上，离开阿尔萨斯，跋涉几千公里，来到阿尔及利亚，如今这位法国人又要去"经营圣·阿波特农场"，是不是像这辆向着美好而虚幻的前方飞奔的马车呢？

这是小说开头描述的情景，完全出于主人公雅克·高麦利的想象，笔势雄劲，开合有力，有先声夺人之势。大西洋，摩洛哥，阿尔及利亚，突尼斯，第勒尼安海，北濒汹涌的大海，南邻静静的沙丘，这个“看似巨大的岛屿”就是北非大陆，是小说展开的浩茫的地理空间。在荒蛮萧瑟、风雨如晦的背景下，一辆简陋的马车、两匹羸弱的小马、一个赶车的阿拉伯老人，一个坚毅的法国年轻人和他温柔端庄的西班牙妻子，朝着前途未卜的移殖民的命运慨然前行，很快，一个叫雅克·高麦利的男孩就要诞生，他的命运如何呢？坎坷还是顺畅？默默无闻还是惊天动地？小说描写生动，刻画鲜明，颇具现实主义的特征，词汇有质感，句子有长度，细节丰富而准确，与加缪已有的风格判然有别，使这部作品带上了沉重的历史感和命运的沧桑感。加缪曾经指出:“就我个人来说，所有的技巧都使我感兴趣，但我感兴趣的不是技巧本身。现代艺术的错误几乎总是使手段先于目的、形式先于内容、技巧先于主题。如果说我酷爱艺术技巧，如果说我试图掌握所有的艺术技巧，那是因为我想自由地加以运用，使之成为工具。……一句话，我使形式适应主题。”采用传统的形式，运用现实主义的手法，正是加缪使传统的现实主义“成为工具”而“自由地加以运用”，才形成了这部小说的开端及其全部所具有的庄严而深邃的史诗感。

正是在这种神话般的氛围中，雅克·高麦利诞生了。阿拉伯老人在门外葡萄树下站着，守护着待产的女人？屋内一个欧洲女人，一个阿拉伯女人，正在帮助那个生产的女人，等到亨利·高麦利带医生来到的时候，两个女人高兴地喊道:“不要您了，医生。事情已经解决了。”当然，“要留点事情”给医生做，那就是处理小孩的脐带。当这位法国医生“往手上倒了一些有股葡萄烧酒气味的酒精”的时候，“产妇抬起头，看着她的丈夫，那张疲倦的俏脸上绽开了一抹灿烂的笑容”，喘着气对他说:“他来了。”石破天惊之语！不说“他生了”，而说“他来了”，一字之差，透出一种神秘的气息：一个天使来了吗？一个类似耶稣的人物来了吗？一个凡人叫作“生了”，一个非凡的人叫作“来了”，生与来，差别在此。产妇一个无意的也许是错误的用词，预示着婴儿非同寻常的命运。这既不是一个无知的产妇所能意识到的，也不是八个月后死在战场上的亨利·高麦利可以设想的。雅克·高麦利的诞生，是在两个民族的交融中产生的一个神秘事件。

同披一条口袋的法国人和阿拉伯人，欧洲女人和阿拉伯女人，医生，围着一个生育了耶稣样的婴儿的女人，在这是一个多么和谐温馨的场景啊！这是阿尔贝·加缪看到或想象的法国底层移殖民和阿尔及利亚普通居民和谐相处的情形，他已经把阿尔及利亚当成了自己的祖国，法国在很长一段时间内只不过是一个抽象的地理概念罢了。加缪是第四代移民，而且是靠双手吃饭的底层劳动者，在长期的共处中已经与阿尔及利亚的本地居民打成一片，自以为在道德和法律上具有合法性与正当性，他以及他所代表的群体决不能接受外国人的身份和地位。“雨水从几千公里的高空不断落下，将眼前的煤渣路砸出无数小坑洼，更远一些的葡萄园里，支撑着葡萄架的铁丝一直在水底下闪烁。这水不会流到东部的海里去，它正要淹没整个地区，淹没河边的沼泽地，附近的山脉，还有差不多一毛不生的大片土地，那股强烈的气味一直传到挤在同一条袋子下面的两个男人这里。”象征的意味，不言自明。

雅克·高麦利对父亲的描绘几乎完全出于想象，他在八个月的时候父亲就参军走了，从此一去不回，他对父亲的印象出于“神思恍惚”的母亲的口中，例如他“很像”他的父亲：“像，简直就是你，一模一样。他的眼睛很清亮。那额头，就是你那样子。”还有，他看到同伴被敌人“割断喉咙”等，就像发了疯似的大叫“他们不是人”，以及“他的父亲三点钟起床去看一个著名凶手的死刑”，“回来时面如土色，睡下后又爬起来吐了好几次”，据他的外祖母说，这件事“激起了他的愤慨”，除此之外，他就只能“靠想象了”。他想象父亲年轻时候的形象：“他身材粗壮，长脸，前额高且方，下巴坚毅，双眼明亮，尽管过了季节仍旧穿一件三粒扣子的斜纹布上装，按当时时尚直扣到脖颈，一顶鸭舌帽盖在剪得很短的头发上。”他干练果断，是一个和他“在一起就不怕”的男子汉。他瞧着阿拉伯老人的目光“清澈而专注”，他投向医生的目光是“清澈的”。“清澈”，是一个人的心灵坦白真诚的表现，他的父亲就是这样的人:“一个倔强、苦涩的人,劳碌终生,受命杀过人,接受一切无法选择的事实,但出于自身某些原因,他不愿被败坏。”这“某些原因”,也许就是做人的原则:尊严与同情心。雅克·高麦利的心中浮现出这样的形象:“那个人曾经无依无靠,在贫穷中,在幸福的海滨,在世界最初的晨光下成长,创业,没有回忆,没有信仰,孤独地走进他那个时代的人类社会,走进他自身可怕而激昂的历史。”可惜,他的父亲年仅二十九岁就与这个世界告别了,“他对他的家人和儿子而言永远是个陌生人,也逃脱不了被遗忘的命运”,“一切都将归于虚无之中,带着他们的鲜血、勇气和既惨酷又富于同情心的天性一起消失”。可是雅克·高麦利要将这一切摊开在世人面前,使他父亲所代表的群体走出历史的阴影,摆脱被抛弃、被遗忘的命运吗?他能成功吗?

从未见过父亲的雅克·高麦利是在小学教师贝尔纳先生身上找到了父亲的形象,他让他明白“耻辱和荣誉往往只有一步之遥”。“每到关键时刻,他总善于把自己摆在雅克父亲的位置上,这就是雅克永远无法把他忘怀的原因。虽然从未见过父亲的面,但雅克似乎从来没有父亲不在人世的感觉。在孩提时代,乃至后来这一生,他都在下意识中承认,这是在他的童年生活中出现的唯一周全而果断的父爱。”中学和大学时代,他视哲学老师让·格勒尼埃为父执,他为雅克“打开了这世上我最钟爱的事物的大门”。据说《第一个人》中《圣布里约和马朗》一章就有所影射，例如“管理事务，领导别人，这一切教会了他许多，但首先一点就是表面上要表现的所知有限。不过实际上，他学养甚丰，雅克·高麦利毫不掩饰对他的钦佩，因为在上层人士大多平庸的情况下，马朗是唯一有自己思想的人。在他可能拥有的限度里，在表面虚诈的调和下，不论任何情况他都有那么一种自由判断，这种自由融合了最彻底的独创性”。雅克·麦高利应该在他的成长过程中对这种独创性有所反映，例如他的独特的“自由判断”，我们可以想象，在这部手稿尚未涉及的中学以后的部分应该得到某种程度的描述。

（三）

雅克·高麦利找到了父亲的墓地，并且认同了父亲的形象：他的父亲“吃苦耐劳，沉默寡言，容易相处，公正无私”，是“一个苦涩的人，劳碌终生”。“总之，他是一个穷人。”穷，在雅克·高麦利看来，是一个含义十分丰富的词。一方面，人们都渴望着摆脱贫穷，一方面，贫穷又蕴含着深刻的精神财富。他赞美贫穷，却并不美化贫穷；他颂扬穷人，却并不拔高穷人。他对财富存而不论，也许他从未表示过不屑，但是他从未表示过羡慕，给予流行的尊敬，这是他与许多人不同的地方。

雅克·高麦利见到父亲的墓地之后，身心受到极大的震动，也许应该由他“去了解、去询问”“这个默默无闻的人”。他到了索尔费里诺，他的出生地。他没有更多的发现，却从一个农场主那里知道了一个鲜为人知的事实：原来“索尔费里诺是由1848年革命党人建立的”。1848年革命被镇压之后，“巴黎失业的人很多，怨声载道。制宪会议决定投入五千万法郎，打发一批人去殖民地，许诺给每人一所住房和一块两到三公顷的土地”。农场主的祖先“曾经是革命党人”，是“在巴黎受凌辱的那种人”。他们“这种人充满幻想，相信圣诞老人的存在，圣诞老人有一件斗篷，肯定会在圣诞节送给他们”。他们1849年出发，1854年盖了房子……雅克·高麦利想象着当时的场景：“塞纳河畔，拉纤的马拖着六只驳船，在市政府管弦乐队演奏的《马赛曲》《出征之歌》和教主的祝福声中前进。岸边的旗帜上绣着尚未存在、要靠船上的乘客用魔力去创造的村庄的名字。驳船向前漂去，巴黎从眼前掠过，将要从视眼中消失。尽管有神灵的祝福，尽管有坚定的意志，这些勇敢的人们，坚强的街垒斗士都默默无言，心情沉重，女人们更似惊弓之鸟。……进入博那港之后，岸上的人群在乐声中欢迎来自远方的面色铁青的冒险家，他们携着妻儿，带着家具，离开欧洲之都，经过五周的漂泊，踉踉跄跄地登上了远方青色的土地。”二十年之后，法国1871年普法战争战败，被迫割让阿尔萨斯和洛林，不甘心生活在德国人统治之下的法国人来到了阿尔及利亚。雅克·高麦利的母亲虽然“连历史、地理的概念都搞不清楚”，却模模糊糊地知道，有一个地区叫阿尔萨斯，“她丈夫的父母就是那里的人”。“他们就当着那些叫‘德国佬’的敌人的面，逃到阿尔及利亚落了户。”她的父母一家是西班牙马翁人，“也和她丈夫的父母一样，很久以前从那里来到了阿尔及利亚，因为他们在马翁穷得没饭吃”。1848年的革命者与1871年普法战争的流亡者终于在阿尔及利亚的土地上会合了，这给了雅克·高麦利想象的空间:“他看见父亲站在博那码头上，夹在那群移民中间。滑车取下从漂泊颠簸中残存的破旧家具，由于丢失了一些家具，他们发生了争吵。父亲就在那儿，坚定果断，面色忧郁，咬紧牙关。四十年前，父亲坐着马车，在同样的秋日天空下，从博那到索尔费里诺所走的路，不正是他们走过的那条路吗？然而对于这些移民来说，路是不存在的。女人和孩子们挤在军队的辎重车里，男人们迈着双腿，穿过沼泽地和荆棘丛。每隔一段路都有聚集起来的阿拉伯人，在远处充满敌意地看着他们。卡比利亚的狗连续不断的叫声一路陪伴着他们。薄暮时分，他们到达了雅克父亲四十年前到过的地方，平坦的大地被远处的群山环绕，没有一寸耕作过的土地，没有一座房屋，零星分布着几顶土黄色的军用帐篷。苍凉的天空和危险的大地之间是荒无人烟、寸草不生的空旷，让他们觉得这是世界的尽头。夜间，女人们因疲倦、害怕、失望而哭泣。”面对着吉凶未卜的命运，雅克·高麦利的父亲采取了勇敢面对的态度。

农场主的描述和这描述激起的想象在雅克·高麦利的头脑中连续滚动，成为活生生的画面，1848年的革命者开拔时的壮观与1871年普法战争的流亡者的狼狈形成强烈的对比，透露雅克·高麦利对祖上英勇刚毅的开拓精神深深的敬佩之情。那是一群生活无着而流落他乡的人，“一个世纪以来，一批又一批的人来这里耕种，有些地方的犁沟越来越深，而有些地方的犁沟则歪歪斜斜，最后被一层土覆盖，又长出了野草。这些人生儿育女，然后死去，他们的儿辈们也是如此。子子孙孙在父辈们生活过的土地上生活着，没有过往历史，没有伦理道德，没有前车之鉴，没有宗教信仰，因在光明之中生活而幸福，因面临黑暗与死亡而焦虑。来自天南海北的几代人，消失在预示着薄暮黄昏的美好天空下，未曾留下一丝痕迹，与世隔绝，永远地被人遗忘”。

1958年，当加缪重印他22岁时写的《反与正》的时候，作为序言，他写了一篇文章，这篇文章可以说是他一生的总结。45岁就总结了一生，可谓不祥，这篇序言预示了他的结局吗？一语成谶啊！他说：“这样，每一个艺术家便在他的内心深处保留着唯一的一眼泉水，在其一生中滋润着他之所是和他之所说。……对于我，我知道我的泉水在《反与正》之中，在这个交织着贫穷和光明的世界之中，我曾长期生活在这个世界之中，其回忆仍然对我保持着两种相互对立的危险，这危险威胁着每一个艺术家，那就是怨恨和满足。”加缪心中唯一的泉水，就是阿尔及利亚以及对于阿尔及利亚的爱恨情仇。他赋予雅克·高麦利慷慨宽容的气度，从不怨恨贫穷，他无暇、无意亦无心羡慕嫉妒恨，因为他身后有百年来法国移殖民在阿尔及利亚的奋斗史作为取之不尽的精神资源。他试图逃避默默无闻的命运，逃避贫穷、无知、执着的生活，他不能生活在默默无语、目光短浅的忍耐中。他周游了世界，有过创建，有过创造，点燃了生命之火，他的日子无比充实。但是，他忘不了圣布里约之行带给他的冲击，忘不了父亲的死带给他的震撼。他要把先辈和他这一代的历史保留下“人名和回忆”，清楚地显现“他们走过这片土地时留下的唯一而神圣的足迹”。

（四）

每当雅克·高麦利离开巴黎到非洲的时候，“心里就像打开了新的天地”:“他逃出来了，在大海宽阔的脊背上贪婪地呼吸着。他终于能睡着了，又回到难以割舍的童年时代，回到了童年那神秘的阳光里，回到了温馨的贫穷日子里。”他想到了孩童的游戏，他们是些简单而快乐的穷人的孩子。他们在水池旁的宽石边上玩鞍马，直到“跌进散发着尿骚味和阳光气味的浅水池”。他们在制桶厂背后的空地上用球拍击打抛来的“木棍雪茄”，“这种穷人玩的网球游戏规则比较复杂，一玩起来往往可以打发掉一个下午”。如果天气或情绪不佳，他们就在一个破旧的地窖里会合，把几只腐烂的破包挂在生锈的铁丝上，在这张破败不堪的帐篷下，他们终于拥有了自己的家（他们从来没有属于自己的房间和床）。“尽管远离纯净的天空和海风，他们在贫穷的王国里俨然一副胜利者的模样。”在这里，雅克·高麦利的笔调显示出一种童心未泯的欢快与质朴，穷人的孩子的快乐是富人的孩子难以理解的，他们也往往不曾有过。

“然而，最愉快的日子是在气候宜人的季节里，以这样或那样的借口，巧妙地撒个谎，逃避午睡。”孩子们穿过几条马路，“快乐地嗅着从禁止入内的仓库里飘来的马粪、干草和汗水的味道”。进入一座试验花园之后，他们就分头寻找弹药，即一些小石子，然后分别向一些椰树射击，“他们的口袋里和手里都是水果，黏糊糊的”，然后“溜出园子，向大海跑去”。在海滨，如果某个孩子恰巧有足够的硬币，就买一袋薯条，“庄严地向海滩前进，身后跟着一队毕恭毕敬的伙伴”。而后，他分给每人一根薯条，“他们认真地品味着这唯一的油重香热的恩赐”，美宴（一根薯条，就可以被称为美宴！）过后，他们一起奔向大海，“一到水里”，他们就“用力而笨拙地扑腾，欢呼，流着口水吐着痰，相互比潜水，看谁在水底憋的时间长”。雅克·高麦利用一系列略显夸张的词汇描写孩子们的心情，例如“快乐”“庄严”“认真”“扑腾”“欢呼”等等，表示他虽然已经四十岁了，但一点儿也没有忘记童年的快乐，叙述起来仍然津津有味。“大海温和湿润，已经变得暖和的太阳挂在湿润的头顶，灿烂的光线令孩子们浑身充满快乐，不停地欢呼。他们主宰着生活，主宰着大海，收下世界所能给予的最奢侈的东西，无度地加以挥霍，就像一群阔老爷，有着无可比拟的财富，尽可放心使用。”这“无可比拟的财富”，就是穷人的孩子们的永远不变的童心。

雅克·高麦利童年的一个重要内容是学校，他不但在学校里发现一个可以称作父亲的人，而且在学校里，孩子之间的友谊纯真而自然，例如跟踪被孩子们唤作“高路发”的捕狗人，“孩子们全都联合起来反对高路发”，因为被高路发抓住的狗都被放进一个笼子里，“这些不幸的动物在笼子里惊恐万分，一路颤抖、吠叫，直到死亡”。孩子们喜欢狗，天然的同情心跃然纸上。还有，孩子们边聊天边等待着学校开门，学校给他们打开了一个新的世界，与他们逼仄封闭的家不可同日而语。“只有学校才能给雅克和皮埃尔这些快乐。他们深情地爱着学校里的一切，可能是因为他们在家中找不到这些东西的踪影。家境的贫寒与愚昧使封闭的生活更为艰辛，更为沉闷，贫穷是一座没有吊桥的堡垒。”要通往广阔的外部世界，只有学校才能充作“吊桥”。

学校培养孩子们一种饥渴感，“这种饥渴感对孩子们来说是至关重要的，这就是对于发现的一种渴望”。他们不仅学到了一些新的知识，看到了一个新的世界，而且“他们第一次感受到了自己的存在，觉得他们是被高度重视的对象”。这是穷人的孩子独有的感受，与富人的孩子的感受迥然不同。学校使他们了解了那场离他们还不太遥远的战争，使他们“明白耻辱和荣誉往往只有一步之隔”，使他通过考试进入中学，开始成功地脱离“穷人愚昧但热情的世界”。“今后，他得在无人相助的情况下去学习，去理解，唯一给过他帮助的男人不能再帮助他了，他必须自己成长，自我教育，付出昂贵的代价，成长为一个男子汉。”雅克·高麦利的成长迈出了第一步。

（五）

阿尔贝·加缪在《附录》中写道：“通过如下的形象开始最后一部分：多少年里，一头瞎驴围着戽斗水车打转，忍受着拳打脚踢，忍受着残酷的大自然，太阳，苍蝇，不断忍受着，在表面上看来枯燥无味、单调、痛苦而缓慢的打转中，水不断地喷射出来……”根据加缪在《附录》中开列的《第一个人》的写作大纲，“最后一部分”乃是关于“母亲”的叙述，显而易见，“瞎驴”的形象是用于描写母亲的，母亲就是那一头终日劳累而不肯抱怨的驴，可是她不知道，正是在她的打转中，“水不断地喷射出来……”这种“只问耕耘，不问收获”的人生态度，说的不正是加缪那个半聋半哑的母亲吗？加缪给《第一个人》的题词说："献给永远不可能读这本书的你"，既表现了加缪对母亲深沉的爱，又表现了他对母亲的谦卑之情。"如今的雅克，在四十岁的年纪终于拥有了这许许多多的东西，但他心里非常清楚，自己仍然是世界上最卑微的人，至少在他母亲看来没有什么了不起。"雅克·高麦利感觉到，在"源头处还在继续燃烧"的东西正是"他那对于赤贫和朴素的突如其来的渴求，以及对于虚无的某种憧憬"。"是的，这种暗中的波动经过这些年，已经与他周围这片广大的地区融为一体，整整一个童年时代，他都感受到了它的分量连同他面前的大海，和他身后无边无际的群山、高原以及人们心中称之为'内地'的沙漠之间，永远潜伏着危险，而人们却从不谈论这种危险，因为它看上去十分正常。"他十分担心发生在他身上的这种"波动"，有一天会消失得无影无踪，因为"他渴求的只是快乐，只是自由的生命和力量，是生活中现在不能用金钱买到，将来也永远不可能买到的美好和神秘的一切"。

对于母亲，雅克·高麦利始终具有一种深沉而纯真的爱，无论其容貌地位如何变化，"对这一切，社会地位也好，家庭也好，雅克一点也不想改变，他母亲怎样就怎样，她仍然是他在这个世界上最热爱的人，哪怕这份爱是那样地毫无指望"。他本来也不指望什么，或者他本来也不希望得到什么，这是出于人本身的一种天然的、没有任何功利之心的感情，所以他才能在斯德哥尔摩获得诺贝尔奖的时候说出“在捍卫正义之前，我要保卫我的母亲”这样令世人惊骇的话。

雅克·高麦利“一直觉得母亲很漂亮，却从来没敢对她说，倒不是因为怕扫兴，或是疑心这样的恭维能否取悦于她。但这就可能跨越那道无形的栅栏，栅栏后面他看见了她的脸上整个生命固守在某个堡垒之中——温柔、谦恭、随和甚至消极，然而却从未被什么东西或什么人征服过，在半失聪的状态里孑然一身，说话有困难，虽然绝对美丽，却几乎难以察觉她越是笑眯眯的，他的心就越是向她狂奔而去——是的，整整一生，她都表现出这同一种谦仰顺从却又冷淡的神态和她看人时的这种目光……由于希望不断地破灭，这种生活也变成了一种没有任何怨言的生活，无知、顽固，最终屈服于所有的苦痛，所有那些与别人一样的痛苦。他从未听见她对此抱怨过，除了在洗完一大堆衣服后说几句她累了或者腰疼的话。他从未听她说过别人的坏话，除了谈起某个姐妹或是姨婶对她不够体贴，或是太‘自负’，但，反过来说，他几乎没听见她由衷地开怀大笑过”。她最习惯的动作就是“面朝着大街”坐下来：“很快地，她转身回到屋里，走向朝着大街的餐厅坐下来，似乎不再想到他，也不想任何别的，甚至有时用某种古怪的表情看着他，仿佛现在，或者至少他有这样的感觉，他是多余的，打搅了她特立独行的狭窄、空灵和封闭的世界。”雅克·高麦利在母亲的沉默中体会到“她保有一份他早已失去的本真，也只有她能解释什么叫活着”。他不能逃避现实世界的侵染，他不能生活在母亲的沉默之中，不能坚持目光短浅的忍耐，也不能过她那种无知无识的生活。虽然他过着不再贫穷的生活，但是，没有什么能比母亲的“本真”更能充实他的“心灵”。“哦，母亲，哦，温柔的，亲爱的孩子，比我的时代更伟大，比令你臣服的历史更了不起，比这世上我曾爱过的一切更逼真，哦，母亲，原谅你的儿子逃避了你的真实的黑夜。”抒情的口吻，表现了雅克·高麦利诚挚的心境，如今他四十岁了，笔调又回到了加缪二十多岁写作《反与正》的时代，因为他的“内心深处保留着唯一的一眼泉水”。

（六）

阿尔贝·加缪在《〈反与正〉序》中说:“免除嫉妒，我首先要归功于我的亲人，他们几乎什么都缺，却几乎什么也不嫉妒。这个家庭甚至不识字，它以沉默、谨慎、自然而朴素的骄傲给了我最高的教诲，我毕生受用不尽。”在《第一个人》中，雅克·高麦利就是在这样的家庭环境中成长的。他的家庭包括他的母亲、他的哥哥、他的外祖母和他的舅舅。他的母亲已如上述，他的哥哥，小说着墨不多，他的外祖母和他的舅舅是这个家庭的主要成员，除了母亲，他最关心的是他们，而他们对他的影响也是最大的。

雅克·高麦利的外祖母是一个专断而严厉、双眼清澈而冷酷的人，“她统治着这个家”，要求家里人对她绝对地服从，“贫穷和厄运都没有使她动摇”。“童年时在阿尔及尔，外祖母总是逼雅克陪她睡午觉。‘去睡觉！’一想到外祖母奇怪的说话方式，他心里就恨恨的。”长大之后的雅克·高麦利自然懂得，那是外祖母一种恨铁不成钢的方式。他最不能忘怀的是，一个是“他整个童年时代都不得不穿着过长的帆布服”，另一个是，“她自己给孙子们买了她希望是不朽的又厚又结实的高帮皮鞋。为了想方设法延长寿命，她让人在鞋底上钉了许多圆钉，这有两个好处：要磨烂鞋底，先要磨烂这些钉子”。一个两法郎硬币的故事使他明白，外祖母的行为有其不得不如此的原因：一天他替人跑腿，有两法郎掉在人行道上，他捡起来，突发奇想：何不用它看一场期待已久的球赛？于是他谎称这两法郎掉进下水道里了。他“心惊胆战”地看到外祖母“卷起右手袖子，露出白而干瘪的胳膊走上楼梯平台，他连忙冲进饭厅，差点要吐出来。……她的胳膊上涂满了肥皂，正开大了水龙头冲洗着”。他由此“明白了外婆去掏粪并不是出于吝啬，对这个家来说，两法郎确是一笔不小的数目，她非这样做不可”。有一次，“雅克无意中发现外祖母清澈的目光突然充满了前所未有的温柔”，原来他的舅舅欧内斯特穿上了节日西服，像一个

"盛装打扮的希腊牧羊人"。"在外祖母眼里，这才是真正的欧内斯特：俊朗潇洒。雅克终于意识到，外祖母是出于母性爱着他的儿子，她与众人一样钟情于欧内斯特的优雅与强健。面对强壮的儿子，外祖母异乎寻常的偏爱是非常正常的，这种偏爱之心，谁都或多或少地受到过感染，它是那么美妙，让这个世界变得可以忍受。"当他夺下外祖母手中的牛筋鞭子的那一刻，雅克·高麦利长大了，外祖母决定以后不再打他，实际上也真的没再打过，"因为在这个瘦而有力、头发蓬松、目光桀骜不驯的少年身上，从前那个孩子实际上已经死了，他整个夏天都在为给家里挣一份工资而奔波操劳"。雅克·高麦利对外祖母的看法很严厉，但实际上却很宽容，他是一个能够容忍的孩子。他的老师贝尔纳先生教导他说："听着，应该理解你外祖母，生活对她来说非常艰辛，她和你母亲拉扯着你和你哥哥，把你们培养成两个好孩子。你外祖母心有顾虑是很自然的。"雅克·高麦利对外祖母虽然心生埋怨，但从不出言不逊，他原谅了她。

在雅克·高麦利的眼中，他的舅舅欧内斯特是个骁勇健壮、俊朗潇洒的人，不过，"他的耳朵一点儿也听不见，说话使用上他掌握的百来个字，并要辅以同等数目的拟声词和手势"。但是，"他丰富的想象力弥补了他的无知"，"他精明狡诈，这种本能的智慧使他能够在社会上立足，与形形色色的人物交往，尽管这些人对他来说都是静寂无声的"。活脱脱一个没有文化却聪明绝顶、大智若愚的人！“他一直以自己的方式爱着雅克”，带着他去大海里游泳。“他像亚当一样无知，过分关注许多转瞬即逝的痛楚。……不过，他以他的开朗和慷慨赢得了朋友的崇敬。”他带着雅克与一帮朋友去打猎，“周围的高地仿佛在震颤，就好像一块铁砧板，经受着骄阳之锤的击打。”大家互相炫耀各自的猎物，嘲笑空手而归的人，“说他们每次都如此”，然而“伟大的行吟诗人的称号属于欧内斯特，他什么话也不说，用精妙的手语结束了他的描述”。他们友好而又响亮地拍拍手表示告别，“雅克听到他们渐渐地走远，他们的嗓音粗野而热情，他真的很爱他们”。欧内斯特和他的姐姐相依为命，“他们共同生活的那些年，欧内斯特以自己的方式照看着她，是的，就像夫妻一样，虽无肌肤之亲，却有血脉相连”。雅克“永远也无法从他们那儿了解到底谁是他父亲，但是，只要他们还活着，还是可以为他开启对贫穷而幸福的童年生活的美好清新的回忆。他并不完全相信那些喷涌而出的丰富的回忆，真正能忠实地反应那个孩子的过去。但是，他十分清楚，自己的确应该保留下那两三个特殊的形象，正是这些形象把他与他们紧紧结合在一起，抹去了他多年来竭力追求的形象，使他最终沦为一个无名无氏、不明不白的人，在过去多少的岁月里，他在家中虽然过的就是这种生活，但却养成了真正的崇高情操”。他们是沉默的人，但是，“他们从前和现在都比我伟大”。这是雅克·高麦利的心里话。

（七）

雅克·高麦利拜访蒙多维，了解了父亲那一代移殖民的悲壮的命运之后，心中明确地形成了两个世界，一个世界还保留着“人名与回忆”，另一个世界“沙滩的风把人的足迹擦得一干二净”。这后一个世界正是他父亲的世界，他们不曾逃脱被人遗忘的命运，“他们面临险境，可能会永远处于默默无闻之中，失去他们走过这片土地时留下的唯一而神圣的足迹，埋进黑夜笼罩下的难以辨认的墓地石板下，他们必须学会面对他人，面对先他们而来、现在已被抹去的征服者，必须承认征服者的种族与命运之间亲如手足的关系”。总之，“这些人创造了世界，又永久地脱离了这个世界”，雅克想脱离这个无名之地，脱离这个默默的人群，脱离这个悄然逝去的家庭，但是萦绕于心中的“默然和虚无”又使他放不下埋葬在墓板下的父亲。“他自以为自己活得很好，他独自长大成人，清楚自己的力量、自己的活力，用双手支撑着自己直面人生。但是在这阵奇特的眩晕里，这座所有人最终都要建立起来的雕塑，随着岁月的流逝逐渐变得坚硬，人们在此默默地消失，等待着最后的风化碎解，此时它已开裂并且倒塌。他也不再存在，只剩下这颗惶惑的心，抗拒着死亡的威胁，在这世界上苟且偷生了四十年，这颗心总是以同样的力量冲击着这堵将他与整个生命的秘密分隔开的墙，想要走得更远，到那儿去弄个明白，在死亡之前，最后为了生存而去弄个明白，哪怕一次，一秒钟，却从来不曾。”不是不曾，而是去过圣布里约之后，震撼之余，“他还可以去探寻，去了解这个男人是谁，去了解这个他如今感觉比世上任何人都更亲近的人”。他可以用他的笔去勾画这个“人人都是第一个人的遗忘之地”，让它呈现在世人面前，从而进入回忆的天地。从遗忘到回忆，是雅克·高麦利的追寻之路，也是使他获得自由的解脱之路。在遗忘之地，人人都是“第一个人”，在回忆之地呢？

我们首先要问的是，怎样的人才是“第一个人”？我们在小说的《附录》里找到这样一句话：“面对……在世界最古老的历史里，我们是第一个人——不是像报纸上叫嚷的那种没落的人，而是有着模糊的、不同的开端的人。”第一个人是开端之人，是开创之人，是前无古人以自我为起点的人。1954年3月28日，阿尔贝·加缪对新闻记者弗朗克·杰特朗说：“我想象……‘第一个人’，他从零出发……没有道德，没有宗教。如果您愿意的话，这是一种教育，一种没有教育者的教育。”第一个人是开垦处女地的人，是没有先在的教育的人，是不受任何束缚的人。据此，我们似乎可以从中体会到“第一个人”的含义：“第一个人”就是没有伦理、没有信仰、朝气蓬勃地面对某种前无古人的事业的人，不管这种事业是清晰的，还是模糊的；是家庭的，还是族群的；是个人的，还是集体的；是平凡的，还是伟大的。也就是说，“第一个人”是开天辟地的人，他面对的是混沌的世界。我们接着要问的是，谁是“第一个人”？雅克·高麦利的父亲就是这样的“第一个人”，他要在阿尔及利亚为自己家庭的幸福而奋斗，披荆斩棘、筚路蓝缕，他的儿子出生了，然而，“第二天，他就得开始工作”。他虽然“已习惯承受沉重的打击”，但绝不会想到自己殒命于第一次世界大战的马恩河战役，一腔热血白白地洒在战场上。他是第一个人，然而没有他的儿子的回忆，“一切都将归于虚无之中，带着他们的鲜血、勇气和既残酷又富于同情心的天性一起消失”。在历史不公平的遗忘之地，像雅克·高麦利的父亲一样的第一个人到处都是，可以说是“人人都是”。“遗忘就是他这样的人最终的天国，也是无根生活的结局。……人类的历史在古老的大地上永不止息地缓缓发展着，几乎没有留下什么痕迹，仿佛与历史真正创造者的记忆一起在永恒的太阳下蒸发，化为暴力和谋杀的危机，化为仇恨的火焰，化为泉涌的鲜血。血就像北非的河谷，迅速膨胀，迅速干涸。现在黑暗已经从地面升起，淹没了神奇永恒的天空下死亡的和生存的一切。”这是雅克·高麦利的父亲那一代人或以上几代人的悲剧，他们曾经勇敢勤劳地存在过，然而转瞬间消失得无影无踪。雅克·高麦利不甘心，他要在历史中找一块地方安放他父亲这一代移殖民的灵魂，换句话说，他要在历史中恢复他们的地位，于是，“第一个人”的含义也就有了一些微妙的变化。作为一部小说，《第一个人》是未完成的，它需要修改和补充。例如，第二部的标题是《儿子或第一个人》，第一章题为《中学》，第二章题为《内心的困惑》，全书到此结束了，“第一个人”未着一字。我们有理由猜想，以后还会有大学，有大学以后直至雅克四十岁的生活及思考，肯定会有关于“第一个人”的描述和界定。当然，这都是猜想了。

雅克·高麦利已经成了与他的父亲完全不同的两代人，他是“第一个人”，然而他不是一个转瞬即逝的人。他记录了他的父亲的历史，使它重现于人们的记忆之中。雅克·高麦利曾经是这样的“第一个人”，“在海水、海风和街头的嬉戏中长大，在沉闷的夏季和短暂的冬季的暴风雨中，没有父亲，没有人教会他人情世故”。“他找回了童年，但找不到父亲。他明白了他是第一个人。”这时他是和他的父亲一样的“第一个人”，然而，从他找到父亲的墓地的那一刻起，他突然意识到：“像他这样一个一无所有，却又想占有整个世界的人，是没有足够的精力来建树自己，并且征服、理解这个世界的。”他发现“一切”都离他而去了，他“需要有人”为他“指路”，“惩罚”他，“称赞”他，“不是凭特权，而是凭威信”，总之，他“需要”他的“父亲”。他有债要偿还，有恩情要感谢，有乡愁要怀念，有思想要保持虔诚，有成就要崇敬，总之，对于先辈留下的遗迹要发掘、要尊重、要继承，甚至要发扬光大。就是说，人不是无源之水，无本之木，人有传统，有先辈，有历史。阿兰·芬克尔克劳在他的访谈中认为，这是加缪与萨特的根本分歧之一。萨特也是幼年丧父的人，但是他反悲为喜，在《词语》中写道："我的父亲要是活着，他会用他全部的重量压在我身上，把我压垮。幸亏他在我年纪很小的时候就死了。"他要的是摆脱一切的自由，而加缪则不然，他要的是有条件的自由。对萨特来说，人人都是"第一个人"；对加缪来说，"第一个人"必然是某个人的子孙后代。

法国作家奥利维耶·托德写有一本《加缪传记》，八百五十五页，皇皇巨著也。这本书出版于1996年，其中写道："他（加缪）计划进入第三个以'爱'为中心的阶段，也就是'我目前正在考虑的计划'。他还在小范围内悄悄谈到了一部正在构思的、采取传统形式的小说，题目将是《第一个人》。这部小说将包括上下两部。"加缪将自己的创作分为三个部分或三个阶段，即"荒诞"、"反抗"和以爱为中心的"幸福"，《第一个人》正是属于第三个阶段，而且采用的是传统形式，看来加缪认为，要表现幸福的主题，非传统形式不可。实际情况也是如此，《第一个人》以雅克·高麦利四十岁时的回忆展开了一幅历史的画面，刻画细腻，气势磅礴，历史的想象与现实的场景细腻真实，历历在目。1994年出版的《第一个人》所依据的是一个未完成的手稿，仅两部中的上部。我们期待的上下两部的《第一个人》被一场荒诞的车祸毁掉了，留给我们的是无尽的遗憾。幸好，我们还有一部残存的手稿可供猜测和遐想，阿兰·芬克尔克劳说“它超越了单纯的资料或证据：人们可以看到它已经成为一部杰作”，彼埃尔·索昂杰说“内在的品质可以保证其被视为一部完整的作品”，虽然口气中有一丝保留，但也可以被看成是对《第一个人》以及加缪的持续的公正评价了。

（《第一个人》中译本，袁莉、周小珊译，许钧校，载《加缪文集》，译林出版社，1999年。）

2020年4月

北京

《阳光与阴影》：加缪的秘密

阿尔贝·加缪于1960年死于车祸，年仅四十七岁，可谓英年早逝。他的死至今也已五十年，然而他的著作却未曾因他的死而稍微减色，尤其是他的小说，也许还有他的长篇随笔《反抗的人》。一位作家在其死后五十年中一直为人阅读，他的小说《局外人》一直雄踞发行量极大的伽利玛出版社的“页码（Folio）丛书”的榜首，他的思想一直被某些人尤其是年轻人奉为行动的指南，这在20世纪的作家中是罕见的，也许是唯一的。20世纪的读者是挑剔的，也是善变的，作家走红三五年已不多见，死后十年还被人阅读，更是许多人求之而不得的目标。加缪则不同，一位从前以讽刺的口吻说他不过是一个“中学毕业班的哲学家”的批评家，现在也改口说：“加缪如果不是唯一的，也是罕见的没有经过炼狱的一位20世纪的法国作家。”所谓“炼狱”，根据天主教的教义，乃是人死后等待进天堂而暂时受罚的地方，人待在那里直到罪愆炼尽为止。人们有理由问：加缪有什么秘密让他的思想保持这么长久的生命，让他的作品保持这么强大的魅力？

这个秘密，法国作家罗杰·格勒尼埃的著作《阳光与阴影》（顾嘉琛译，北京大学出版社出版，1997年）为我们揭示出来了。作者在序言中说："他的全部作品都是生活的见证。"20世纪，尤其是第二次世界大战前后的一段，称得上重要的作品都要对生活做出某种说明，然而仅仅有这一条怕还不够，时过境迁，生活的见证也会失去光彩。果然，作者紧接着说，"但是，不要忘记他首先想要成为一个艺术家。无疑，正因如此，他的作品始终离我们那么近。加缪是一位凭借自己的激情和焦虑——同样也是我们的激情和焦虑——创造神话的艺术家"。加缪不但要见证生活，而且要对生活的本质提出一种普遍的看法。我认为，"生活的见证"加上"创造神话的艺术家"——而且后者更为重要——构成了加缪的秘密。一部《阳光与阴影》，正是围绕着"见证"与"艺术家"而紧扣着加缪的作品一步步展开的。

罗杰·格勒尼埃是个小说家，有人称之为"法国的契诃夫"，素以淳朴自然、清远隽永著称。他在写作批评文章的时候也不愧这个称号，把一个作家的精神传记写得那么清晰、简洁、修短有度，像他的短篇小说一样透着清新淡雅的韵味。他是加缪的挚友，但是，他的行文绝没有过分的热情，有的只是经过节制的友谊透露出的一种略带抒情的笔调。他用近乎白描的手法揭示出加缪本质上的朴素，而没有借亡友的光辉增加自己的灿烂。他的方法看来极其简单，不过是把加缪的作品老老实实地一件件滤过，从中显露出作者并非一帆风顺的心路历程。但是这种极其简单的方法，却极少在作家评传的写作中见到，在我见过的作家评传中，《阳光与阴影》是唯一一本以作品为主线（每章的题目便是作品的名字），在作品的评介中穿插作者的生平、交往及作品反响的著作。作品是“一个作家所拥有的、最属于自己的东西”，尤其是加缪这样的作品和人品极其一致的作家，抓住了作品，就等于抓住了人。罗杰·格勒尼埃说得好：“我觉得与其追寻他所构建的框架，倒不如从始至终地去探索他的著作的主流，就像从源头开始探索河流一样。”不问情由地赞成或反对圣伯夫的主张，的确是“有点简单化”了。自从普鲁斯特发表《驳圣伯夫》以来，采用圣伯夫的主张，即用一个作家的生平说明其作品的方法，确实需要一定的勇气。《阳光与阴影》证明，罗杰·格勒尼埃不乏这种勇气。

加缪是一位靠政府的奖学金完成中学教育，靠借贷和勤工俭学完成大学教育的作家，他对贫穷和疾病有充分而独特的认识，贫穷使他看到了世界的不义，疾病（他十七岁上得了当时视为不治的肺结核）使他看到了人生的荒诞。但是，“贫穷从来也不是我的不幸，因为光明在其中撒下了它的全部财富”。就是说，贫穷和疾病不但使他看到了世界和人生的不义与荒诞，也教会了他如何生活，更教会了他珍视在苦难中获得的写作的能力。他从来也不把贫穷和疾病当作享受生活的障碍，而是在贫穷和疾病中充分地享受在阿尔及利亚“分文不取”的阳光和大海。他在巴黎的知识分子中感到浑身不自在，因为他们并不总是光明正大的；而在印刷工人中却如鱼得水，也许因为他不能忘怀他贫穷到没有一张写字的桌子的童年。他可以拒绝法国总统的宴请，却不忘记把他在诺贝尔奖授奖仪式上做的《瑞典演说》献给他的小学老师。他在世界的正面和反面、阳光和阴影之间骄傲地宣称：“我不选择。”他的作品充满了对现世生活的赞美和追求，他不能容忍以未来的名义对现时的人提出种种不义的要求，即使逆历史潮流（他相信“历史不就是一切”）而动也在所不惜。这是他的“拒绝”与“赞同”，也就是说，“改变生活，可以；但是改变世界，不”。他从不马虎，绝不懈怠，对写作精益求精，在战后人们把精心写作当作资产阶级作风而弃之若敝屣的时候，他却对完美表达的艺术孜孜以求。加缪的每一部作品几乎都有一个周密细致的准备过程，他的笔是沉重的。他追求文字的精练和思想的清晰，但是他“不满足于当一名艺术家”，他要当一名“创造神话的艺术家”而使他的作品成为“生活的见证”。他成功了，年仅四十四岁就获得了诺贝尔文学奖，成为法国为数极少的“没有经过炼狱”的20世纪作家。罗杰·格勒尼埃先生也成功了，他的确是“紧随加缪”，勾画出了作为作家的加缪的精神形象。

加缪死时正值盛年，他的创作生涯正在越过短暂的低迷，向新的高峰挺进。他的皮包里装着未完成的小说《第一个人》

的手稿，证明了这一点。这部小说又回到了作者的童年，描写一个人如何在贫困和阳光的交织中长大成人，洋溢着一股青春的活力。可以说，加缪的作品，从《局外人》开始，都是写给青年人的，向青年人说话的，有着青年人在荒谬的世界上追求人生幸福的一股冲破一切束缚的力量。罗杰·格勒尼埃在评论《记事》时说得好，可谓一锤定音："我们看到一个信奉尼采，设想在自己的作品中'以征服的姿态体现力量、爱和死亡'的年轻人，最终达到了一种适度的哲学，即希腊人的古老的涅墨西斯哲学。"这就是加缪思想的归宿，是"我的反抗，我的自由，我的激情"落脚的地方。顺便说一句，"涅墨西斯"在译文中作"复仇女神"，这是不对的。涅墨西斯固然也有复仇的功能，但那是一种对于"过度"的报复，是不能译为"复仇女神"的。复仇女神另有其人，一个、三个或几个，形象也不一样，总之是住在冥国司报仇的女神。加缪的思想与报仇的观念迥异其趣，一词之差，使加缪的形象判若两人，得无慎乎！加缪的作品永葆青春，作为作家的加缪也永远是一个青年人的形象，确如《阳光与阴影》的作者在序言中所说："想象年逾八旬的加缪形象乃是不可思议的事情。"

一个拒绝进入先贤祠的人
——《孤独与团结：阿尔贝·加缪影像集》译后记

2009年，当时的法国总统萨科齐打算将阿尔贝·加缪的遗体移至先贤祠，此举受到加缪的儿子让·加缪的反对，总统的建议被指为“利用和消费”加缪，遂作罢。同年，由加缪的女儿卡特琳娜·加缪编辑的影像集《阿尔贝·加缪：孤独与团结》出版，两者之间大概不会有什么联系。可是，它们的价值会有什么不同吗？先贤祠是供奉法兰西民族深孚众望的贤人的地方，如雨果、左拉、居里夫人等，可供法国人和世界各地的游客瞻仰膜拜，地位身价可谓高矣。一本影像集，加缪的一生可通过一张张照片呈现出来，一个人的形象活泼泼地立在读者眼前，可谓亲切又直接。两种尊重的方式，一虚一实，如何选择？加缪的儿子替他的父亲做了选择，说：“父亲一生反对虚名，是不会同意住进先贤祠供人膜拜的。”看来，这对双胞胎子女是理解他们的父亲的，死在先贤祠里的高台上，不如活在一张张照片里。

阿尔贝·加缪因为不爱虚名，不事张扬，所以是孤独的，这是当今社会流行的价值观念，但是他在普通人中间收获了理解和友谊，因此懂得了团结的意义。他幼年贫穷，中年拮据，一生没有钱，一生蔑视奢华，然而他一生追求简单朴实的快乐，纵情享受“大海和阳光”给予每个人的馈赠，“义无反顾地生活”。他在1957年获得了诺贝尔奖的奖金之后，有钱可以买房了。可是他不愿住在巴黎，说在巴黎的知识分子中间感到“浑身不自在”，对“很豪华的生活”感到“疏远”和“怜悯”，于是就在普罗旺斯的一个小村庄卢尔马兰买了一栋房子，终于可以不受干扰地安心生活和写作了。卢尔马兰，一个“庄重而严峻”的地方，一个只有六百人的地方。然而，这个小村子容不了他，两年之后，他死于一次从卢尔马兰到巴黎的车祸，他说过：“我不知道还有什么比死于车祸更愚蠢的了。”可是他竟死于车祸，死于一种大功率、十分结实的汽车的车祸，死于发生在一条九米宽三车道空无一人刚刚下过微雨的通衢的车祸，而他的口袋里还揣着从马赛到巴黎的火车票！荒诞啊，荒诞！

阿尔贝·加缪的墓地不在巴黎，而在卢尔马兰，2011年的深秋，我去看过。在一个小小的公墓里，一丛荒草下，有一方粗粝的、没有打磨过的石头，上面刻着“阿尔贝·加缪1913—1960”的字样，没有墓志铭，旁边是他妻子的墓，墓碑却比他的大而整齐，周围是一些当地普通居民的坟墓。在这座墓地中，还有诗人阿兰·博斯盖。博斯盖也是一位名人，两位名人为卢尔马兰增光不少。他孤独吗？孤独，但是他身处“众人”

之中，正如他的女儿所说：“我的父亲和那些人在一起，所有的那些人，人数最多的那些人，他们每天都兢兢业业地做着他们该做的事。不知其名。”他在他们中间发现了友爱，发现了“他们对幸福之绝望的追求和他们的兄弟之情”。他去世之后不住在蒙巴纳斯公墓，不住在拉雪兹公墓，而住在大海旁、阳光下的卢尔马兰，他的子女想象他们的父亲不愿住在先贤祠，他们是真正心有灵犀的，他们的选择是对的。

加缪的女儿卡特琳娜知道，用照片呈现一个人的一生是困难的，因为“事情的本身是虚幻的：一个生命是变化，怀疑，矛盾”。但是，一位叫作雅克琳·列维-瓦朗齐的大学教授和文学批评家告诉她：“……他向我们呈现的神话，远非一些美丽的谎言，出卖真实，这些神话揭示了人类处境的深刻真理、世界的美、人的痛苦、他们的孤独、他们对生命的热爱，有时是他们对幸福之绝望的追求和他们的兄弟之情。”这时，她“重见”了他的父亲，“重见”了他“教给”她的东西，他使她“学会观察”，于是她说：“想到那些认识和不认识加缪的人，我不顾矛盾，我接受了困难和不完美，我赞成了事情的相对性，我试图，在马塞尔·马哈瑟拉的可贵的帮助下，用照片按时间顺序地重现他的生活。”她实现了诺言，为了所有那些认识和不认识加缪的人，她“愿意历数所有的形象。为了重现他的笑、他的随意和他的宽容，为了重现这个赋予我生命的亲切、热情的人。为了展现阿尔贝·加缪是‘众生中的一人，他试图在众生中尽力为人'，像塞弗林·加斯帕里写的那样"。卡特琳娜是幸福的，她整理加缪的作品"已经三十年了"，她"从世界各地收到几千封信"，她确信："无论是什么文明、文化或者涉及的主题，这些信有一个共同点：对加缪兄弟般的爱。我想说他引起的关注不仅仅是精神上的，人们从中发现了一种与友谊一样本能的、无私的、直接的东西。这来源于他从不离开他人。"她的话是由衷之言，朴实而坦白。

这本影像集除了简短的前言和照片的说明之外，几乎所有的文字都出于加缪的作品，这固然需要对加缪的作品烂熟于心，更为重要的是，对加缪的生活的每一重要阶段选用适当的文字。卡特琳娜·加缪将加缪的活动分为"起源"、"觉醒　行动"、"反抗"和"孤独　团结"四个阶段，在"起源（1913—1936)"中，题词是："这样，每一个艺术家便在他的内心深处保留着唯一的一眼泉水，在其一生中滋润着他之所是和他之所说。……对于我，我知道我的泉水在《反与正》之中，在这个交织着贫穷和光明的世界之中，我曾经长期生活在这个世界之中……"在"觉醒　行动（1937—1945）"中，题词是："……真理是生长的事物，它会变得强大。它是一项有待完成的事业。正是这项事业，必须用全部清醒的才能在纸上和生活中完成。"在"反抗（1946—1951）"中，题词是："什么是反抗的人？就是说不的人。然而他拒绝，却不放弃；他同时是从第一个行动开始就说是的人。"在"孤独　团结（1952—1960）"

中，题词是："我的一部分非常蔑视这个时代。即使在我最严重的过失中，我也不能失去对操守的爱好，而面对时代的极度衰退，我常常失去信心。但是我的另一部分却想承担这种衰退和共同的斗争……"。在这四个阶段中，"孤独　团结"所占的篇幅最多，与影像集的名字相呼应，表现了一个女儿对父亲的怀念之情和理解之意，这是需要读者特别留意的。

阿尔贝·加缪的一生始于贫穷，终于清贫，但是他并不以为耻，为困，为苦，或为罪，他说得好："贫穷对我来说从来就不是一种不幸：光明在其中撒播着它的财富。甚至我的反抗也被照亮了。"贫穷与光明，贯穿了他的一生。他从不羡慕，从不嫉妒，从不觊觎，没有"怨恨之心"，而是更热情地投入灵与肉的狂欢之中，他"生活在窘迫之中，生活在某种快乐之中"。他坦然地面对贫穷，免除了嫉妒之心，这首先来源于他的家庭、他童年的生活环境，他说："免除嫉妒，我首先要归功于我的亲人，他们几乎什么都缺，却几乎什么也不羡慕。这个家庭甚至不识字，它以沉默、谨慎、自然而朴素的骄傲给了我最高的教诲，我毕生受用不尽。"他以贫穷为骄傲，为高贵，"在我的母亲面前，我觉得我出身于一个高贵的种族，即从不羡慕什么的种族"。他的幸福在于心灵的高贵："我从来也不能沉醉于人们所说的室内生活，它常常与内心生活相反；所谓的资产者的幸福使我厌倦，使我害怕。"贫穷与高贵，在他那里并不是一件矛盾的事情，但是，他为普通人的贫穷与苦难发出了抗议的呼声。贫穷而有尊严，这是他的选择，高贵的选择，这种选择使他在荒诞之中找到了一条通往幸福的道路。

阿尔贝·加缪是一位小说家，一位剧作家，一位政论家，一位导演，还被认为是一位荒诞哲学家，然而什么是荒诞？加缪的荒诞是存在主义的荒诞吗？他认为，“荒诞本质上是一种分裂，它不存在于对立的两种因素的任何一方，它产生于它们之间的对立”，具体地说，“荒诞不在人，也不在世界，而在两者的共存”，所谓“共存”，其表现形式乃是人类社会。这是加缪的荒诞与存在主义的荒诞不同的地方，但是，认识到此并未完结，仅仅是迈开了第一步。在他看来，荒诞只是个出发点，重要的是面对荒诞采取什么态度，即在荒诞的条件下，人应该如何行动，是以死来结束荒诞的状态，还是以反抗来赋予人生某种意义，从而获得幸福。所以，他说西绪福斯是荒诞的英雄的典型。西绪福斯将一块巨石推上山顶，巨石旋即滚落下来，他又得重新下山，再把巨石推上去，如此反复，了无终期。这是神对西绪福斯的惩罚，加缪从中看出了荒诞的意义。他感兴趣的是下山途中的西绪福斯，他敢于正视那块巨石，敢于把它再次推上山顶，这种精神是对命运的蔑视、挑战和反抗。“登上顶峰的斗争本身足以充实人的心灵”，他发现了这条千古不灭的真理。从《局外人》到《鼠疫》，到《堕落》，到《流放与王国》，由个人的觉醒上升为集体的斗争，而这种斗争永无止境，这正是《反抗的人》要加以明确和发展并试图解释的问题。

发现了荒诞，只能说明人的清醒；只有进行反抗，才能说明人真正进入了生活。“在荒诞的经验中，痛苦是个人的。从反抗的行动开始，痛苦才意识到它变成了集体的，成了所有人的遭遇。”反抗只存在于主人和奴隶，即统治和奴役的关系之中，发生于主人对奴隶的驱赶和压迫之时，故只有奴隶的反抗，没有主人的反抗，反抗也只是“转身”而已。反抗不是无限制的，也不仅仅是否定和破坏：“何谓反抗的人？一个说不的人。然而如果他拒绝，他却并不放弃，因此他是从第一个行动开始就说是的人。”所谓“转身”，所谓“限制”，说的是奴隶转过身来，直面主人的压迫说不，从而取得与主人平等的地位。然而，他不可以在说不之后，把主人当作奴隶再行压迫，那么当了奴隶的主人会反抗当了主人的奴隶，对他的压迫说不，如此则冤冤相报，循环不已，没完没了。这就是反抗越过了限度、变成革命的结果，因此，革命是反抗的蜕变和堕落。第二次世界大战结束的时候，经受了战争洗礼的加缪曾经发出“从抵抗走向革命”的号召，当他发现苏联存在着大规模集中营的时候，当他看到“无产者战斗了，牺牲了，却把权力交给了军人和知识分子（未来的军人），转而受他们的奴役”的时候，他陷入了沉思，融汇个人的经验和历史的考察，提出了反抗与革命之间的辩证法。加缪试图使革命回到反抗，于是他引进了一缕古希腊的阳光，即“关于界限的思想”，崇尚相对、平衡、自然和人性的地中海思想或者太阳思想，他说：“在欧洲之夜的深处，太阳思想，这种具有两副面孔的文明正在等待它的黎明，不过它已然照亮了真正的控制的道路。”他进入了蒂巴萨这座“庇护所和避风港”，又“认出了寂静造成的难以察觉的声音”：“鸟儿的持续的低音，悬崖下大海轻而短促的呻吟，树的颤动，圆柱的盲目的歌唱，苦艾的摩擦，倏忽而逝的蜥蜴。我听见了这一切，我也在倾听我身上涌起的幸福的波涛。”他担任大学俱乐部足球队的守门员，陶醉于蒂巴萨辛辣而芬芳的苦艾，组建为群众免费演出的“劳动剧团”，加入反法西斯的法国共产党，当记者时写出卡比里调查等轰动一时的报告，投入反对德国法西斯的抵抗运动，战后呼吁惩罚合作分子，与萨特的论战，对东柏林暴动的态度，对阿尔及利亚民主解放运动的指责，甚至对诺贝尔文学奖的看法，或者，《局外人》与“含混”，《鼠疫》与“神话”，《堕落》与“象征”，《流放与王国》与“技巧作为工具”，等等，都是在这种“地中海思想或者太阳思想”的笼罩之中展开并发展的。

1945年，加缪在《笔记》第二卷中写道：“为什么我是一个艺术家而不是一个哲学家？这是因为我是根据文字而不是根据观念进行思考的。”所谓“文字”，乃是具体而微的事物，具有生命的热度；而“观念”，则是从事物中抽象出来的概念，大多缺少活气。加缪的所有思想和行动根据的是鲜活的生活经验，而不是空洞的哲学理念，这是卡特琳娜·加缪的《孤独与团结》为我们呈现的阿尔贝·加缪的面貌和内心世界。冷峻而不乏温情的面孔，俊朗而略显清癯的轮廓，博大而偶见僵硬的情怀，清醒而不事伪装的精神，澄澈而时现激愤的文笔，高贵而不畏强权的心灵，等等，此非加缪而谁？

进入先贤祠，是一种崇高的荣耀；拒绝它，需要勇气；让·加缪替他的父亲做出了决定，他是有勇气的。泯然于众人，是一种平凡的快乐；选择它，需要勇气；卡特琳娜·加缪替她的父亲做出了决定，她是有勇气的。他们姐弟俩让他们的父亲过先贤祠而不入，毅然走进了众人，姐弟俩都是有勇气的。

我为什么将书名译作《孤独与团结》？[1]

写下这个题目，不禁笑了，是不是我把事情看得太严重了？卡特琳娜·加缪的书是一本普通的书，其名字也没有什么神秘的地方，按原意翻下去就是了，为什么还引起了一位网友的质疑？看了他的文章，方才知道：他不是根据加缪是个什么样的人决定用什么词来翻译，而仅仅是从语言上关注书名应该如何译，仿佛人和语言没有关系。卡特琳娜·加缪的谈话并没有说《孤独与团结》和加缪的作品没有关系，其实两者之间的差别，只是把"还是"换成了"与"，卡特琳娜的书中是"孤独与团结，加缪的作品《约拿》中是"孤独还是团结"（孤独还是友爱），前者强调加缪是集孤独与团结于一身，是矛盾的统一体；后者强调作为艺术家的约拿不知该选择孤独还是团结，处在困惑之中；卡特林娜对加缪的作品肯定是烂熟于心，从他的作品中汲取孤独与团结的概念，是顺理成章的事，不应该在此问题上做文章。我以为，她选择这两个词来概括加缪一

1 《孤独与团结：阿尔贝·加缪影像集》出版后，有读者在网上质疑书名的翻译。为此，译者撰写了此文进行解释。——编者注

生的思想和行为是恰如其分的。

关于第一个词“solitaire”，看来没有什么异议，只是说到“独立性”，主动与被动没有什么关系，具体到加缪，恰恰不是主动选择，而是被动接受，他所以感到孤独，是因为他的思想和行为不能为他人理解。“独行者”有特立独行的意思，而没有内心感到孤独的意思，这恰恰与加缪的情形相反，因此不大合适，不如取一个中性的“孤独”，让读者去体会。

再说“solidaire”，这是异议的重点，也是译成“同路人”不合适的地方。卡特琳娜说她的父亲和“那些人在一起”，“那些人”即普通的人，不知其名的人，加缪和他们可谓心连心，他试图尽可能地成为他们中的一员，也即如词典中所说“团结一致、相互依赖”。他们有着共同的理想和信念，而不是在某一阶段某种程度上具有相似的追求。这与同路人相距何止千万里。再说法文中有一个“同路人”的专门用语，即“compagnon de route”。

我虽然不同意这位网友的意见，但是我要感谢他，感谢他对翻译的关注，感谢他可能会对加缪的理解提供一次深入的机会。他说他没有读过加缪的一本书，我希望他从此读一读加缪。不理解一位作家，不对他的思想行为有一个基本的了解，单靠语言上的理解，单靠查词典，是不能解决翻译上的问题的。我们常说“人如其文”或者“人不如其文”，就是注意到人与语言的关系。词典只是给予一个词一定的解释范围或者方向，而不能定于一尊。

代跋：标准·效果·理想·方法

——以加缪的《局外人》为例谈文学翻译

（一）

《圣经·创世记》说：先民本来言语口音是一样的，他们商量在巴别这个城市里修一座塔通天，告诉后代，以防他们分散居住而沟通不畅。耶和华怒其狂妄，说："看哪，他们要成为一样的人民，都是一样的言语，如今既做起这事来，以后他们要做的事，就没有不成就的了。"于是，上帝变乱他们的言语口音，引起他们的纷争，这塔也就停工不造了。从此，人们以语言的不同而分散居住，其间的沟通交流不得不通过语言的转换，即翻译。据称，中国用文字记载的翻译，始于两千多年前的先秦时期的诗歌。可见无论中外，翻译都是一件十分古老的事情。

然而，什么是翻译？翻译理论家、翻译工作者和翻译爱好者给出了多少有些不同的回答。我的回答是一个翻译爱好者的回答：翻译就是用一种文字（语言）传达用另一种文字（语言）写成或说成的作品，最后形成文字的作品而不变更所表达和蕴涵的意义与信息。用杨绛先生的话说，翻译就是“把原作换一种文字，照模照样地表达。原文说什么，译文就说什么；原文怎么说，译文也怎么说”。这是一种平实可靠、人人可以接受的定义。什么是文学翻译？文学翻译就是一种具有文学性的翻译。翻译有许多种，口译且不论，有科技翻译，有文学翻译，有理论翻译，有实用翻译，有社会科学翻译，有人文科学翻译，有自然科学翻译，等等，唯有文学翻译具有文学性，有的哲学、历史等著作的翻译也具有文学性。那么，什么是文学性？文学性就是“那种使特定作品成为文学作品的东西”，例如想象力、虚构、描写、象征、比喻、修辞等等，即我们在今天的语境中所理解的严复的“翻译三难说”中的“雅”字，此为文学翻译所独有。“信、达、雅”之中的“雅”字，历来解说甚夥，然而大多斤斤于字面，多皮相之谈，唯钱锺书先生从反面予以阐释，谓“雅非为饰达”，“非润色加藻”，一个“非”字搔着了“雅”字的痒处，较之“文雅”“高雅”“古雅”“汉以前字法句法”等等，更能切中肯綮，打开思路。以文学性解“雅”，可以与时俱进，对一个旧的概念给予新的解释，令其获得新的生命，所以，并非所有新的说法都显示了认识的深入和观念的进步。译文对原作以雅对雅，以俗应俗，或雅或俗，皆具文学性，此为文学翻译也。故“雅”字在文学翻译中断乎不可少。

“译事三难：信、达、雅。”当合而析之，不应分而观之，以此为标准，可以分出译品的好坏善恶，全面而精当。大部分的翻译家对“信、达”取信服的态度，对“雅”字则如履薄冰，做种种或明或显的抗拒状，以文学性解“雅”谅可消除其对“雅”的疑虑。如果扩大一些，对“雅”做广泛的理解，则可以为“神似”，然而神似并非形似的反面，完全可以以形出神，不必“弃形取神”。“神似”的说法，以傅雷的观点最为著名，他说：“以效果而论，翻译应当像临画一样，所求的不在形似而在神似。”请注意，这里说的是“效果”，而非标准。标准是衡量事物的准则，而效果则是由行为产生的有效的结果，两者不可同日而语。再说，“不在形似”不等于不要形似，完全可以既要形似，又要神似，形神兼顾，形留而神出。有一种说法，认为“神似”进一步发展，则进入“化境”。“化境”的说法来自钱锺书先生，他在1979年的《林纾的翻译》（收在《旧文四篇》里）中说：“文学翻译的最高理想是‘化’。把作品从一国文字转变成另一国文字，既能不因语文习惯的差异而露出生硬牵强的痕迹，又能完全保持原有的风味，那就算得入于‘化境’。”所谓“原有的风味”者，乃是原作的风格之谓也。《林纾的翻译》于1964年首次发表，当时，“最高理想”一语是写作“最高标准”的，后来标准改为理想，显然不是信手随意的，必是深思熟虑而后的产物。“理想”是同奋斗目标相联系的、有实现可能的想象，故标准是现实的存在，理想是追求的目标，两者不是同一性质的东西。因此，标准、效果和理想不是同一范畴的事物，不可混为一谈。由“信、达、雅”而“神似”，而“化境”，刘靖之先生将其看作一条由浅入深、不断延伸的线，“一脉相承”，我觉得，由标准而效果，而理想，不妨看作一个面，不断扩展，仿佛一圈圈涟漪。这样产生的译作可以称作善译，而其实现的方法，则如杨绛先生所说：“把原文的句子作为单位，一句挨一句翻。”换句话说，就是以句子为单位的直译。于是，标准，效果，理想，方法，由点及面，一种翻译理论就宛然在目了。

文学作品的本质特征不在内容，而在形式，换句话说，决定一件作品是否文学作品，不是因为它讲述或描写了什么，而是取决于它是怎么讲述、怎么描写的。一件作品的“怎么”形成了这件作品的精神风貌，它是简约的，还是繁缛的，是清丽的，还是浓艳的，是婉约的，还是豪放的，是优美的，还是雄伟的，等等，都是由其选词造句、结构框架、气息节奏、叙述技巧等决定的，一言以蔽之，是由其风格决定的。因此，依据“信、达、雅”的标准，翻译文学作品，只有“信、达”还不够，必须有“雅”，即必须有文学性，也即是说，必须传达出原作的风格，然后才有可能达到预期的效果，实现所追求的理想。然而，什么是原作的风格，什么是译作的风格，原作的风格和译作的风格之间的关系如何，这些都是翻译家争论不休的问题。归根结底，是风格可译不可译的问题。简言之，认为风格可译的，大多是主张直译的人，一句挨一句地翻，就有可能多少传达原作的风格，有人将这些人称为语言学派，颇有不屑的意味；主张风格不可译的，大多是主张意译的人，他们自称文艺学派，由于认为原作的风格不可译，就随便给译作一种他们认为美的风格。主张风格不可译者未必明确地声称风格不可译，也不是都反对“信、达、雅”，不过他们以为“雅”就是高雅、典雅、美的词汇，雅的句子，就是文采，而且认为只有华丽才是文采，总之，认为翻译是“美化之艺术”。一经美化，译作倒是有了风格，但已不是原作的风格了。在持这种观点的翻译家的眼中，什么原作的风格，译作的风格，根本是两种不相干的东西，各自管各自的事情好了。在他们的译作中，不，应该说在他们的“创作”中，出现一些具有强烈民族特色的词汇或表达方式，就毫不奇怪了。读者不免怀疑，难道外国人也有相同或类似的俗语和陈词滥调吗？一味求美，则雕缋满眼，其实只是堆砌辞藻，而真正的美则荡然无存了。不过，就实际的情况来说，真正“美化”的翻译实在是太少了，文艺学派的翻译家们似乎在沙盘推演，纸上谈兵。如果一定要分出派来的话，我宁愿加入直译派。

译作的风格只能以原作为依归，能否传达原作的风格，应该视为文学翻译的最高境界。是否达到了，则要看译者个人的造化。也许传达原作的风格只能是最高的理想，可望而难即，然而“望”与“不望”，差距不止毫厘。宋严羽说：“入门须正，立志须高；……行有未至，可加工力；路头一差，愈趋愈远；……”八百年前的古人之言，可供今之译者深思。你可能实现不了这种理想、进入不了这种境界，但是你正走在实现这种理想和进入这种境界的道路上。诚然，传达原作的风格，是很难的一件事，也许百不一见。但是，能不能是一回事，难不难是另一回事，不可将“很难”视作“不能”。译者主观上是否具有传达的意图，其结果是很不一样的。有，就会自设藩篱，循迹而行，或可在译文中见原作风格于一二；没有，就会自由散漫，失去约束，原作的风格也将不知所终。如此则不仅“雅”失去了准的，恐怕连“信、达”都要打折扣了。传达原作的风格是很困难的，但是有为的译者正是要克服这种困难，成就与原作相配的译作，正如杨绛先生在《艺术与克服困难》中所说：“创作过程中遇到阻碍和约束，正可以通过作者去搜索、去建造一个适合于自己的方式；而在搜索和建造的同时，他也锤炼了所要表达的内容，使合乎他自建的形式。这样他就把自己最深刻、最真挚的思想感情很完美地表达出来，成为伟大的艺术品。好比一股流水，遇到石头阻拦，又有堤岸的约束，得另觅途径，却又不能逃避阻碍，只好从石缝中迸出，于是就激荡出波澜，冲溅出浪花来。”石头、堤坝、石缝等等，好比实现艺术目的的种种困难，原作者要克服困难，译者也要跟随着原作者克服困难，因为翻译本身就是一种有限制的艺术，所谓戴着镣铐的舞蹈。

什么是风格？我们不必去查《辞海》，不必去找《文学概论》，我们只须听一听法国作家朱利安·格拉克是怎么说的。他说："对一位作家来说，口吻最重要，比形象的美更重要，那是一种他称呼某些确为他所见的事物的口吻。"这"口吻"就是风格。他看见了什么，选择什么样的句式，什么样的节奏，什么样的叙述方式，什么样的篇章结构，什么色彩的词汇，什么独特的姿态，等等，构成了他的个人的口吻。译者若对原作有所感觉和体会的话，那就是这种"口吻"，译者应在译作中努力传达的也就是这种"口吻"。这种口吻望之有，即之无，但却缥缈而不虚无，是一种确确实实的存在。但是，周熙良先生说："有人自诩翻译哪一个作家就能还出这个作家的面目或风格，我看这只是英雄欺人语；据我所知，就有翻译家对文本还不大能弄得懂，就大吹自己的翻译是旨在表现原作诗一般美丽的风格。依我看，对一个作家或风格的认识也还是从对作品的理解而来的，否则便是空话。教外国文学的人最喜欢谈风格，但是对一个搞实际翻译的人来说，风格却是一个最难谈得清楚的东西。我觉得，在通常情形下，它好像只是在无形中使译者受到感染，而且译者也是在无形中把这种风格通过他的译文去感染读者的，所以既然是这种情形，就让风格自己去照顾自己好了，翻译的作者不可也不必为它多伤脑筋……我觉得翻译工作者如果花许多工夫去钻研作品的风格，还不如花点功夫去培养自己的外语感觉能力好些。"总之，"原文风格是无法传译的”。周先生说的固然是实际情况，译者多是做“英雄欺人语”者，五十年前如此，今天也好不了多少。由于出版的商业目的导致的速度和数量的增加，坏的和好的译作都多了，显然不是五十年前可比，但是翻译工作者面对的问题还是一个，即“钻研作品的风格”还是“培养自己的外语感觉能力”？细按周先生的意思，似乎前者是说给“教外国文学的人”的，后者是说给“搞实际翻译的人”的，两类人有两个不同的要求。实际上，无论是搞外国文学还是搞实际翻译，首先要做的都是“培养自己的外语感觉能力”。所谓“外语感觉能力”，其实是对原作风格的感受能力。那么有了这种能力之后呢？如果一个译者的外语感觉能力不够，显然不能要求他传达原作的风格，如果他有了足以感受原作风格的能力了呢？可以说，如果周先生的“风格不可译”的说法是指除了文学翻译以外的“翻译工作者”的话，是有道理的，但是不能说“原文的风格是无法传译的”。外国文学工作者对一部外国文学作品的风格的“钻研”是他的本职工作的一部分，他的研究成果用本民族的语言发表出来，也是题中应有之义。试问，如果他有了一定的研究和体会，他若想把这部作品翻译给中国读者，他将如何呢？能够用本民族的语言说明的事物，也必然能够用本民族的语言传达，只是程度有所不同而已。他势必要尽力表达他的研究和体会的成果，即把原作的风格传达出来。当然，他的研究是否正确，他传达出来与否，传达到何种程度，那是需要读者和时间说话的。但是，他必然有传达的意图。他实现这种意图的过程，就是他逐渐接近原作风格的努力。努力传达原作的风格，是以钻研、了解、体会原作的风格为前提的。风格也许是不可译的，却是可以传达的。王以铸先生论诗之不可译时说："译诗者要有知其不可而为之的劲头儿。"这"劲头儿"就是传达原作风格的意图。译诗者和译文者是一样的，有没有这种劲头儿，有没有这种意图，结果大不一样。

（二）

我是一个外国文学的研究者，业余喜欢翻译，翻译的大多是我的研究对象的作品，极少旁骛。我"喜欢谈风格"，也觉得在我的翻译中应该传达原作的风格，至于传达的是否原作的风格，传达到何种程度，不是我应该关心的事。例如，从上个世纪80年代开始，我持续地关注法国作家阿尔贝·加缪，在研究之余，把他的作品逐渐地向中国读者介绍，是件分内的事，在介绍的过程中注意其风格的传达，也是很自然的事。1975年秋，我到日内瓦大学进修法文，在此之前，很少接触法国小说，尤其是十年文化大革命中，连法文都很少接触。我阅读过的法文的法国小说十分有限，比如《红与黑》，还是在文化革命前学法文时读的，而且是苏联出版的。在日内瓦的两年中，我读了大量的法国和瑞士的文学作品，也曾经产生过翻译的念头，但是并没有付诸实践，因为我当时的进修是为了将来从事新闻工作的。回国后的第二年，即1978年，我进入中国社会科学院研究生院学习，算是开始了我的外国文学研究的生涯。整个80年代，我做了两件事：一件是波德莱尔研究，写了《论〈恶之花〉》和一些关于波德莱尔的专论，另一件是加缪研究，其成果以《加缪：阳光与阴影的交织》为题出版。在我的研究成果之外，我翻译并出版了《波德莱尔作品集》（四卷本）和《加缪文集》（三卷本），其中加缪文集的第三卷（散文卷）是在2010年最后完成的。1981年，我翻译并发表了加缪的短篇小说《约拿或工作中的艺术家》，这是我翻译加缪作品的开始。1985年，《加缪中短篇小说集》出版，1986年，《西绪福斯神话》收入《文艺理论译丛（2）》，2011年，《反与正　婚礼集　夏天集》问世。我翻译的加缪的作品不多，可是前后竟然连续三十年不曾中断！

我第一次接触加缪的作品是1976年在日内瓦的时候，当时连加缪是法国作家都不知道。《局外人》不长，语言也清晰简明，对国内本科法语毕业的人来说，阅读可以说是容易的，当然，要说到深刻地领会作品的内涵，还谈不上。我是以一个普通读者的姿态阅读这本书的。普通读者，就是英国伍尔夫在《普通读者》一文中引述约翰逊博士所称之普通读者："能与普通读者的意见不谋而合，在我是高兴的事；因为，在决定诗歌荣誉的权力时，尽管高雅的敏感和学术的教条也起着作用，但一般来说应根据那未受文学偏见污损的普通读者的常识。”普通读者，就是“不同于批评家和学者”的读者。这样的读者在接触作品时，头脑是空白的，心胸是开放的，作品的内容、形象、语词、符号遇到的是一个不设防的空地。于是，我读《局外人》的时候，首先吸引我的是语言的清晰、简洁、透明，甚至枯涩。然后，主人公默而索时而是个白痴，时而是个怪人，时而是个常人，时而是个多余人，时而是个畸零人，时而是个明白人，然而他终究是个理性的人，他以不同的面目出现在我的脑海中。他是一个敏感、清醒、具有明确的自我意识、有着正常的理智的人，然而他有意识地拒绝文明社会，拒绝撒谎，拒绝夸大其词，拒绝接受传统的价值观念和行为模式。他没有哭死去的母亲，但心里是爱她的；他“大概不爱”而娶玛丽，是因为他觉得人人都挂在嘴上的“爱”并不说明什么；他对职务的升迁不感兴趣，因为他觉得那并不能改变生活；他拒绝接见神父，是因为他觉得“未来的生活”并不比他以往的生活“更真实”。最后，检察官控告他“怀着一颗杀人犯的心埋葬了一位母亲”，法院遂判了他死刑，而他则以一个看破红尘的面目出现在我的面前：“面对着充满信息和星斗的夜，我第一次向这个世界动人的冷漠敞开了心扉。我体验到这个世界如此像我，如此友爱，我觉得我过去曾经是幸福的，我现在仍然是幸福的。为了把一切都做得完善，为了使我感到不那么孤独，我还希望处决我的那一天有很多人来观看，希望他们对我报以仇恨的喊叫声。”这是小说的最后几句话，我合上书，叹了一口气：“一个人和社会的关系竟是这样的荒诞！”从此，一个孤独、冷漠，但是对真实和绝对、对现实的生活怀有一种执着而深沉的激情的默而索便牢牢地活在了我的心中。至于这部小说的风格，我只对默而索的口吻印象深刻：他以一种极冷静极枯涩，却又不乏幽默，有时还带点激情的口吻讲述他那既单调又平淡，却又不乏欢乐，有时还带点偶然性的生活，直讲到不明不白地被判了死刑。我的头脑中并没有“风格”这两个字，我的确是在“无形中”受到感染的。后来我又读了《鼠疫》《堕落》等，但是我没有找关于加缪的评论来读。读关于加缪的评论，标志着从普通读者向批评家的转变，但并不标志着一种纵向的提高，只反映出一种横向的转移。

上个世纪80年代初，加缪成了我的研究对象。加缪作品很少有译成中文的，似乎只有施康强先生译的《不忠的女人》，那是一篇短篇小说，发表于1978年的《世界文学》。据说还有孟安译的《局外人》，不过那是黄皮书的一种，文化革命前出版的，供批判用，很难找到，当时我也不知道，更不知道孟安为何许人。加缪作品的翻译几乎是一片空白，我有了翻译的冲动，虽然还多少有些政治方面的恐惧。这时，我的心态也变了，不再能以一个普通读者的姿态对待作品了，不管我愿意不愿意，我都得拿出一个学者的身份，即我必须关注作品的形式，就是说，我不能满足于无形中受到感染，我要使“无形”变成“有形”，因此，我必须钻研作品的风格，必须冷静地评价作品。一个后天学习外语的人很难对原作有语言运用上的亲近感，很难对其词汇语句的色彩有自然的体会，很难对其节奏的安排有恰如其分的感觉，他必须借助于操原作语言的本国人的评论来弥补自己的不足。我自己就是这种情况：我如果是一个普通读者，而且是一个与原作操不同语言的普通读者，自然不会去管原作的风格，只需感觉到《局外人》用词简洁、结构清晰、形象鲜明即可，但是我要从事翻译，就不能满足于当一个普通读者了，而要以一个批评家的身份去引导和控制自己的翻译，也就是说，要传达原作的风格。读者可以在“无形”中受到感染，译者必须在“有形”中使读者受到感染。从“无形”到“有形”，除了自己的阅读与研究之外，还要靠法国人甚至操英语的人的研究。译者先做普通读者，然后做批评家，再做译者，译者可以说是普通读者和批评家的结合。

评论《局外人》的法国批评家有让-保罗·萨特、帕斯卡尔·皮亚、莫尔旺·勒贝斯克、让-克洛德·布里斯维尔、让·格勒尼埃、罗兰·巴特、罗杰·格勒尼埃、赫伯特·R.洛特曼、彼埃尔-乔治·卡斯特克斯、M.-G.巴里埃、罗杰·吉约、J.-J.布罗谢尔等等，还有关于加缪研究的一些批评文集，总之，研究加缪的人很多，评论《局外人》的技巧的也不少，从中不难窥见加缪，特别是《局外人》的风格特点。总结一下，大概有如下数端：

1.《局外人》选用的词汇简单，直接，具体，少用分析性的词语，特别少见的是心理分析的词语。《局外人》的词汇大多兼有叙述和描写的功能。大多数批评家注意到《局外人》的风格是“简约的”“朴实的”“单调的”“枯燥的”，所谓“白色的”风格，即“没有色彩的”风格，“没有风格的”风格，也就是罗兰·巴特所说的“零度写作”：“一种直陈式、新闻式的写作，一种毫不动心的、中性的写作。”这种“白色风格”其实是“无色风格”，表现了个人的经验与世界的不透明之间有一种荒诞的、格格不入的关系。当然，这是罗兰·巴特1945年的看法，十年之后，他的看法有所改变。

2.《局外人》的句子是短小的、独立的，相互之间没有明显的逻辑联系。萨特将加缪与海明威进行了比较，说：“两人在写作中运用同样的短句子。每个句子都不承接上一句话造成的语势，每句话都是一个新的开端。每句话都像是给一个姿势或一件物品抢镜头拍照。而对于每一个新姿势或话语，又都相应地造一个新句子。”他指出：“《局外人》中的句子都是孤岛。”小说中的每一个事件都是孤立的，其间没有必然的逻辑关系。

3.《局外人》篇幅很小，但出场人物众多，每个人都以极精简的笔墨勾勒出肖像，在冷漠的社会背景上木偶般地活动，例如，护士代表“没有一丝笑容，向我低了低瘦骨嶙峋的长脸”，莱蒙“长得相当矮，肩膀却很宽，长着一个拳击手的鼻子”，马松夫妇“他高大、魁梧、肩膀很宽，而他的妻子却又矮又胖、和蔼可亲，一口巴黎腔”，律师“又矮又胖，相当年轻，头发梳得服服帖帖”，记者“像只肥胖的鼬，戴着一副黑边大眼镜”，等等。

4.《局外人》的时间观念别具特色，大量地使用动词完成体，与传统小说中使用的非完成体具有明显的不同。非完成体的使用说明时间的叙述在过去的时间中已然完成，与现在没有关系，而完成体则不同，虽然事件在过去已经完成，但是它依然在现在的时间内保持着它的价值，即它的结果仿佛一直延续到现在。这一点是学习法语的外国人不敏感的，多半要靠操法语的人的评论。

5.《局外人》常常通过隐喻的手法表现戏剧性的场面，例如主人公默而索枪杀阿拉伯人的过程，从准备到酝酿，到发展，到高潮，到结束，全过程到处都充满了明喻和暗喻，太阳，大海，沙滩，泉水，刀光，手枪，等等，都有着正反两方面的象征的含义，隐喻越是丰富，主人公的幻觉就越是强烈，这就有力地表现了他徒具自我防卫的初衷，却在检察官那里造成了蓄意杀人的荒诞结果。

6.《局外人》不乏幽默和反讽，萨特第一个指出了“加缪的小说是分析的，也是幽默的”，分析成了幽默的工具。加缪的分析是“重新构筑人的初始的直接经验”，是“排除了作为经验的组成部分的一切有意义的联系环节”。幽默和反讽显然出自叙述者的口吻，而《局外人》在第一人称的使用中，读者难以辨别谁是叙述者，谁是默而索。

7.《局外人》巧妙地使用间接引语，突出了默而索面对世界的孤独与冷漠。这样一本充满了事件的小说，是可以有许多对话的，然而默而索却像自言自语一样，把他的话以间接的方式说出来，少了生动性，却更能表现主人公的“无所谓”的心情，例如：“我问他能不能关掉一盏灯。照在白墙上的灯光使我很难受。他说不行。灯就是那样装的：要么全开，要么全关。”“他问我‘总还好吧’，我说好，现在肚子饿了。”“紧接着是马松说话，人们都不怎么听了，他说我是个正经人，他‘甚至还要说，是个老实人’。”等等。

8.《局外人》的结构和节奏很有意思，全书共十一章，分为上下两部分，上半部（第一部）六章，下半部（第二部）五章，上半部的第六章仿佛全书的枢纽，起着连接两部分的作用，“结构完美如同精密机械”。第一部分仿佛是日记，用了“今天，妈妈死了”“今天是星期四”等字样；第二部分仿佛是回忆，一个人在受刑的前夜回想他入狱以来一年多的遭遇。第一部语句简短，不相连属，仿佛流水账一般；第二部人在监狱中，仿佛安静下来，难免有心潮澎湃的时候，语句相应地膨胀，也庄重了许多。

9.《局外人》在普遍的简明枯燥的叙述中夹杂着发自内心深处的诗意，一种抒情的氛围弥漫在明澈而纡徐的叙述中，这一点在第二部中表现得尤为明显，例如，第二部第四章中，默而索的律师“继续发言时，一个卖冰的小贩吹响了喇叭……”，一种不再属于他的生活突然唤起了他“最可怜、最深刻难忘的快乐”。澄澈透明中有“诗意的爆发”，这是加缪的“另一种风格，一种郑重、讲究的风格”。

总之，《局外人》的风格兼有“斯丹达尔的风格的优点”和“某些夏多布里昂的风格的东西”，这两种截然相反的风格都是加缪喜欢的。简约甚至枯燥的风格，表现出一种平和、冷静的心态，而又有情绪高涨时的抒情口吻，仿佛一首乐曲的华彩乐段，表现出热爱生活、享受生活的每一瞬间的激情。《局外人》的风格继承了法国小说的古典传统，这一点萨特看得很清楚，他说：“《局外人》可以被视作道德家的中篇小说，具有审慎的讽刺笔触并包含一系列具有嘲讽意味的人物肖像，而且，尽管有德国存在主义和美国小说家的影响，但从根本上说，它是与伏尔泰的小说一脉相承的。”

通过以普通读者的身份进行的阅读和中外诸多评论家的议论，我们大致掌握了原作的风格，余下的工作就是译者如何将一种语言转化为另一种语言，这不但需要译者有足够的中外语言的文字水平，也需要有明确而坚定的传达意识，否则，遇到阻碍的水流也将改道而去了。当然，由于中外语言的差异，译作完全地传达原作的风格之各个方面，几乎是不可能的，只能在几个方面做到惟妙惟肖，其他则取其大概，囫囵其形，勿使其距离原作太远。从长远看，汉语白话文的潜力是无穷的，其丰富与细腻也是无穷的，只有我们的能力是有限的。常常是眼到而心不到，心到而手不到，唯有“一句挨一句翻”，才有可能接近理想的译本。一件经典的作品，因时代的前进而焕发出新的光彩，所谓“苟日新，日日新”，是常见的事情，所以，没有“定于一尊”的译作。新译未必胜过旧译，后来未必居上，艺术并不时时处处以新为贵，但是，人们总是希望后浪推前浪，一代更比一代强，新的译者正是在这一信念的激励下力争推出胜过旧译的作品。他们的努力是值得尊重的。